하늘을 달린다

하늘을 달린다

이상권 장편소설

책가방을 이고

새를 바라보고 있는

아주 작은 말더듬이 소년에게

차례

눈 맑은 새가 살고 있었다

흙살 깊숙이 박혀 있던 서릿발이 노골노골 풀어지던 날이었다. 하늘에는 구름 한 점 넘보지 못하고 오직 햇살과 바람만이 살을 비비대고 있었다. 이런 날은 존재하는 모든 것들이 제 색깔을 드러낸다. 나무와 돌멩이 흙까지도……. 이런 날은 생의 울림으로 가득하다. 그 소리를 생명체들의 언어로 표현하는 건 불가능하다. 매들은 "새들의 몸속으로 들어온 바람이 동그란 뼛속을 통과하는 소리다" 하고 농담했으나 까마귀들은 "씨앗들이 숱한 시간의 경계를 지나 움트는 소리다" 하고 엄숙한 표정을 지었다.

하늘눈의 고막에서도 그 울림이 맴돌이쳤다.

"날개가 꿈꾸는 소리 같아."

하늘눈은 숨을 모아 힘껏 뱉어내면서 작은 날개를 파닥거렸다. 이런 날은 눈을 감아야 더 환해지는 법이다. 눈을 감고 하늘을 올려다보면 햇살의 간질임까지 다 받아내면서 빛과 바람의 흐름 속으로 빨려든다. 날개란 빛이요, 바람이다. 날개는 하늘눈을 부드럽게 위로 더 위로 끌어올렸다. 때때로 날개와 격렬하게 충돌해오던 빛과 바람이 오늘은 친절하게 날개를 도왔다. 까마귀가 허우적허우적 날아오다가 "저놈이 미쳤나. 여기까지 날아오다니, 겁이 없군!" 하고 사납게 쏘아보면서 날아왔다.

하늘눈은 부드럽게 몸을 틀면서 아랫바람을 탔다. 너무 아쉬웠다. 이런 날은 그 누구의 방해도 받지 않고 바람과 햇살이랑 한통속으로 날아다닌다는 것, 그 자체를 즐기고 싶었다. 하늘눈은 하늘을 오르다보면 어느 정점에서부터 햇살과 바람이 수평을 이루면서 잔잔해진다는 사실을 알고 있었다.

하늘눈은 아쉬움을 달래면서 고욤나무로 내려왔다. 눈이 맑은 암컷 딱새였다. 태깔이 매끄럽게 윤기 흐르는 갈색 옷에다, 햇살에 버무려지면서 황톳빛 망울이 아롱지는 꼬리의 품이 참으로 멋스러웠다. 혼자 있는 걸 좋아했으며 오롯이 사색을 즐기면서 늘 하늘을 바라다보았고, 저물녘 나무 위에서 "날고 싶어, 하늘눈 속으로…… 미치도록" 하고 피리 소리에 가까운 목소리로 자신의 존재를 드러내는 게 고작이었다. 어치들은 그 딱새를 보면 "저런 저런 또 망상에 잠겨 있군" 하고 '몽상가'라고 불렀으나 다른 새들은 “또 하늘만 바라다보고 있구먼. 고개도 아프지 않을까!” 하고 ‘하늘바라기’라고 불렀다. 그때마다 암컷 딱새는 고맙다는 표시로 가볍게 꼬리를 흔들어주었다. 암컷 딱새는 이미 다른 이름을 가지고 있었다. 암컷 딱새는 하늘이 살아 있는 거대한 눈이라고 생각했고 언젠가는 저 눈이 허락하는 깊이까지 날아가고 싶었으며, 이 세상의 모든 것을 품어주는 저 눈빛을 조금이라도 닮고 싶었다. 그래서 스스로를 ‘하늘눈’이라고 불렀다.

하늘눈은 뒤쪽으로 눈길을 주었다. 어제부터 누군가 자신을 훔쳐보고 있다는 느낌을 받았다. 돌아다보면 아무도 없었으나 다시 돌아서면 그런 느낌이 몸을 흔들었다. 이상하게도 가슴이 설레었다. 하늘눈은 아침부터 이런 두근거림에 마음이 흔들리고 있었는데 맑은 하늘을 보자 저도 모르게 허공 깊은 곳으로 빨려들 수밖에 없었다.

한 땀 한 땀 모아진 물살이 제법 큰 길을 내면서 골짜기로 흘렀다. 물가에는 통통하게 젖살 오른 버들개지들이 서로 볼비빔하면서 몸을 흔들었고, 그 주위에는 수많은 덩굴들이 어깨와 어깨를 맞대면서 차일을 치고 있었다. 키 작은 봄풀들은 덩굴 차일이 더 촘촘해지기 전에 서둘러 햇볕동냥에 나섰다. 아무도 뒷바라지해주지 않았지만 작은 풀들은 자신의 운명을 꿋꿋하게 헤쳐

나갔다. 하늘눈은 이 덩굴 아래서 추운 겨울을 보냈다.

묵은 살림을 다 비리고 빈 꼬두리만 매달고 있는 고욤나무 가지가 바람을 탔고, 그 가지에서 쉬고 있던 하늘눈의 몸도 나무가 되어 흔들렸다. 늙은 고욤나무는 자신의 몸 아래쪽 속살을 비워내서 마련한 너른 공간을 새들에게 아무런 조건 없이 세를 주었다. 하늘눈은 그곳에서 태어났고 한 번도 이곳을 떠나본 적이 없었다. 이곳이 좋았다. 편했다.

하늘눈은 고욤나무 아래로 내려앉으며 주위를 예민하게 더듬었다. 뭔가 간절함이 깃들어 있는 눈빛이었다. 구체적으로 얼굴이 그려지지는 않았으나 누군가가 보고 싶었다. 그때마다 하늘눈은 몸이 달아오르는 흥분을 느끼면서 하늘로 솟구쳐오를 수밖에 없었다. 보름 전에는 눈이 큰 수컷 딱새가 와서 사랑을 고백했으나 그때는 상대가 두려웠다. 그 뒤로도 서너 차례나 다른 수컷 딱새들이 다가와서 청혼을 했지만 역시 마음이 설레지 않았다. 이런 느낌은 처음이었다. 하늘눈은 느리게 주위를 보다가 "또 저 허풍쟁이 놈이잖아" 하고 다소 짜증 섞인 목소리를 토해냈다.

수컷 멧새가 노란 꽃불을 밝힌 생강나무 가지에 앉아 있었다. 허풍쟁이는 노란 머리털을 세우고 나무 꼭대기에 올라가서 곧장 떠벌렸는데, 가만히 듣다보면 자신이 마법사니 뭐니 저 산 너머에 사는 살쾡이하고 친구니 하면서 허풍을 떨어대는데 차마 들을 수가 없을 정도였다. 그때마다 하늘눈은 "하여간 저 허풍은 알아줘야 해……" 하고 웃어버렸다.

"이봐, 하늘눈아. 얘기 좀 하자는 말씀!"

오늘따라 허풍쟁이가 진지하게 말을 걸었다. 녀석의 애인으로 보이는 다른 멧새도 보였다.

"왜 내 말을 씹느냐는 말씀?"

하늘눈은 들은 체도 하지 않았다.

허풍쟁이는 할 수 없다는 듯이 고욤나무 구새먹은 구멍으로 들어갔다. 그걸 보고서야 하늘눈은 허풍쟁이가 왜 말을 걸어오는지 알았다. 허풍쟁이는 주인인 하늘눈한테 집을 양보해달라는 말을 하려고 했다.

하늘눈은 뒤늦게 당황했다. 자신의 나고 자란 그 집에다 살림을 차릴 것인지 아니면 다른 곳에다 집을 마련할지 진지하게 고민해본 적이 없었다. 하늘눈은 "안 돼, 허풍쟁이야. 거긴 내가 태어난 곳이야!" 하고 말했으나 허풍쟁이는 들은 체도 하지 않았다. 조금 뜸 들이고 다시 소리쳐도 마찬가지였다. 허풍쟁이는 이미 그곳에다 마음을 빼앗긴 상태였고 여차하면 싸움도 마다하지 않겠다는 눈빛이었다. 결코 허풍을 떨고 있는 빛이 아니었다.

막상 허풍쟁이가 강하게 나오자 하늘눈은 저도 모르게 눈길을 돌렸다. 하늘눈은 자신의 생가를 고집할 만한 준비가 되어 있지 않았다. 어쩔 수 없는 일이다. 지금 하늘눈의 마음속에는 누군가를 사랑하고 싶은 설렘이 가득 차 있을 뿐이다. 하늘눈은 뭔가를 잃어버린 기분이었고 그래서 한동안 자신의 생가를 내려다보다가 날개를 펼쳤다.

강하면서도 순수한 눈빛

해는 겨우내 움츠리고 살았던 모든 것들에게 융숭하게 햇살 대접을 하였고, 파릇파릇 살 오른 풀들이 고맙다고 손짓하는 논둑이 눈에 시렸다. 논배미는 바글바글 잔풀들의 웃음판이었다. 논배미 아래로 산밭이 펼쳐져 있고, 쑥이나 냉이를 캐는 몇몇 인간들이 밭두렁에 웅크리고 있었다. 마실 나온 작은 곤충들이 잔풀들 사이에서 고물거렸다.

하늘눈은 거미를 날쌔게 낚아챘다. 정신없이 거미들을 잡아먹다가 무심코 고개를 돌렸다. 고욤나무 가지에 수컷 딱새가 앉아 있었다. 짙은 황톳빛 뱃가죽이 또렷했다. 하늘눈은 당황하면서도 고욤나무 쪽으로 날아갔다. 수컷 딱새는 생강나무 뒤로 숨어버렸다.

"누구야, 숨어서 보지 말고 나와. 왜 달아나는 거야!"

아무리 소리쳐도 상대는 얼굴을 드러내지 않았다. 하늘눈의 가슴만 더욱 두근거렸다. 이런 경험을 해본 적이 없어서 어찌할 바를 모르고 있었다.

하얀 나방이 날아갔다. 하늘눈의 부리는 무의식중에도 목표를 정확하게 조준하고 나방을 낚았다. 부리에서 나방이 바동거렸다. 하늘눈은 나방을 이리저리 내리쳐서 기절시키고 발로 날개를 떼어냈다. 날개가 꽃잎이 되어 뱅글뱅글 떨어졌다. 하늘눈은 나방을 삼키면서도 아무런 맛을 느끼지 못했다. 오직 머릿속에는 수컷에 대한 생각으로 혼란스러웠다.

'누굴까? 왜 나를 훔쳐보고 있었을까?'

인간들이 쓰던 비닐 조각 하나가 나뭇가지에 붙잡힌 채 고갱이를 팔락이면서 반짝반짝 손짓하고 있었다. 햇살은 어제보다 더 눈이 부셨다. 이 세상 모든 사금파리 조각이 태양 속으로 모여들어서 빛을 쏘아대고 있는지도 모른다.

번개부리는 개복숭아 가지에 숨어서 하늘눈을 훔쳐보고 있었다. 보기만 하여도 가슴이 두근거렸다. 벌써 며칠째인지 모른다.

꽃버무래기가 덕지덕지 묻어 있는 생강나무 가지에 한자리를 차지하고 있던 하늘눈이 불쑥 뒤돌아보았다. 맞은편 산비알에 사는 진달래나무가 흔들렸다. 망울망울 몽우리가 부풀어오르고 있어서 더 눈에 띄었다. 누군가 훔쳐보고 있다가 달아났음을 알 수 있었다. 하늘눈은 꼬리를 들어 힘차게 내리쳤고, 목젖이 보일 정도로 입을 크게 벌렸다.

"누구야, 대체 누구기에 날마다 나를 훔쳐보는 거야!"

가느다란 목소리가 메아리가 되어 울려퍼졌다. 개복숭아 가지가 흔들렸다. 하늘눈은 그 흔들림을 놓치지 않고 날아왔다.

"넌 대체 누군데 숨어서 보는 거야? 어서 나와. 다 알아, 숨어서 본다는 거."

번개부리는 당황했다. 더 이상 달아날 수가 없었다. 막상 하늘눈이 쏘아보자 수줍어서 제대로 쳐다보지도 못했다. 번개부리는 더듬더듬 말했다.

"미, 미안해. 너를 놀라게 하려고 그런 건 아니었는데……."

"그럼 어제는 왜 도망쳤어? 어서 말해!"

번개부리는 자신이 퉁바리맞은 줄 알고 당황했다.

"네가, 놀랄까봐, 네가, 놀랄까봐……. 말하고 싶었어. 너를 좋아한다고. 근데 거절당하면 어쩌나 해서……."

하늘눈이 가만히 있었다. 번개부리는 용기를 내어 하늘눈 앞으로 날아갔다. 막상 번개부리가 옆으로 오자 하늘눈은 정신이 멍해졌다. 하늘눈은 듬직해 보이는 번개부리가 마음에 들었으나 더 신중해야 한다고 머리를 흔들면서 가지를 박차고 날아올랐다.

번개부리는 이 기회를 놓치면 안 된다는 판단을 했는지 부리나케 따라붙었다.

"오래오래, 정말 오래오래 생각했어. 쉽게, 정말 쉽게 내린 결정이 아니야. 나를 믿어줘."

그 한 마디 한 마디가 하늘눈의 심장을 두드렸다. 하늘눈은 며칠간 여유를 달라는 말을 하려고 뒤돌아보았다가 깜짝 놀랐다. 또 다른 새가 따라오고 있었다.

"저건 또 누구지. 어떻게 된 거야!"

하늘눈은 날개에다 힘을 주면서 솟구쳤다.

번개부리도 당황하고 있었다.

"너, 너, 넌 대체 누구냐! 어서 말해, 어서!"

아무리 소리쳐도 낯선 딱새는 대꾸가 없었다.

하늘눈이 초록 융단이 깔린 논두렁 위로 낮게 길을 잡았다.

낯선 딱새가 어느새 하늘눈을 따라잡았다. 하늘눈은 낯선 얼굴을 보고 얼마나 당황했는지 모른다. 낯선 얼굴은 암컷이었다.

"누구냐니까, 어서 말해. 왜 이러는 거야!"

번개부리는 더욱 혼란스러웠다. 분명히 자신은 고욤나무에서 사는 하늘눈한테 사랑한다고 고백을 하였는데, 갑자기 또 다른 암컷이 나타났다. 이제는 누가 누구인지도 가려낼 수 없었다.

암컷 딱새들이 비탈진 산밭으로 날아갔다.

참깨들이 살았던 밭 가운데는 깨끗하게 설거지가 되어 있었지만 밭두렁에는 뱀 허물 같은 비닐이 어지럽게 바람에 흩날렸다. 밭머리 끝자락에 자그마한 풀막이 웅크리고 있었다.

"다들 멈춰. 대체 어찌 된 일이야!"

낯선 암컷이 풀막을 돌아서 눈앞으로 날아오는데, 번개부리는 다시금 누가 누군지 혼란에 빠졌다. 낯선 암컷이 번개부리의 날개를 스치고 지나가면서 소리쳤다.

"어서 나를 따라와, 어서!"

번개부리는 저도 모르게 포물선을 그리면서 몸을 돌렸다가 그 목소리가 이상하다고 생각했다. 번개부리가 속도를 늦추자 이번에는 하늘눈이 지나갔다.

"야, 서! 서란 말이야!"

번개부리는 뭐가 뭔지 알 수 없었다. 암컷 딱새들은 논으로 날아갔다가 고욤나무 사이를 빠져나갔다가 생강나무와 진달래나무 그리고 개복숭아나무 사이를 지나 다시 논으로, 다시 밭으로, 다시 풀막으로, 높게 낮게, 쉴 새 없이 날아다녔다.

"내가 지금 헛것을 보고 있는 건가. 정말 모를 일이군."

번개부리는 풀막 지붕에서 잠시 숨을 고르다가 암컷들이 돌아오자 그제야 좇아갔다. 그들은 싸우는 것도 아니었고, 그렇다고 재미로 하는 놀이도 아니었다. 그들은 자신의 생을 걸고서 한 판 몸부림을 하고 있었다.

"야, 거기 멈추라니까! 멈추란 말이야!"

하늘눈은 지쳐갈수록 화가 났다. 낯선 암컷은 풀막을 십여 차례 돌고 나서야 처음으로 입을 열었다.

"나도 좋아해, 나도 그를 좋아해. 나도 좋아할 권리가 있어!"

하늘눈은 어처구니가 없었고 오늘 번개부리한테 사랑의 고백을 받았으니까 이쯤에서 물러나라고 소리쳤다. 낯선 암컷은 거짓말이라고 대꾸했다. 하늘눈은 눈을 부릅뜨고 낯선 암컷을 쪼아대려고 했으나 워낙 상대가 빨라서 어찌할 수가 없었다.

번개부리는 더 이상 바라볼 수 없었다. 이제야 누가 누구인지 확실하게 가늠할 수 있었다. 번개부리가 자신이 사랑을 고백한 하늘눈에게 다가가려고 하였으나 그때마다 낯선 암컷이 방해를 하였고, 그들은 앞서거니 뒤서거니 뒤엉키면서 요란하게 날아다녔다.

풀막 옆 잔가지가 유독 풍성한 뽕나무 품에 앉아 있던 어치들은 벌써 더운지 입을 크게 벌리고 딱새들의 묘한 놀음에 정신이 팔려 있었다.

"날씨도 더운데 쟤들은 왜 저래?"

"혹시 사랑싸움 하는 거 아냐?"

"그런 것 같군. 이야 재밌다."

하늘눈은 숨을 헉헉 몰아쉬었다. 지쳐버렸다. 지독했다. 아무리 쫓아도 낯선 암컷은 달아났다가 다시 날아오고, 쫓아가면 달아났다가 어느새 돌아와서 번개부리 옆에 가 있었다.

번개부리는 떨떠름한 눈빛으로 화를 내면서 낯선 암컷을 따돌리려고 했으나 쉽지 않았다. 낯선 암컷은 절대로 번개부리를 포기할 수 없다는 눈빛을 보였다.

번개부리는 짜증이 나서 발로 머리를 긁어댔고, 옆으로 따라붙는 낯선 암컷을 보자마자 갑자기 몸을 틀면서 부리로 등을 물어뜯었다. 번개부리는 지금까지 다른 새들하고 싸워서 꼬리를 보인 적이 거의 없었다. 비록 낯가림이 심하고 수줍음을 타는 성격이었지만 한 번 화가 났다 하면 그 누구도 함부로 할 수 없을 정도로 사나웠다.

낯선 암컷이 비명을 지르면서 달아났다. 그제야 번개부리는 하늘눈을 불렀다. 하늘눈은 낯선 암컷이 작은 점으로 사라지는 걸 보고도 안심이 되지 않았는지 날아가면서도 계속 두리번거렸다.

번개부리는 하늘눈이 살았던 고욤나무 위를 지나 골짜기 위로 빠르게 날아갔다. 하늘눈도 낯선 암컷이 따라올까봐 정신없이 번개부리를 따라갔다. 저도 모르게 자신이 살아온 숲에서 멀어지고 있었다.

골짜기가 낯설었다. 편안하게 눈을 둘 곳이 없었다. 그 서먹서먹함이 하늘눈을 긴장시켰다. 바람이 숲을 한타령으로 태질하자 나무들이 그 흐름에 순응하면서 묵은 옷을 벗어던졌다. 하늘눈의 깃털도 세차게 나부꼈다. 정신이 아득했다. 꿈이 아닐까. 마음의 정리를 할 틈도 없이 고향을 떠나오고야 말았다. 이게 옳은 길인지, 꼭 이래야만 하는지 혼란스러웠다. 하늘눈은 이런 식으로 고향을 떠나게 될 줄은 전혀 예상하지 못했다.

“여기가 어디지? 왜 여기로 나를 데려왔지?”

“내가 사는 곳이야. 근사한 곳이야.”

번개부리는 애써 안심시켰으나 하늘눈의 눈에서는 불안한 빛이 사그라지지 않았다. 하늘눈이 횃대 삼아 앉은 소나무는, 고향에 있는 고욤나무만큼이나 나이 든 품이 느껴졌다. 이파리 숱이 워낙 많아서 어지간한 비바람이 몰아쳐도 무사히 피할 수 있었다.

번개부리는 골짜기 맞은편에 있는 바위로 날아갔다. 하늘눈이 따라오자 번개부리는 그 바위에 앉으면서 오리바위라고 농담했다. 그러고 보니 앞으로 넓적하게 튀어나온 바위가 오리 부리를 닮았고, 오리의 눈처럼 생긴 작은 구멍까지 있어서 영락없는 오리 모양이었다. 오리바위 뒤에는 절벽이 바람을 막아주었다. 그 누구와도 더불어 살지 않겠다고 선언을 한 것처럼 깎아지른 바위절벽 곳곳에는 진달래나무와 소나무들이 뿌리를 내리고서 애옥살이를 하고 있었다.

번개부리는 오리바위 밑에 살짝 끼어 있는 길쭉한 벌통 위에 앉아서 두 발로 중심을 잡고 몸을 까불어댔다. 굳이 덧붙이지 않아도 인간들이 나무판자에다 못을 박아서 벌통으로 썼음을 알 수 있었다. 인간들이 쓰다가 버렸는지 골짜기 어디에서 굴러왔는지 그 내력을 알 수는 없었으나, 번개부리는 벌통이 마음에 들었다. 벌통은 위아래가 단단하게 막혀 있었고, 위쪽에 새가 간신히 드나들 정도의 구멍이 뚫려 있었다. 여기까지 굴러오면서 날카로운 돌에 부딪혀서 구멍이 났을 거라는 추측이 들었다. 번개부리는 이 벌통이야말로 집을 짓고 아기들을 키우기에 완벽한 곳이라고 자신했다. 번개부리는 하늘눈이 보는 앞에서 구멍으로 들어갔다.

하늘눈도 따라갔다. 근사한 곳이었다. 마음에 쏙 들었다.

번개부리는 하늘눈의 눈치를 살피다가 박새랑 싸우던 이야기를 늘어놓았다.

나는 두 달 전에 이 골짜기에 왔어. 그냥 며칠간 머무르다가 갈 생각이었는데, 이 벌통을 보고 마음이 달라진 거야. 그때부터 하루도 빠짐없이 아침저녁으로 벌통 안에 들어가서 이상이 있는지 확인하는 버릇이 생겼어.

그날도 눈을 뜨자마자 벌통으로 들어갔다가 깜짝 놀라고야 말았지. 안에 누가 있더라고. 박새야. 이 골짜기에서 나랑 몇 번 마주친 적이 있는 박새였는데, 다른 새들이 그 녀석을 '속임수'라고 부르더군. 하여간 그 녀석처럼 다른 동물들 흉내를 잘 내는 새는 처음 봐. 대단해. 그 녀석은 온갖 동물들 흉내를 다 내. 그러면서 상대방 눈을 홀리는 거야. 상대방이 겁먹고 도망칠 만한 동물들 흉내를 내면서, 그 속임수로 살아가니까 대단한 녀석이라고 할 수 있어. 하여간 녀석을 알아보고는 조용히 나가라고 했지. 그러자 오히려 속임수 놈이 큰소리를 치는 거야.

"여긴 내가 집을 지을 곳이다! 어서 방해하지 말고 나가라!"

그래도 나는 꾹 참았어. 좋은 말로 해서 문제를 해결할 작정이었지.

"속임수 놈아, 너야말로 어서 나가라. 여기는 내가 먼저 찍어두었어. 지금 당장 나가지 않으면 다시는 날아다니지 못하게 될 것이다!"

나는 말재주가 없는 데다가 흥분까지 하여서 더욱 힘들었어. '속임수'는 지난가을부터 이 벌통을 찜해두었다고 억지를 부리더니, 그놈은 자신만의 비장의 무기를 보여주기 시작했어. 먼저 자기 머리를 뱀 머리 모양으로 돌려댔지. 아마 다른 새라면 '으악, 뱀이다!' 하고 도망쳤을지 모르지만 나한테는 안 통해. 녀석은 다시 입을 크게 벌리고 머리를 돌려댔는데, 영락없이 고양이로 보였어. 다른 새들이라면 까무러쳤겠지만 그것도 나한테는 안 통하지. 그러자 이번에는 매의 소리를 그대로 성대모사 하면서 내 귀까지 홀리려고 하는 거야. 역시 다른 새라면 비명을 지르면서 달아났겠지만, 나는 온몸에 소름이 끼치면서 화가 났어. 나는 매를 가장 싫어하거든. 순간 확 돌아버렸지. 나는 그대로 속임수 놈을 부리로 물어뜯었어. 그놈은 내 상대가 아니었어. 자랑하는 건 아니지만, 나는 거의 모든 새하고 붙어봤어. 어치나 까치는 물론 까마귀나 매도 두려워하지 않을 정도로……. 그 이야기는 또 나중에 할 기회가 있을 테고. 아무튼 그 녀석이 달아나지 않았으면 끔찍한 일이 벌어졌을지도 몰라. 그 뒤로도 다른 새들이 몇 번이나 왔었지. 그때마다 내가 다 쫓아버렸어. 그만큼 이 벌통을 노리는 놈들이 많았다는 걸 이야기하고 싶어서 하는 말이야.

하늘눈은 이야기가 끝날 때까지 번개부리의 눈동자를 바라다보고 있었다. 수줍음이 많아서 자신을 똑바로 바라다보지는 못했지만 잔잔한 그 눈에서는, 그 누구에게도 덜미를 잡혀본 적이 없는, 그 누구에게도 비굴하게 타협해본 적이 없는 강하면서도 순수한 빛이 우러나오고 있었다. 날개 근육도 다른 새에 비해서 딱 벌어져 있었다. 하늘눈은 그가 최고의 신랑감이라고 생각하면서 밖으로 나왔다. 막상 바깥으로 나오자 자신의 생가가 그리웠다. 하늘눈은 저도 모르게 날개를 파닥거렸다.

"갑자기 왜 그래? 어딜 가는 거야!"

하늘눈은 대답하지 않았고 곧장 자신이 살았던 고욤나무까지 날아갔다. 이곳에 오면 편안할 줄 알았는데 이상하게도 불안했다. 이곳을 떠난 지 하루도 지나지 않았건만 서름서름해지다니……. 하늘눈은 무척 당황스러웠다.

조심조심 고욤나무 구멍으로 들어갔다. 안에는 아무도 없었지만 이미 멧새 허풍쟁이가 집을 제법 고쳐놓은 상태였다. 하늘눈은 망설였다. 이 안에 머물고도 싶었고, 이미 남의 집이라는 생각이 강하게 압박하기도 하였다.

"누구야! 어서 나오라는 말씀!"

허풍쟁이가 바깥에서 소리쳤다.

하늘눈은 정신이 번쩍 들었다.

허풍쟁이가 구멍으로 머리를 들이밀고 다시금 윽박질렀다.

"하늘눈이잖아! 이제 여기는 우리 집이라는 말씀! 너희 집이 아니라는 말씀!"

하늘눈은 싸울 정도로 이곳이 절실하지 않았고, 빠르게 날개를 퍼덕이면서 구멍을 빠져나왔다. 그러자 허풍쟁이가 고욤나무 높은 가지에서 한판 요란하게 떠들어댔다.

"다들 아는 바와 같이 나는 위대한 마법사라는 말씀. 하늘눈아, 잘 들으라는 말씀. 네가 다시 한 번만 우리 집에 침입하면 그때는 너를 두꺼비로 만들어버릴 거라는 말씀! 눈물 흘리면서 엉금엉금 느릿느릿 기어다니는 우스운 두꺼비로 만들어버릴 거라는 말씀!"

그 목소리는 인간들이 사는 마을까지 울려퍼질 정도로 크고 맑았다.

"하늘눈아, 너도 '교활한 목도리'를 잘 알 것이라는 말씀. 쥐들이 '이 교활한 족제비 놈아, 어서 죽어서 인간의 목도리나 되어라!' 하는 뜻으로 '교활한 목도리'라고 부른다는 것도 잘 알 것이라는 말씀. 늘 엉뚱한 곳을 보는 척하다가 느닷없이 덮치는 그놈의 무서운 발톱을 너도 알 것이라는 말씀. 쥐뿐만 아니라 우리 새들도 그놈을 보면 부들부들 떤다는 말씀. 며칠 전에는 인간들이 온갖 진수성찬을 차려놓고 굿을 하면서 소원을 비는 바위 아래로 수백 마리의 쥐들이 모여서, '교활한 목도리를 없애주소서. 교활한 목도리를 없애주소서. 교활한 목도리를 없애 주소서……' 하고 밤새도록 소원을 빌었다고 하더군. 바로 그놈도 내가 혼내주었다는 말씀. 요새 그놈이 안 보이는 것도 그것 때문이라는 말씀. 닷새 전에 내가 두꺼비로 만들어버렸다는 말씀. 마법이 풀리려면 앞으로 일주일은 더 있어야 한다는 말씀. 그래서 요새 나는 쥐들의 인사를 받느라고 고개가 아프다는 말씀. 내 말을 겉으로 듣지 말라는 말씀."

어제도 이 골짜기에서 교활한 목도리를 본 적이 있는 하늘눈은 어처구니가 없었다. 그래서 한마디 대꾸해주려고 하다가 그놈의 허풍을 더 이상 듣기 싫어서 그냥 웃어버렸고, 천천히 그동안 정들었던 것들하고 작별 인사를 하였다. 고욤나무 집을 포기하는 순간, 이제는 이곳을 떠날 때가 되었다고 중얼거렸다. 하늘눈은 자신의 냄새가 베인 고욤나무를 비롯하여 생강나무, 개복숭아나무, 다래덩굴, 진달래나무를 훑어보고는 "안녕, 고마운 것들아. 그동안 너무너무 고마웠어. 잘 있어" 골고루 눈빛을 보냈다. 그런 다음 홰를 치고 숨차게 날아올랐다.

붉은 구름바다가 된 서쪽으로 물오리들이 날아갔다. 해가 돌아가고 있었다. 이곳은 골짜기 아래보다 해의 심지가 짧았고, 그만큼 햇볕도 빨리 스러졌다. 하늘눈은 번개부리를 따라 소나무 품으로 들어갔다. 번개부리의 체온이 하늘눈의 마음을 차분하게 해주었다.

'이런 기분을 맛보리라고는 생각도 못 했어.'

하늘눈은 번개부리와 살을 맞대고 있다가 저도 모르게 살짝 떨어졌다. 혼자서 살아왔기에 나 외에 또 다른 누가 옆에 있다는 것이 좋으면서도 어색했다. 혼자서 비바람을 이겨냈고, 혼자서 추위도 이겨냈으며, 혼자서 외로움도 이겨냈다. 어치니 까치니 하는 새들도 겨울에는 친척들과 다 모여서 살았으나 하늘눈은 혼자서 겨울을 났다.

"참, 나도 바보야. 아직까지 이름도 안 물어보다니……."

번개부리가 거의 혼잣말에 가깝게 소리 죽여 말했고, 하늘눈도 꼬리를 내리치면서 "나도 그 생각을 못 했네" 하면서 말을 이었다.

"난 하늘눈이야."

"하늘눈이라고?"

번개부리가 하늘눈을 똑바로 쳐다보았다.

"나는 하늘을 살아 있는 눈이라고 생각해. 언젠가는 저 눈 속 끝까지 날아가고 싶어. 나무를 밑에서 올려다보면, 나무가 하늘의 눈에다 뿌리박고 사는 것 같아. 그때마다 나무가 부러워. 외롭다거나 힘들 때마다 하늘을 보고 있으면 마음이 편해져. 해가 떠 있는 하늘을 보면 마냥 날고 싶고, 달만 있는 하늘은 더 신비스러워 보이고, 눈 오는 하늘은 다른 세상 같고, 비 오는 하늘을 보면 막 노래하고 싶고……. 살아 있는 눈이 아니라면 그렇게 다양한 표정을 드러내기란 불가능해. 나는 그런 하늘눈을 조금이라도 닮고 싶었어. 그래서 하늘눈이라고 한 거야."

번개부리는 슬쩍 하늘눈의 눈길을 피하면서 낮게 입을 열었다. 엷은 미소가 입가로 번지고 있었다.

"이럴 수가…… 나도 비슷한 생각을 했는데……. 지난 며칠간 엄청난 시간이 지나간 것 같아. 꼭 꿈을 꾸는 기분이야. 난, 우연히 고욤나무 옆을 지나가다가 널 봤어. 너를 보는 순간 가슴이 흔들렸어. 네 눈은 너무 맑았어. 하늘보다 맑고 깊어 보였어. 난 네 눈을 보면서 며칠간 숨어 있었는데, 용기를 내려고만 하면 가슴이 떨려서 도망치고야 말았지. 까마귀도 무서워하지 않는 내가 이렇게 소심한 줄 처음 알았어."

하늘눈은 가만히 듣고만 있었다. 그냥 들어주고 싶었다. 더 말하지 않아도 그의 마음을 다 알 것 같았다. 다시 그의 목소리가 들렸다

"난 네 눈을 처음 보고 반했어. 네 눈이 하늘처럼 맑았어. 하늘에 눈이 있다면 네 눈처럼 생겼을 거라고 생각했는데…… 이름이 하늘눈이라니……."

번개부리는 '왠지 너와 나의 만남이 운명적이라는 생각이 들어' 하고 목구멍까지 올라온 말을 꾹 삼킨 다음 자신의 이름을 밝혔다. 하늘눈도 속으로 놀랐다. 상대의 입에서 "하늘에 눈이

있다면 네 눈처럼 생겼을 거라고 생각했는데……" 하는 말을 듣는 순간 "이런 것을 두고 운명이라고 하는구나" 하고 중얼거렸다. 하늘눈은 애써 태연하게 말했다.

"번개부리라고? 강한 이름이구나."

"난 혼자서 컸어. 골짜기 바위틈에서 태어났는데, 어머니는 알을 낳자마자 독극물이 든 먹이를 먹고 죽었고, 아버지가 우리를 키웠어. 형제들은 여섯이었는데 둘은 집에서 죽었고, 넷이 아버지를 따라 집을 떠났지. 하지만 아버지마저도 매한테 당해버렸어. 남은 형제들은 너무 어렸고 먹이 사냥도 서툴렀어. 결국 세 형제도……. 나만 살아남았어. 동생들 둘은 굶어서 죽었고, 누나 역시 매한테 당했어. 그때부터 나는 강해지기 시작한 거야. 나를 지키지 못하면 죽는다는 걸 알았어. 누구든 나를 건드리면 가만두지 않았어. 어치? 그놈들하고도 많이 싸웠어. 한번은 내가 까치들하고 싸우는데 구경하고 있는 까마귀 놈들이 그랬어. '이야 쬐끄만 놈이 번개 같네. 번개같이 달려들어 부리로 찌르고 달아나는군.' 또, 한번은 바위에 앉아 있는 매를 보고는 아버지랑 누이의 원수를 갚겠다고 공격을 한 거야. 매는 너무 당황해서 중심을 잃고 날아가버렸어. 아니 딱새가 공격을 하다니, 그놈도 놀라고 어처구니가 없었던 모양이야. 근데 매란 놈은 공격은 잘하지만 방어는 잘 못해. 그래서 나는 매를 '겁쟁이'라고 불러. 그놈들이야말로 겁이 많아. 본능적으로 '매는 무섭다'라고 생각하면서 도망치는 것들한테는 강하지만, '매도 별 것 아니다' 하고 조금만 반항하면 오히려 겁을 먹어. 겁쟁이들이야, 그놈들은. 하여간 그런 내 모습을 본 꾀꼬리 놈들이 나를 보고 이렇게 말하더군. '허허 쬐끄만 놈이 겁도 없이 덤벼드는군. 덤벼드는 놈 앞에 장사 없군. 매란 놈이 쩔쩔매다니, 번개 같아. 번개같이 달려들어 부리로 공격하네. 저놈은 번개부리야.' 그 말을 듣는데 별로 기분이 나쁘지 않았고, 언제부턴지 주위의 새들이 나를 번개부리라고 했어."

"감동적인 이름이야."

하늘눈은 저도 모르게 번개부리의 몸에다 살을 비벼댔다.

바람이라고는 기척도 없는 밤이었다.

새들은 모두 자기 집을 짓는다

하늘눈은 깊은 잠에 빠져들었다. 오랜만에 맛보는 단잠이었다. 새벽바람의 서슬에 나뭇가지들이 부대끼며 요동쳐도 깨지 않았다. 눈을 떴을 때는 이미 어둠이 걷힌 뒤였다. 번개부리가 잘 잤느냐고 물었다. 하늘눈은 아주 잘 잤다고 대답하고는 먼저 날개를 펼쳤다. 오리바위에 앉아서 세심하게 주위를 훑어보았다. 아무도 없었다. 그제야 벌통 안으로 들어가서 속을 꼼꼼하게 살폈다. 벌통 속에는 낡은 벌집이 남아 있었다. 그 위에다 집을 지어도 무리가 없어 보였다. 벌통 속 여백이 워낙 커서 집을 짓는데 많은 품을 팔아야 한다는 게 흠이었다.

하늘눈은 벌통을 나와서 절벽으로 날아갔다. 절벽 중턱 바위 너설에는 잔가지가 많은 진달래나무 서너 그루와 역시 키가 작은 소나무 한 그루가 살고 있었다. 그곳은 바람받이에다 흙살 한 점 없어서 삶이 퍽퍽한 곳이었다. 그들이 왜 이런 땅에나 터를 잡았는지 하늘눈은 알 수가 없었다. 하늘눈은 진달래나무에 앉아서 벌통을 내려다보았다. 벌통 주위에는 갈대와 덩굴숲이 우거져 있어서 쉽게 눈에 띄지도 않았다.

"물길도 멀리 있고, 주위에 갈대와 덩굴숲이 있어서 좋아. 어서 집을 짓고 싶어, 어서어."

"네가 좋아하니까 너무 기뻐. 집을 짓는 건 너무 서두르지 마. 며칠 쉬고서 일을 시작해도 늦지 않아. 너를 만나게 된 게 행운이야. 행복해."

번개부리도 옆에 앉아서 흐뭇하게 웃었다.

"나도 마음이 편해. 너만 믿을게."

그들은 절벽 아래로 천천히 내려앉았다. 풋나물들이 쫑긋쫑긋 얼굴을 내밀고 있었다. 그들은 딱따구리의 부리에 쪼이고 쪼여 바랜 속살을 드러낸 참나무 둥치 옆에서 다정하게 먹이 사냥을 하였다. 부리로 마른 이파리를 들추면 거미와 작은 곤충들이 놀라면서 달아났다. 그들은 서두르지 않고 낚아챘다.

번개부리는 이파리를 들추다가 붉은머리오목눈이들의 목소리를 들었다.

"나는 이 갈대숲이 마음에 들어. 사방이 숲으로 둘러싸여 있고, 아래쪽에는 물이 흐르고, 위쪽에는 달래덩굴이 막아주고……."

"나도 마음에 들어. 갈대는 우리의 친구야. 게다가 달래덩굴 뒤쪽에는 벼랑이 바람까지 막아주고 있어. 여기다 집을 지으면 좋겠어."

오목눈이들이 잠깐 모습을 드러냈다. 번개부리도 잘 아는 이들이었다. 굴뚝새와 함께 이 골짜기에서 사는 새들 중에서 가장 작은 그들은 일주일 전부터 이 골짜기를 조심조심 뒤지고 다녔고, 그러다가 번개부리하고 몇 번 마주친 적이 있었다. 워낙 순하고 겁이 많아 좀처럼 얼굴을 드러내지는 않아도 번개부리는 그들하고 친해지고 싶었다. 오목눈이들은 집을 잘 짓기로 유명했고, 더구나 이 숲 속에서 유일하게 거미줄을 이용하는 재주를 가졌다. 번개부리도 거미줄을 이용하는 방법을 배우고 싶었다. 그래서 한번은 "이봐, 나한테도 거미줄 사용법을 좀 알려주라" 했더니 "너희들은 비바람의 손길이 닿지 않는 곳에다 집을 짓잖아? 그러니까 굳이 거미줄을 쓸 필요가 없지" 하고 말하자 저도 모르게 고개를 끄덕이고야 말았다. 맞는 말이었다.

붉은머리오목눈이 수컷의 이름은 '나무모심'이었다. 그들은 조상 대대로 '모심'이라는 말을 이름 끝에다 붙였다. 비록 몸은 작고 약하게 생겨났어도 그들은 자신의 존재를 한 번도 비관한 적이 없었다. 오히려 저 창공을 박차고 날아다니는 생명으로 태어나게 된 것을 고마워하였다. 그들은 세상 모든 것을 모시는 마음으로 살아갔다. 자신들이 먹고 사는 작은 애벌레부터, 개미, 거미, 씨앗, 물, 풀…… 그 숱한 것을 먹을 때마다 '당신들을 모십니다' 하고 진정으로 고마워하였다. 수컷이 '나무모심'이라고 이름을 지은 것도 평생을 나무에서 살아가기 때문이다. 다른 오목눈이들보다 거미줄을 잘 이용하는 암컷이 '거미모심' 이름을 붙인 것도 거미들에게 고마움을 표시하기 위해서였다.

나무모심과 거미모심은 다시금 살짝 얼굴을 드러냈다가 바람소리에 맞춰 갈대들이 몸을 흔들어대자 그 흔들림 속으로 묻혀 버렸다. 날개가 부지런한 그들은 쉬지 않고 품을 팔아서 집 지을 명당을 물색하는 중이었다.

오목눈이들을 보자 하늘눈은 일찌감치 집 지을 터를 정해놓은 번개부리가 새삼 자랑스러웠다. 하늘눈은 다시 오리바위로 날아와서 벌통을 내려다보고는 "근사해. 아무리 보아도 최고야. 오목눈이들도 우리를 부러워할 거야" 하고 마음속에서 우러나는 말을 흘리고 벌통 구멍 속으로 들어갔다. 번개부리도 약간 흥분된 목소리를 감추지 못했다.

"그건 사실이야. 이렇게 근사한 곳은 없어."

둘은 벌통 밖으로 나와서 힘껏 날개를 다그쳤다. 흥분된 기분을 마음껏 즐기고 싶었다. 오늘도 하늘에는 구름 한 점 까불지 않았다. 하늘눈은 어제만큼 높이 솟아오르지 않았으나 대신 넓은 골짜기 위로 마음껏 날갯짓하면서 날아다녔다. 그만큼 골짜기의 품이 넉넉했다.

"우리들은 운이 좋은 경우다, 최고다!"

번개부리도 덩달아 흥이 났다. 둘은 앞서거니 뒤서거니 하면서 쏟아지는 햇살을 날개로 잘게 부쉈다. 지치면 아무 데나 앉았고 땅바닥에서 뭔가 움직이기만 하면 유감없이 사냥 실력을 드러냈다. 눈이 좋은 그들은 움직이는 모든 것을 한번 겨누면 놓치는 법이 없었다.

번개부리는 오리바위 뒤쪽 절벽에 세 들어 사는 진달래나무에서 나방 한 마리를 낚아채다가 마른 풀을 물고 가는 박새를 보았다.

"앗, 속임수 놈이다. 나하고 한판 붙었던 놈이다. 이 근처에다 집을 짓는 모양이다."

속임수는 번개부리가 잠을 자는 소나무 옆에 있는 오리나무로 날아갔다. 이미 잔가지는 다 떨어져버리고 몸통만 남은 오리나무는 하루도 빠짐없이 딱따구리들이 와서 쪼아대는 통에, 껍질이란 껍질은 거의 남아 있지 않았고 몸에는 수백 개도 넘는 크고 작은 구멍들이 뚫려 있었다. 속임수는 그 나무의 구멍 하나를 집터로 점찍은 모양이었다. 그것은 오리바위하고 거리가 멀어서 전혀 걱정할 게 없다고 번개부리는 생각했다.

하늘눈도 고개를 끄덕이다가 무심코 나뭇가지 하나를 보았다. 집터를 다질 기초공사를 할 때는 이런 나뭇가지가 필요하다. 어쩌면 더 큰 나뭇가지가 있어야 할지도 모른다. 하늘눈의 머릿속에 벌통 속이 떠올랐다. 대충 벌통 속 크기를 가늠해야만 기초공사를 할 때 필요한 건축자재를 구할 수가 있었다.

"안 되겠어. 당장 시작해야겠어."

하늘눈이 오리바위로 날아갔다. 번개부리는 멍하니 있다가 뒤늦게 따라왔다. 하늘눈은 벌통 속으로 들어가서 중얼거렸다.

"생각보다 안이 넓은걸. 큰 나뭇가지들이 많이 필요하겠어."

하늘눈은 눈대중으로 어느 정도 크기의 나뭇가지들이 필요할지, 어느 정도 기초공사를 해야 하는지 꼼꼼하게 살피고 밖으로 나왔다. 번개부리는 벌통 위에 가만히 앉아 있었다.

"당장 시작해야겠어, 집 짓는 일을."

하늘눈은 어서 집을 만들고 싶은 충동으로 몸을 떨었다.

"근사하게 지을 거야."

여전히 번개부리는 말이 없었고, 하늘눈은 오리바위 아래에 오리나무 가지를 보고 내려앉았다. 번개부리는 하늘눈이 너무 서두른다고 투덜거리면서도 따라왔다. 하늘눈이 자기 몸보다 열 배쯤 길어 보이는 오리나무 가지를 물었다. 반대편 끄트머리가 굵은 나무둥치에 눌려서 끄떡하지 않았다. 번개부리가 중간에서 나뭇가지를 물어 들어올렸다. 그러자 끌려왔다. 하늘눈이 모질음을 쓰면서 나뭇가지를 물고 날았으나 이내 떨어뜨렸다. 번개부리는 그럴 줄 알았다는 눈빛으로 쳐다보다가 "잘 봐, 알았지?" 하고는 나뭇가지 끝을 물더니 방향을 틀지 않고 그대로 위로 솟구쳤다. 날개가 강하지 않으면 힘든 일이었다.

하늘눈이 따라갔다. 번개부리는 매보다 능숙하게 정지 비행을 하다가 벌통으로 내려앉았다. 하늘눈이 기다리고 있다가 나뭇가지를 물었고, 번개부리가 나뭇가지 끝을 구멍으로 밀어넣었다. 하늘눈이 안으로 들어가서 나뭇가지를 잡아당겼다. 혼자라면 도저히 엄두도 낼 수 없는 일이었다. 하나의 나뭇가지를 물어다놓고 나니까 배가 헛헛해졌다. 하늘눈은 다시 먹이 사냥을 하였다.

개구쟁이 바람이 산비탈에서 마른 이파리를 떼거리로 몰고 왔다. 마른 이파리 속에서 먹을거리를 뒤지던 새들이 놀라서 날아올랐다. 회오리바람이 나뭇잎 하나를 장난삼아 떠올려서 나무와 나무 사이로 자유롭게 끌고 다니다가 하늘 높이높이 풀어주었다.

하늘은 급하게 어두워지고 있었다. 산꼭대기로 넘어오는 먹장구름들이 한 겹 한 겹 두텁게 포개졌다. 누군가 순한 봄바람을 채찍질하고 있었다. 바람은 이내 나무들의 뼛속까지 아리게 하는 서슬이 되었다. 뿌리가 흔들리면서 나무들이 멀미를 하였다. 낮은 덩굴에서만 살아온 하늘눈이 감당하기 어려운 흔들림이었다. 숲이 뒤집히고 있었다. 번개부리는 오리바위를 지나 다래덩굴 속으로 하늘눈을 데리고 갔다. 그제야 하늘눈은 정신을 차릴 수가 있었다.

오리바위 근처에는 산벚나무 고목 하나가 오랜 세월을 묵히고 있었다. 바람이 휘모리장단으로 몰아칠 때마다 툭툭 투닥투닥 삐직삐지끈 끼익, 끄르륵 쿵쿵……. 고목의 가지가 꺾이고, 떨어지고, 비틀어지고, 갈라지고, 쓰러지는 굿판이었다. 결국 산벚나무 고목이 쓰러졌다. 엄청난 울림이 골짜기를 흔들었다. 백 년을 넘게 살아온 세월의 무게가 추락하는 소리였다.

"무시무시해. 천둥소리보다 컸어."

하늘눈이 놀라서 고개를 위아래로 흔들다가 새삼 나무를 떠올렸다. 새들은 나무 없이 살아갈 수 없지만 정작 그들이 얼마나 고마운 존재인지 모른다. 나무들은 생을 마감하는 순간 자신의 유언을 세월에 맡기고, 약해지고 약해지다가 어느 날 불쑥 드러눕는다. 그때부터 더 약해져서 문드러지고 패이고 떨어져나가고 썩어서 흙살이 된다. 그러면 나무는 더욱 강해진다. 자신의 존재를 처절하게 부정하고 나서야 숱한 나무들을 키워올린다. 바람이 불어도, 수백 년의 세월이 흘러도 쓰러지지 않을 나무들을 다시 키워낸다. 하늘눈은 새삼 나무야말로 숲에서 가장 위대한 존재라고 중얼거렸다.

바람이 고개를 숙이자 비가 들기 시작했다. 새벽으로 갈수록 빗방울은 무게가 실렸고, 골바람이 희끄무레한 안개 떼를 몰고 왔다. 그 누구든 안개 떼에 갇히면 보이지 않는 세상에 대한 두려움으로 멍해지다가, 이내 환한 세상과의 단절을 받아들이고 현실을 잊게 되는 마법에 걸려든다. 하늘눈은 입을 헤벌리고 안개 속을 굽어보다가 포로롱 날개를 떨었다. 한치 앞도 가늠하기 어려웠으나 천천히 절벽 쪽으로 날갯짓하여 진달래나무를 붙잡았다. 발긋발긋 볼이 부푼 진달래꽃 몽우리들은 그 하나하나가 새처럼 움직일 수 있는 생명체로 보였다. 진달래나무는 잔치판 벌일 모든 준비를 끝내고 눈치만 보고 있었다.

번개부리도 하늘눈 옆에 앉았다.

"오늘은 안개까지 심하니까 일할 생각하지 마. 알았지?"

하늘눈은 번개부리를 똑바로 보면서 "괜찮아, 안개가 짙으니까 더 기분이 좋아" 하고 슬쩍 웃었다. 목소리는 부드러웠으나 그 눈빛에는 번개부리가 어찌할 수 없는 고집스러움이 배어 있었다. 번개부리는 곤혹스러운 눈빛이었다. 이런 날 나뭇가지를 물어 나르다가 다칠 수도 있었다. 번개부리는 자신의 진심이 깃든 간절한 목소리를 내놓았다.

"제발 부탁이야. 안개가 걷힌 뒤에 해도 되잖아. 무리하다가 다치기라도 하면 큰일이야."

"알아, 천천히 할 테니까 걱정하지 마. 난 집 짓는 게 즐거워."

하늘눈은 어서 집을 짓고 싶었다. 나뭇가지를 물어오면서 다른 새들에게 자랑하고 싶었다. 빗물이 버무려진 숲에서는 땅 냄새가 강하게 풍겼고, 하늘눈은 그런 강렬한 기운이 좋았다. 봄 가뭄으로 퍽퍽해진 땅의 인심을 너그럽게 할 만큼의 흡족한 비는 아니었나, 바람이 불 때마다 나뭇가지에서 후드득후드득 떨어지는 물방울 세례를 받을 때마다 기분이 좋았다. 몸에 닿는 빗방울의 감촉이 싫지 않았다. 작은 씨앗이 된 기분이었다. 숲 바닥에는 많은 나뭇가지가 떨어져 있었다. 어젯밤에 얼마나 많은 나무가 바람에 몸살을 했는지 알 수 있었다. 하늘눈은 바닥에 떨어져 있는 나뭇가지를 눈어림하였고 살짝 바닥으로 뛰어내려서 부리로 물었다.

"그건 너무 커. 무리하지 말랬잖아!"

번개부리가 버럭 화를 내면서 그 가지를 가로챘다. 하늘눈은 당황하면서 꼬리를 흔들었다. 번개부리는 하늘눈이 뭐라고 말을 하기도 전에 커다란 나뭇가지를 물고 벌통으로 날아갔다. 그때부터 번개부리는 쉬지 않고 커다란 나뭇가지를 물어왔다. 하늘눈이 미안해서 쉬었다가 하라고 해도 듣지 않았다. 번개부리는 나뭇가지를 물어오다가 몇 번이나 떨어뜨렸다.

한번은 물고 오던 나뭇가지가 찔레덩굴로 떨어졌다. 번개부리는 화를 참지 못하고 "젠장, 이게 뭐람!" 하고는 나뭇가지에 앉아서 부리로 마구 줄기를 쪼아댔다. 그때마다 하늘눈은 얼마나 미안했는지 모른다. 자기는 그냥 일하는 게 좋아서 하겠다고 했을 뿐인데 번개부리는 단단히 심통이 나 있었다. 하늘눈은 다른 나뭇가지를 가져오자고 하였으나 번개부리는 묵묵히 찔레덩굴로 내려앉았다.

"싫어. 꼭 이 나뭇가지를 물고 갈 거야."

그때 하늘눈의 생가에서 사는 멧새 허풍쟁이가 근처로 내려앉았다. 우연히 골짜기 위로 올라왔다가 잠깐 오리바위 옆으로 늘어진 다래덩굴에서 쉬려던 참이었다. 번개부리는 괜히 화풀이하듯이 화를 냈다.

"이놈아, 어서 꺼지지 않으면 네놈의 눈이 성하지 않을 것이다!"

"아니, 저놈이 감히 나를 몰라보고……. 다들 아는 바와 같이 나는 아흔아홉 가지의 마법을 부린다는 말씀. 나한테 혼이 난 녀석들이 한둘이 아니라는 말씀. '교활한 목도리'라는 족제비는 지금도 마법이 안 풀려서 두꺼비로 살고 있고, 며칠 전에 우리 집을 위협하던 '황룡'이라는 구렁이 놈은 도롱뇽으로 만들어버렸다는 말씀. 그러니 까불지 말라는 말씀."

허풍쟁이는 근처에 있는 하늘눈을 보고는 "옛 친구 하늘눈이라는 말씀!" 하고 반가운 표정을 지었다. 하늘눈도 반가운 표정을 지었다. 하지만 허풍쟁이는 적당히 거리를 두면서 번개부리를 노려보았다. 눈빛이 달랐다. 경험으로 아주 성깔 있는 상대임을 알았다. 허풍쟁이는 벼랑에 있는 진달래나무로 날아갔다. 그곳에서 그 누구보다도 쩌렁쩌렁한 목소리로 다시 한바탕 떠들어댔다.

"하늘눈의 신랑이라는 말씀. 그렇다면 먼저 인사를 해야 하는 게 당연하다는 말씀. 무턱대고 화를 내는 건 무식한 놈들이나 하는 짓이란 말씀. 나야말로 이 숲 속의 신사이고, 위대한 마법사라는 말씀. 너, 하늘눈 신랑아, 잘 들어라. 어제 오후에 계곡 바위 위에서 낮잠을 자는데 '심술쟁이'라는 청설모 녀석이 몰래 다가왔지. 그놈은 워낙 심술궂어서 새들의 집만 보면 부숴버리고, 알도 깨뜨리지. 새들하고 원수지간도 아니면서 괜히 심술을 부린다는 말씀. 나는 그놈을 한번 혼내주려고 했는데, 마침 다가오기에 점잖게 타일렀다는 말씀. 그래도 녀석이 까불어대기에 이렇게 말해줬지. 이 불쌍한 심술쟁이야. 너를 지금 들쥐로 만들어버릴 수도 있다만, 그것보다는 '악마의 발톱'을 불러다가 너를 혼내주고 싶구나. 나는 저 아래 인간들 집에서 사는 개하고 친하고, 저 산 너머 비닐하우스에서 살아가는 '악마의 발톱'하고도 잘 안다. 설마 '악마의 발톱'이라는 고양이를 모르지는 않겠지. 나는 마음만 먹으면 지금 당장 '악마의 발톱'을 불러올 수 있다. 그 말이 끝나기도 전에 그 심술쟁이 놈이 '악마의 발톱이라고, 아 그 말만 들어도 머리가 아프고 정신을 잃어버릴 것 같아!' 하고 달아나는데, 그 꼴이 얼마나 우습던지……. 녀석은 '악마의 발톱'을 가장 두려워한다는 말씀. 하하하하, 내가 오늘 충고하는데, 하늘눈 신랑아, 보아하니 네 힘이 강한 것 같다만…… 네 힘을 너무 믿고 까불지 말라는 말씀."

번개부리는 "너무 까불지 마라" 하는 말을 듣는 순간 욱하고 가슴속에서 불덩이가 치밀어올랐으나 꾹 참았다. 자꾸만 '악마의 발톱'이라는 말이 고막에서 맴돌이쳤기 때문이다. 여러 새들이 '악마의 발톱'이라는 고양이와 '교활한 목도리'라는 족제비에 대해서 이야기를 하였다. 새들은 '교활한 목도리'도 두려운 상대이지만 '악마의 발톱'은 인간들조차 함부로 할 수 없는 그야말로 무시무시한 존재라고 몸을 떨었다. 며칠 전에는 어치들이 하는 이야기를 들었는데, 그놈은 어치들의 집이 있는 높은 나무 꼭대기까지도 단숨에 올라올 수 있으며, 나무 위에서 날다람쥐처럼 날아다닌다고 했다. 어쨌든 그 '악마의 발톱' 눈에 보이면 그 누구도 살아남을 수 없다고 하였다. 쥐나 다람쥐나 청설모들은 그 '악마의 발톱' 때문에 무신론자가 되었다는 말도 하였다. "신은 없다. 신이 있다면 그렇게 불공평하게 악마의 발톱을 만들지 않았을 거야. 그놈은 우리보다 나무도 잘 타고, 우리보다 민첩성도 뛰어나고, 우리보다 냄새도 잘 맡고, 우리보다 이도 강하고, 우리보다 발톱도 강하고, 우리보다 소리도 잘 듣고, 우리보다 눈도 강하고……. 아, 우리는 고양이보다 나은 게 하나도 없어. 이건 불공평해. 그러니까 신은 없는 거야. 이 세상에는 악마들만 드글드글해. 고양이는 악마의 작품이야. 나는 나중에 다시 태어나면 개로 태어날래. 고양이만 죽도록 미워하는 개로 태어날 거야." 쥐나 다람쥐나 청설모는 걸핏하면 자기들끼리 그렇게 신세타령을 한다는 것이었다. 대체 그 '악마의 발톱'이라는 고양이가 얼마나 무서운 놈인지 번개부리는 꼭 만나보고 싶었다.

번개부리는 허풍쟁이가 날아간 자리를 힐끗 보고는, 가시덩굴 사이에 처박힌 나뭇가지를 기어이 물어서 끌어당긴 다음 "절대 포기할 수 없어" 하고 끝내 덩굴 위로 끌어내고야 말았다. 하늘눈은 속으로 정말 대단하다고 소리쳤다.

번개부리는 하늘눈이 도와주겠다고 하여도 듣지 않았고, 혼자서 나뭇가지를 입에 물고 혼신의 힘을 다해 날개를 쳤다. 나뭇가지가 워낙 크고 무거워서 날개는 부력을 제대로 얻지 못하고 파닥거렸으나 포기하지 않겠다는 강인한 의지가 날개에다 평소보다 수십 배 강한 힘을 주었다. 번개부리는 길쭉한 나뭇가지를 물고 이십여 미터나 날아갔다. 어찌나 나뭇가지를 세게 물었던지 막상 벌통에 도착했을 때는 부리를 벌리기 어려울 정도로 턱이 굳어 있었다. 번개부리는 급하게 숨을 몰아쉬면서 나뭇가지를 부리로 움켜쥐었고, 천천히 벌통 속으로 밀어넣었다.

안개도 그들을 방해하지 못했다. 하늘눈은 방금 번개부리가 물어온 나뭇가지가 대여섯 정도 더 필요하다고 말했다. 나뭇가지를 벌집 위에다 걸쳐놓고 그 위에다 더 작은 나뭇가지를 쌓아서 바닥을 튼튼하게 다질 요량이었다. 그런 다음 부드러운 풀을 엮어내면 이 세상에서 가장 튼튼하고 아름다운 집이 될 거라고 확신하고 있었다.

번개부리도 그걸 알고 있었다. 처음에는 굳이 비 오는 날 일하는 하늘눈을 이해할 수 없었고, 그런 생각을 달구다보니 하늘눈이 미워지기도 했으나 일을 하면 할수록 그런 감정이 지워지고 묘한 흥이 달아올랐다. 몸과 마음은 어느새 풀어져 있었고, 빗방울도 차갑지 않았다. 벌통 속에 쌓여가는 나뭇가지들을 보자 자기도 모르게 뿌듯해지고 있었다.

그들은 하루 동안 자기 몸보다 열 배 이상 무겁고 긴 나뭇가지를 열일곱 개나 날어왔고, 떡갈나무 이파리 네 장, 인간들이 버리고 간 굵은 철사 세 토막을 물어왔다.

땅내 맡은 씨앗들이 정신없이 고개를 내밀고 있는 골짜기로 햇살이 흐벅지게 쏟아져내렸다. 숲 바닥에서 살아가는 양지꽃은 노란 꽃다발을 동그랗게 펼쳐놓고 햇살동냥을 하였고, 마른 나뭇잎 위에서는 나비들이 앉아서 역시 햇살동냥에 푹 빠져 있었다. 번개부리도 발 딛을 틈도 없이 빽빽하게 꽃살림을 차린 생강나무에서 해바라기를 하다가 박새 속임수가 오리바위 옆에 있는 다래덩굴에 앉는 것을 보았다. 번개부리는 부리에다 힘을 주면서 노려보았다.

"이 속임수 놈아, 아직도 혼이 덜 난 모양이구나. 지금 당장 꺼지지 않으면 네놈의 부리를 으스러뜨릴 것이다!"

속임수도 번개부리를 보고는 움칠 놀랐으나 이내 날개에다 힘을 주고는 마치 너구리나 오소리를 그리듯이 머리를 돌렸다. 번개부리는 그만 웃어버렸다.

"속임수 놈아, 나한테는 그런 유치한 속임수가 통하지 않으니까 그만하고 어서 꺼져라. 당장 꺼지지 않으면 네놈의 목을 부러뜨릴 것이다!"

"잠깐 쉬어가는 것도 안 되냐, 이 깡패 같은 놈아. 구렁이 '황룡'은 뭐 하는고. 저놈을 잡아먹지 않고 뭐 하노! 족제비 '교활한 목도리'는 뭐 하노. 저놈을 잡아먹지 않고."

속임수가 이리저리 몸을 흔들다가 신경질적으로 받아쳤다. 어디선가 속임수의 아내가 날아오더니 "왜 그래? 대체 무슨 일이야!" 하고 묻더니, 이내 번개부리를 향해 소리쳤다.

"저 깡패 같은 놈! 저런 놈하고는 상종도 하지 마."

"시끄러워, 이 건방진 것들아! 당장 꺼지지 않으면 지옥에 가게 될 것이다!"

번개부리는 골짜기가 쩌렁쩌렁 울릴 정도로 소리치면서 그들을 향해 날아갔다. 그들은 매한테 쫓기듯이 달아났다.

번개부리와 하늘눈은 다시 집 짓는 일에 빠져들었다. 나뭇가지를 물고 벌통 속으로 들어가기 전에는 반드시 오리바위 끝에 앉아서 한참 주위를 두리번거렸다.

봄날, 바람은 늘 잔치를 벌였다. 밤이나 낮이나 잔잔할 때가 거의 없었다. 다만 그 강약을 조절할 뿐이다. 바람이 강해질 때는 아직 버티는 힘이 부치는 나무들은 못 이기는 척 몸을 흔들어주면서 그 비위를 맞추었고, 그러다보면 가끔씩 서로의 몸이 부대끼는 소리가 나기 마련이다.

그들은 그런 소리가 날 때마다 깜짝 놀라면서 몸을 피했다. 딱따구리들이 소름끼치도록 강렬하게 나무를 쪼아댈 때도 긴장했고, 산토끼나 꿩들이 바스락거리면서 근처를 지나가기만 하여도 몸을 숨겼다. '심술쟁이'라는 청설모는 걸핏하면 친구들을 모아서 나무와 나무 사이로 달리기 시합을 하였는데, 날개가 없으면서도 땅을 딛지 않고 저 골짜기 끝까지 갈 수 있었다. 그놈들은 자신들의 재주를 뽐내면서 일부러 크게 소리 지르면서 놀았는데, 그때마다 번개부리는 그들의 탁한 목소리가 귀에 거슬렸다.

벼랑 반대편 산등성이에 '고물상'이라고 불리는 수컷 까치가 살았다. 고물상은 인간들이 버린 물건에 대해서 관심이 많았다. 가느다란 철사와 작은 쇠토막, 전선, 나무젓가락, 쇠젓가락, 가위, 연필, 머리핀, 열쇠 같은 것을 좋아해서 보이기만 하면 집에다 물어다놓았다. 그걸 본 고물상 친구들은 "허허허, 이 친구! 이제 진짜 고물상 차려도 되겠네!" 하고는 물건 하나만 달라고 했다. 그때마다 고물상은 단호하게 고개를 흔들어버렸다. "내 아내를 줄 수는 있어도 저것은 줄 수 없어!" 하고 농담을 할 정도로 그 물건들을 좋아했다. 번개부리도 고물상이 주워온 것들이 탐이 났고, 몇 번이나 나무 밑에 떨어진 쇠토막을 줍고 싶은 충동을 느꼈으나 괜히 까치하고 갈등을 일으켜서 좋을 게 없다고 판단하고는 꾹 참았다. 번개부리도 역시 고물상만큼이나 인간들이 버린 물건을 좋아했다. 고물상네 집은 제법 나이 든 참나무 위에 있었다. 너무도 엉성하여 보면 볼수록 웃음이 나왔고 "저것도 집이라고 짓나!" 하고 핀잔해주고 싶은 충동이 들어도 모른 체하였다.

번개부리가 집을 짓기 시작하자 고물상이 자꾸만 근처에서 맴돌았다. 번개부리는 그것이 마음에 걸렸다. 언제 알을 훔쳐가는 도둑으로 변할지 알 수 없기 때문이다. 그래서 몇 번 위협을 했지만 고물상은 들은 체도 하지 않았다. 화가 난 번개부리는 고물상이 벌통 주위로 오자 빛처럼 날아갔다. 상대는 몸 중심을 잃으면서 놀랐다.

"아아악, 이런 건방진 놈 보게나! 어치나 매도 함부로 하지 못하는 나한테, 감히 나한테 덤벼드는 걸 보게나……."

고물상은 번개부리의 몸통을 단번에 옥죌 수 있는 강력한 부리를 휘둘렀으나 그를 당해낼 수 없었다. 자신이 생각한 것보다 몇 배나 빨랐다. 고물상은 놀란 표정을 애써 감췄다.

번개부리는 고물상 주위를 빠르게 돌면서 당당하게 소리쳤다.

"나는 네가 두렵지 않아. 지금 당장 꺼지지 않으면 네 다리를 부러뜨릴지도 몰라!"

"허허, 저런 버릇없는 놈 보게나. 허허, 내가 저런 개망나니와 말다툼을 하다니 망신이로다, 망신이야……."

고물상은 더 이상 말상대도 하기 싫다는 투로 말하면서 자리를 피했다.

가끔씩 인간들도 나타났다. 인간들이 아무리 조용하게 올라와도 새들은 그들이 오고 있음을 알았다. 인간들의 소리가 들리면 하늘눈은 입에 물었던 나뭇가지를 얼른 내려놓고 먹이를 잡는 척했다. 입에다 나뭇가지를 물고 있다는 것, 그 자체만으로 근처에 자신의 집이 있음을 상대에게 알리는 꼴이다.

벌통 안에는 인간이 먹다 버린 초콜릿 종이를 비롯하여 비닐, 종이, 담배꽁초, 연필, 끈, 나무젓가락, 병뚜껑이 쟁여져 있었다. 모두 번개부리가 물어온 것이었다. "여기 고물상이 또 있군" 하고 하늘눈은 웃으면서 번개부리가 물어온 인간들의 물건을 받아주었다.

번개부리가 워낙 열심히 나뭇가지를 물어다주어서 하늘눈은 수월하게 일을 하였다. 긴 나뭇가지 하나를 물고 오려면 저 산등성이를 서너 개 넘어갈 때 소비되는 힘이 들었고, 세 개만 물어오면 한나절이 다 가버렸다. 그만큼 힘든 일이었다. 하늘눈은 아무런 불평도 하지 않고 힘든 일을 해주는 번개부리가 고마웠다. 하늘눈은 번개부리가 벌통 안으로 들어오자 다정하게 턱을 부리로 문질러주었다.

"고마워, 너 때문에 금방 끝날 것 같아. 이제부터 바위옷이 필요해."

"뭐든 말만 해. 다 갖다줄 테니까. 바위옷은 내가 어디 있는지 잘 알고 있어."

번개부리는 몸을 위아래로 흔들어댔다. 하늘눈은 번개부리를 똑바로 쳐다보면서 "너를 사랑하게 되어 기뻐. 행운이야. 넌 정말 멋져" 하고 속삭여주었다. 번개부리는 한동안 아무런 말도 하지 못했다. 괜히 가슴이 콩닥거리고 몸에서 열이 났다. 허공에 붕 떠 있는 기분이었다. 번개부리는 한동안 망설이다가 하늘눈을 보았다. 하늘눈이 날개를 등 아래로 약간 떨어뜨리면서 몸을 낮추고 있었다. 번개부리는 자기도 모르게 하늘눈의 등으로 올라갔다. 그들은 조용히 사랑을 나누었다. 하늘눈은 그의 모든 것을 받아들였고, 그를 사랑하게 된 것이 행운이라고 다시 속삭여주었다.

하늘눈은 바깥으로 나와서 절벽 위까지 숨차게 날아갔다. 번개부리도 뒤따라왔다. 둘은 숨이 찰 때까지 골짜기 위로 날아갔다가 되돌아오기를 되풀이했고, 목이 타는 갈증을 느끼면서 계곡으로 내려앉았다. 부리를 벌리고 혀로 물을 빨아들이고 고개를 쳐들었다. 물이 온몸으로 퍼져나갔다. 짜릿짜릿했다. 하늘눈은 깃털을 고르면서 쉬려고 했는데, 번개부리는 바위로 날아가서 바위옷을 부리로 뜯어내기 시작했다. 하늘눈은 웃어버렸다.

이제는 번개부리가 일에 걸신들린 모습이었다. 번개부리는 부리로 바위옷을 물어서 이리저리 흔들어댔다. 하늘눈도 바위옷을 뜯어냈다.

"바위옷이 많이 필요할 거야. 벌통 안이 워낙 넓어서."

"이건 일도 아니야. 내 몸보다 열 배쯤이나 큰 나뭇가지를 물어 날랐는데, 바위옷 뜯는 건 힘들지도 않아. 내가 다 할 테니, 걱정 마."

번개부리는 신바람이 나서 바위옷을 부리로 뜯어냈다.

살아 있다는 게 중요하다

이제 집이 완성되었다. 하늘눈은 설레는 마음으로 바위옷이 오목하게 들어간 집에 앉았다.

"이렇게 아름다운 집은 본 적이 없어. 오목눈이들 집보다 더 근사해. 다른 새들이 본다면 우리 집이 오목눈이들 집보다 더 잘 지어졌다고 할 거야! '이제 보니 당신들이야말로 진정한 숲 속의 예술가군요' 하고 감탄할 거야."

번개부리도 그런 생각을 하면서 몸을 움찔하였다. 하늘눈이 앉아 있는 오목한 집에 자신도 앉고 싶은 충동을 느꼈다.

"그럴 거야. 오목눈이가 지은 집보다 훌륭하다고 할 거야. 오목눈이가 지은 집은 비를 맞기 때문에, 비가 내리면 집을 지을 수가 없어. 그런데 우리 집은 비 한 방울 맞지 않아. 그야말로 완벽해. 아무리 바람이 불어도 우리 집은 끄떡없어. 그 어떤 놈들이 해코지하려고 해도 끄떡없어. 우리 집이 최고야."

번개부리는 몸을 떨면서 소리치고 싶은 충동까지 꾹 눌렀다.

"네가 도와줬기 때문이야. 네가 없었다면 불가능했어."

하늘눈은 애써 모든 공을 번개부리에게 돌렸다.

"아니야, 나는 그냥 재료를 물어다주었을 뿐이야. 집을 꾸민 건 너야. 너야말로 오목눈이보다 빼어난 예술가야. 최고야."

번개부리는 흥분을 참지 못하고 바깥으로 뛰쳐나갔다. 절벽으로 날아가던 번개부리의 눈에 붉은 꽃구름이 가득 찼다. 진달래꽃이 엄청난 아름으로 피어 있었다. 꿀동냥을 나온 꽃등에며 벌 무리가 진달래꽃 잔치에 환호성을 지르고 있었다. 그 삭막하던 바위가 좁은 틈을 내주어 진달래나무를 애지중지 아낀 속내가 드러나는 순간이었다. 꽃사태가 나자 바위의 존재는 전혀 다른 모습으로 우러났다. 바위의 품이 넓어 보였고, 그 고집스럽고 완고한 모습은 찾아볼 수 없었다.

"우리의 근사한 집 준공을 축하하기 위해서 햇살도 눈부시고 진달래꽃도 활짝 피었구나. 아하하하, 우리는 집을 지었다. 비 내리는 날도 쉬지 않고 일을 했다. 우리의 집은 이 세상에서 가장 아름답다."

하늘눈도 오리바위에 앉아서 진달래꽃을 바라보았다. 허기가 밀려왔다. 하늘눈은 땅으로 내려앉아 작은 풀잎 사이로 기어가는 딱정벌레를 부리로 쪼았다. 번개부리도 옆으로 내려앉았다. 하늘눈은 딱정벌레를 삼키다가 찔레덩굴 가시에 한 움큼 붙어 있는 산토끼 털을 보았다.

"가만, 산토끼 털을 물어다가 집에다 깔아야겠어."

"맙소사, 이제 그만해도 되는데……."

"신경 쓰지 마. 그냥 눈에 띄어서 물어가는 것뿐이야."

어느새 하늘눈은 산토끼 털을 물고 집으로 날아갔다. 번개부리도 따라갔다. 하늘눈은 집에다 산토끼 털을 깔면서 부드러운 재료가 더 있었으면 좋겠다고 말했다.

"알았어. 여기 잠깐만 있어. 내가 좋은 것을 가져올게. 여기서 나가면 절대 안 돼."

번개부리는 하늘눈을 깜짝 놀라게 해주고 싶었다. 집을 나온 번개부리는 골짜기 위로 날아갔다. 군부대 철조망이 보였다.

"누구냐, 누구냐, 가까이 오지 마라!"

철조망에 앉아 있던 딱새가 소리쳤다. 번개부리는 꼬리를 내보이면서 싸울 의사가 없음을 밝히고 얼른 철조망을 넘어 군부대 막사로 날아갔다. 번개부리는 이곳을 잘 알았다. 저 아래 골짜기로 내려가기 전에 이곳에서 일주일을 묵었기 때문이다. 취사반 뒤에 있는 창고에 가면 인간들이 쓰는 하얀 보온 덮개가 많았다. 번개부리는 그 보온 덮개만을 떠올리면서 취사반 뒤쪽 창고로 들어갔다.

"웬 놈이야, 어서 꺼져!"

누군가 어두운 창고 안에서 피할 틈도 없이 아랫배를 공격했다. 번개부리는 얼른 뛰쳐나왔다. 암컷 딱새였다. 번개부리가 마음을 독하게 먹으면서 혼내주려고 하자 아까 마주쳤던 놈까지 소리치면서 날아왔다. 취사반 어디쯤에 그들의 집이 있는 게 분명했다. 번개부리는 굳이 무리하게 맞설 필요는 없다고 판단했다.

빈개부리를 기다리던 하늘눈은 지루함을 이기지 못하고 밖으로 나왔다. 번개부리를 불렀다. 대답이 없었다. 대체 어디를 갔는지 알 수가 없었다. 이렇게 오랫동안 떨어져 있어본 적이 없었다. 하늘눈은 번개부리가 있을 만한 곳을 찾아다니다가 오리나무에서 사는 박새 속임수를 보았다. 속임수는 입에다 뭔가를 가득 물고 있었다. 척 보기만 해도 따스해 보였다. 바위옷도 아니고, 인간들이 버린 비닐도 아니고, 고사리도 아니었다. 이 골짜기에서는 찾을 수 없는 것이었다. 하늘눈은 저도 모르게 욕심이 났다. 빼앗고 싶은 충동을 가까스로 참아냈다. 굳이 싸울 필요가 없었다. 어디서 가져왔는지 그것만 알아내면 된다. 속임수는 하늘눈을 피하면서 곧장 오리나무로 날아갔다. 속임수는 나무 구멍으로 들어갔다가 얼마 뒤에서 나왔다. 속임수는 힘차게 날개를 펼쳐서 절벽 위로 날아갔다.

하늘눈도 따라붙었다. 진달래 꽃물이 굽이치는 산등성이를 넘어 아래쪽으로 눈길을 돌리자 산밭이 보였다. 햇살이 비닐하우스 위에서 놀고 있었다. 속임수는 맨 위쪽에 있는 비닐하우스 쪽으로 사라졌다. 하우스 문이 반쯤 열려 있었다. 속임수는 금세 부리 가득 하얀 것을 물고 나왔다.

하늘눈은 속임수가 날아가자마자 하우스 안으로 날아갔다. 바닥에 하얀 보온덮개가 깔려 있었다. 하늘눈은 부리로 보온 덮개의 솜털을 뽑아냈다. 신이 났다.

"이런 솜털이라면 아무리 추워도 아기들이 추워하지 않겠어."

하늘눈은 중얼거리다가 깜짝 놀랐다. 몸이 뚱뚱한 수컷 인간이 하우스 안으로 들어섰다. 하늘눈은 그 자리에서 움직이지 않았다. 사방이 비닐로 막혀 있어서 날개가 별로 도움이 되지 않았다.

인간은 긴 다리를 성큼성큼 내디디면서 안쪽으로 걸어왔다. 인간은 하늘눈 옆을 지나쳤으나 알아보지 못했다. 인간은 하우스 안에 오래 머물지 않았다.

하늘눈은 인간의 기척이 사라지자 조심스럽게 날아서 하우스를 빠져나오다가 허둥대기 시작했다. 문이 닫혀 있었다. 하늘눈은 머리로 문을 들이받았다. 아찔한 현기증이 일어났다. 문은 끄떡도 하지 않았다. 이번에는 천장을 받아보았다. 두 겹으로 덮여 있는 비닐은 하늘눈의 가속도를 탄력 있게 받아서 튕겨냈다. 하늘눈은 부리로 비닐을 찢어보려고 하였다. 비닐은 결코 만만하지 않았다. 아무리 쪼아도 구멍 나지 않았다.

해가 떨어졌다. 하늘눈은 마음이 급해졌지만 그만큼 머리는 먹통이 되어버렸다. 하늘눈은 바닥에 앉았다.

"비닐을 찢어낼 수 있는 날카로운 이가 있으면 얼마나 좋을까, 두더지처럼 땅을 팔 수 있으면 얼마나 좋을까."

자유롭게 하늘을 날 때는 그 어떤 동물보다도 날개 달린 자신의 존재가 사랑스러웠는데, 이 안에서는 날개조차 아무런 도움이 되지 않았다. 하늘눈은 혹시나 하는 기대감으로 번개부리를 불러보았다. 세 번, 네 번, 다섯 번째 불렀을 때 무슨 메아리가 돌아왔다. 누군가 인간이 닫아버린 문을 비집고 들어왔다. 악마의 발톱이었다.

하늘눈은 간신히 날아올랐다. 악마의 발톱은 한참을 말이 없더니, 하늘눈이 천장에 매달리자 그 밑으로 와서 특유의 목소리를 뽑아냈다.

"오늘으은 어쩐지이 새고기가 먹고 싶더라아."

악마의 발톱은 다른 고양이들보다 목소리가 더 높았고, 첫마디를 길게 늘어뜨리는 버릇이 있어서, 더 소름끼치게 들렸다. 순간 '악마의 발톱'이라는 말이 떠올랐다. 하늘눈도 '악마의 발톱'이라는 악마의 발톱에 대한 소문을 많이 들었다. 그 이름만 들어도 부들부들 떠는 이들이 많았다. 쥐나 다람쥐, 청설모들은 '악마의 발톱'을 저주하면서 살아갔다. 새들도 그를 두려워했다. 하늘눈의 가슴도 떨렸다. 하늘눈은 악마의 발톱이 들어온 쪽으로 속도를 늦추지 않고 날아가서 문을 들이받았다. 문은 끄떡도 하지 않았다. 하늘눈은 잠깐 의식이 끊어지면서 바닥에 떨어졌다. 악마의 발톱은 전혀 서두르지 않았다. 하늘눈이 이곳에서 벗어날 수 없음을 확신하는 눈빛이었다.

"너어어 악마에 바알톱이라고 드러어보아았지? 내가아 바로 악마에 발톱님이시다. 흐으흐흐으……."

아, 소름이 끼쳐서 정신을 놓아버릴 것만 같았다. 말로만 듣던 그 악마의 발톱을 여기서 만나다니, 하늘눈은 아니라고 자신에게 최면을 걸면서 다시 정신을 차렸다. 그러면서 까만 악마의 발톱을 내려다보았다. 눈이 유독 파랬다. 그놈의 등에는 커다란 흉터가 문양처럼 남아 있었다. 살과 살이 스스로 꿰매지면서 아물기는 했어도 저렇게 눈에 띌 정도로 흉터가 남아 있는 걸 보면 얼마나 큰 상처였는지 알 수 있었다. 그 흉터가 거대한 발톱으로 보였다. 악마의 발톱임을 증명하는 흉터였다. 하늘눈은 다시 머리를 흔들었다. 겁먹으면 안 된다고 얼마나 속으로 부르짖었는지 모른다. 그러다가 악마의 발톱이 들어온 문 아래를 부리로 쪼아도 보고, 머리로 밀어도 보고, 발로 밀어도 보았다. 아, 문은 끄떡도 하지 않았다. 악마의 발톱은 머리로 문 사이를 들이밀고 들어왔는데, 하늘눈은 아무리 부리를 들이밀어도 발로 밀고 잡아당겨도 소용없었다. 울음이 나왔다. 하늘눈은 울부짖으면서 날아올랐고, 이내 머리를 부딪치면서 떨어졌다가 다시 날아올랐고, 그러다가 다시 부딪쳤다.

"소요옹어없다, 너어는 저어얼대 못…… 나아간다아아…….
여어기서 이 악마에 바아알톱 님의 살이 된 것을 영광으로 생각해라아."

그럴수록 하늘눈의 심장은 빨라졌고, 조급해졌다. 하늘눈은 다시 파닥거리면서 비닐을 들이받았다. 그러다가 땅에 떨어졌을 때는 다시는 날아오를 힘조차 없었다. 악마의 발톱이 다가오자 간신히 날았다. 하늘눈은 악마의 발톱을 저주했다. 죽이고 싶었다. 하지만 악마의 발톱의 소리가 고막에 박히자마자 온몸이 부들부들 떨렸다. 하늘눈은 맨 귀퉁이로 가서 다시 철재에 매달렸다. 악마의 발톱이 화를 내면서 달려오고 있었다. 하늘눈은 다시 반대편으로 날아갔다. 악마의 발톱은 더 빠르게 쫓아왔다. 하늘눈은 또 다시 반대편으로 날아갔다. 악마의 발톱도 달려왔다. 악마의 발톱은 이 게임을 즐기고 있었고, 하늘눈은 점점 힘이 떨어지는 자신의 한계를 감지하면서 이렇게 죽어갈 수밖에 없는 자신의 처지를 한탄했다.

하늘눈이 굳게 닫혀 있는 문 위의 철재에 매달려 있을 때였다. 바깥에서 바람 부는 소리가 들렸다. 문이 덜컹 흔들렸으나 열리지는 않았다. 하늘눈은 더 이상 날 힘이 없었다. 이제는 끝장이라고 절망하고 있었다.

그때 찬바람이 하늘눈의 등을 어루만졌다. 바깥에서 들어온 바람이었다. 하늘눈은 천천히 두리번거렸다. 눈에 보이지는 않았으나 문 위쪽에는 작은 새가 간신히 빠져나갈 수 있을 정도로 비닐이 찢어져 있었다. 옆으로 찢어져 있어서 잘 보이지 않았다. 바람이 불자 비닐은 제법 틈을 벌려주었다가 다시 움츠러들었다.

하늘눈은 그곳으로 혼신의 힘을 다해 날아갔다. 밤기운이 콧속으로 밀려들자 자신이 그 지옥 속에서 탈출했음을 알았다.

악마의 발톱은 믿기지 않는다는 표정으로 하우스 앞에서 하늘눈을 올려다보고 있었고, 하늘눈은 "아악마의 발톱 놈아! 악마들에게 저어주나 받아라!" 하고 악마의 발톱 말투로 놀려주었다.

번개부리는 간신히 군부대 막사 뒤에서 인간들이 버린 휴지를 입에 물고 돌아왔다. 솜털하고 비교할 수는 없으나 부들부들하고 따스해 보였다. 번개부리는 곧장 벌통 속으로 들어갔다가 하늘눈이 없음을 확인하고는 밖으로 뛰쳐나왔다.

"어딨는 거야! 대답 좀 해봐!"

번개부리는 목이 터지도록 소리쳤으나 하늘눈의 목소리는 고막에 잡히지 않았다. 온갖 불길한 생각만이 바글바글 끓어올랐다.

"빌어먹을, 내가 미쳤지. 무슨 일이 생겼으면 어쩌지, 정말 미치겠군. 그래, 아무 일도 없을 거야."

번개부리는 갑자기 보온 덮개를 떠올린 자신을 타박했고, 하늘눈을 혼자 두고 군부대까지 날아간 자신의 행위를 비난하면서 위아래로 몸을 흔들어댔다. 아무리 숲을 뒤져보아도 하늘눈은 보이지 않았다. 번개부리가 갈 수 없는 곳으로 증발해버린 느낌이었다.

해가 산을 넘어갈 때까지도 하늘눈의 행방을 알 수 없었다. 번개부리는 거만하게 바람을 타고 있는 매를 보다가 불쑥 치밀어 오르는 불길한 잡념을 떨치려고 마구 소리쳤다.

"아니야, 절대 그럴 리가 없어. 아니야! 아니라고!"

번개부리의 메아리는 깊고 처량했다. 무엇이 잘못되었는지 되짚어보면서 냉정해지려고 애를 썼으나, 그럴수록 매의 날카로운 부리만 뇌리에 가득 찼다. 몸이 떨렸다.

"제발 돌아와 줘. 근사하게 지어놓은 우리의 집이 기다리고 있잖아. 나는 어떡하라고 혼자 가버린 거야!"

아내가 영영 돌아오지 않는다면 사랑하는 아내에 대한 미안함과 그리움 때문에, 번개부리는 새로운 생을 개척해나갈 자신이 없었다.

까치 고물상네 집 반대편 산등성이 단풍나무 가지에다 집을 지은 도토리황제 어치는 번개부리를 보고는 "번개부리가 왜 저러지? 저놈이 돌아버렸나!" 하고 고개를 갸우뚱거렸다. 도토리황제는 스스로를 늘 "나야말로 이 숲의 황제야!" 하고 떠벌렸으나 다른 새들은 콧방귀를 뀌었다. 까마귀는 도토리황제를 "내 목소리를 흉내 내면서 작은 새들을 잡아먹는 사기꾼, 사기꾼황제!"라고 했고, 허풍쟁이는 "저놈은 이 숲에서 가장 거짓말을 잘한다는 말씀. 늘 도토리를 훔쳐놓고도 '내가 안 했어. 까치들이 했어' 하고 거짓말하는 저놈이야말로 거짓말황제라는 말씀!" 하고 말했다. 그래도 번개부리는 도토리를 유독 좋아하는 그 어치를 보고는 "도토리황제!"라고 나름대로 예우해주었다. 어쨌든 그 어치는 거짓말황제든 사기꾼황제든 도토리황제든 황제라는 말만 들어가면 좋아라 하였다. 게다가 그 어치의 머리 꼭대기에는 특이하게도 붉은 머리깃털이 쫑긋 솟아 있어서 영락없이 황제의 관으로 보였다. 다른 어치의 머리에서는 볼 수 없는 깃털이었다.

도토리황제는 번개부리를 따라서 오리바위 근처까지 왔다. 그래도 번개부리는 공격하지 않고 꼭 다른 세상을 보고 있는 것처럼 멍하니 하늘만 바라다보고 있었나. 도토리황제는 하늘눈이 보이지 않음을 알았고, "끙, 번개부리 아내가 무슨 일을 당했군" 하고 혀를 끌끌 차면서 날아갔다. 괜히 번개부리를 건드리고 싶지 않았다.

번개부리는 일찌감치 창백한 얼굴을 드러낸 낮달을 보았다. 아직도 햇살의 꼬리가 남아 있었지만 달은 급했다. 그 달이 번개부리의 마음을 대변해주고 있었다. 번개부리는 달에게 물어보고 싶어서, 달이 있는 곳으로 온 힘을 다해 날아오르다가 지쳐서 떨어졌을 때, 이제는 무슨 결단을 내려야겠다고 절망하면서 까맣게 물든 숲을 보며 마지막으로 하늘눈을 불렀다. 그 메아리와 함께 그리운 목소리가 들렸다. 꿈인가 했다. 번개부리는 아내의 메아리가 날아오는 절벽 위로 날아올랐다.

"내가 헛들은 게 아니지? 꿈이 아닌 거지. 어딨어!"

참나무 위에서 까만 점이 커지면서 내려왔다. 하늘눈의 모습이 또렷해졌다. 번개부리는 너무 급하게 날다가 나뭇가지에 부딪쳤다. 아픈 줄도 몰랐다.

"어디 갔었어? 나 죽어버리려고 했어. 너 없이는 못 살아."

둘은 발 디딜 쾌 하나 없는 허공에다 날개로 몸을 고정한 다음 서로의 부리를 비벼댔고, 서로의 체온을 느끼고 싶은 본능이 몸을 흔들어대자 격렬하게 서로의 몸을 부딪쳤다. 날개와 날개로 서로의 몸을 때렸고, 머리와 머리를 비벼댔으며, 높이높이 솟구치면서 서로를 불러댔고, 계곡으로 내려와서 찬물을 들이키면서 뜨거운 몸을 식혔다.

"다시는 널 못 보는 줄 알았어."

"이제 됐어. 네가 무사하니까 됐어. 살아 있다는 게 중요해."

"너무 끔찍했어. 너무 무서웠어."

그들은 물가에서 몸을 부비고, 서로의 깃털을 부리로 골라주었다.

집으로 들어가서야 하늘눈은 오늘 있었던 그 끔찍한 이야기를 울먹울먹 풀어놓았는데, 악마의 발톱에 대한 이야기를 할 때는 저도 모르게 몸을 부들부들 떨었고, 그때마다 번개부리는 아내의 목을 부리로 문질러주었다. 그러면서 번개부리는 언젠가는 그 악마의 발톱이라는 악마의 발톱을 혼내주겠다고 몇 번이나 중얼거렸는지 모른다.

흔들림의 미학

오리바위 밑에서 시작되는 갈대숲 끝자락에서 나무모심과 거미모심의 자잘한 목소리가 들려왔다. 갈대들은 그들 특유의 부드러움으로 세찬 바람을 이겨내고 있었다. 바람이 불 때마다 몸을 흔들어 이웃과 이웃의 살을 비벼대면서 쏟아지는 햇살을 마른 잎으로 받아냈다. 뿌리에서는 굵고 파란 새순이 은밀하게 나오고 있었다. 갈대밭에는 병꽃나무들이 갈대랑 뒤섞여서 살았다. 나무모심이 그 병꽃나무로 날아갔다. 나무모심이 줄기를 붙잡으면 병꽃나무는 그 무게가 버거워서 흔들렸다. 그렇게 흔들림으로써 새의 중력을 이겨냈다. 병꽃나무는 Y자 모양으로 가지를 펼쳤다. 그들은 바로 그 가지에다 집을 올리고 있었다.

붉은머리오목눈이들은 그 누구에게도 집 짓는 과정을 배우지 않았다. 그저 먼먼 조상으로부터 피를 통해 암호로 내림 된 그 비밀스런 장인정신이 오늘날 이 숲 속에서 살아가는 새들 중에서 최고의 예술가로 만들었다. 고물상도 그들의 집을 보면 "정말 대단한 놈들이야. 바람조차 감탄할 정도로 집을 지었군. 이놈들은 바람의 마법사야. 바람하고 가장 잘 어울리는 집이야!" 하고 말했고, 자존심이 누구보다 강한 하늘눈도 인정하기 싫지만 "이 숲에서 사는 새들 중에서 최고의 장인이야!" 하고 칭찬했다. 그만큼 그들은 집을 잘 지었다.

그들은 집 지을 기둥으로 삼은 병꽃나무를 올려다보면서 대충 머릿속에다 설계도를 그렸다.

"병꽃나무 줄기가 좀 가늘기는 해도 이 정도면 괜찮겠어."

"맞아, 이 가지에다 집을 올리면 무난하겠지. 게다가 여기는 그 누구의 눈에도 안 띌 거야."

"그럼 슬슬 시작해볼까. 박새랑 딱새랑 다들 집을 지은 것 같던데 우리가 좀 늦었다."

먼저 나무모심이 근처에 있는 마른 갈댓잎을 물었다. 나무모심은 발로 갈잎을 잡고 입을 가위 삼아 길쭉한 이파리를 반으로 갈랐다. 반으로 갈랐는데도 자신이 가늠한 것보다 이파리가 넓어서 그걸 다시 반으로 갈랐다. 그제야 이파리 넓이는 자신이 가늠한 대로 나왔다. 그걸 물고 가려고 하니까 너무 길었다. 나무모심은 자기 몸보다 네 배 정도의 길이를 눈어림하였고, 나머지 부분은 입을 톱 삼아서 잘라냈다.

그걸 물고 날아가서 Y자 모양의 가지 아래다 걸쳤다. 바람이 불면 날아갈 수도 있었다. 그렇다고 못을 박을 수도 없었고, 끈이나 철사로 묶을 수도 없었고, 가지에다 구멍을 뚫어 꿰어놓을 수도 없었다. 갈잎은 너무 가벼웠다. 아니 가벼워야 했다. 그래야만 조금만 바람이 불어도 흔들리는 나뭇가지가 버틸 수 있었다. 나무모심은 나뭇가지에다 걸쳐놓은 갈잎을 발로 꾹 누르고 거미모심을 기다렸다.

거미모심은 갈대빝을 벗어나 바위틈이나 돌멩이 사이를 비집고 다녔다.

“이상하다. 이 근처에 있을 텐데. 찾을 수가 없네.”

찔레덩굴 속, 아무리 작은 새라 해도 끼어들기가 어려울 정도로 빽빽한 곳까지 들어가서 무엇인가를 찾다가 다래덩굴을 보고 그쪽으로 날아갔다.

“여기 있을지도 몰라.”

거미모심은 다래덩굴에 달라붙어서 껍질을 부리로 벗겨냈다.

“이건 오래되어서 쓸모가 없다.”

다시 햇살이 잘 드는 찔레덩굴로 날아갔다. 파란 찔레덩굴에는 지금 막 토실토실한 잎새들이 쫑알거리고 있었고, 묵은 가지 사이에는 마른 이파리들이 뭉텅이로 걸려 있었다.

"저기 있다, 찾았어."

거미모심은 기쁨의 탄성을 지르며 날아가더니, 묵은 줄기에 걸려 있는 이파리를 부리로 찢어냈다. 붉은 거미가 나왔다. 거미모심은 그놈을 잽싸게 잡아먹고 잔가지에 얽혀 있는 거미줄을 걷어내기 시작했다. 이파리 뭉치는 거미가 사는 집이고, 그 주위에는 거미줄이 얽혀 있었다. 거미모심은 부리가 보이지 않을 정도로 거미줄을 걷어낸 다음 "거미들이여, 제가 온몸으로 모시고 갑니다!" 하고 경건하게 말을 한 다음 병꽃나무로 날아갔다.

"왜 이렇게 늦었어. 난 무슨 일이 생긴 줄 알았어."

나무모심이 꽁지를 흔들고 몸을 이리저리 비틀었다.

"미안해. 거미줄을 찾기 힘들어서……."

"응달에는 없어. 응달에는 아직 거미들이 안 나왔어. 어린 거미들은 햇볕을 먹고 살아. 양달진 곳 마른 고사리 줄기에 많아. 양달진 덩굴에도 많고. 내가 가서 찾아올게."

"아니야, 이제 찾았어. 어딨는지 알아."

거미모심은 나무모심이 발로 누르고 있는 갈잎 끝을 나뭇가지에다 대고 물어온 거미줄로 붙였다. 그들은 거미줄을 여러 가지로 썼다. 때로는 끈이 되고, 못이 되고, 풀이 되었다. 오직 부리 하나만을 놀렸다. 쉬운 일이 아니었다. 인내심뿐만 아니라 기술이 필요했다. 다행히도 거미줄은 끈적거림이 좋았다.

"됐어, 잘 붙어. 만족해."

거미모심은 예상보다 거미줄이 잘 달라붙자 기분이 좋았다.

그들은 건축자재를 고르는 눈이 무척 까다로워서 햇볕에 잘 마른 이파리만 물어왔다. 물어온 이파리를 가공하는 품이 훨씬 많은 시간을 잡아먹었다. 그들은 종일 십여 개의 이파리를 물어다가 쪼개고 잘랐다. 거미줄로 갈잎의 끝을 붙여놓아서 바람이 불어도 갈잎은 날아가지 않았다. 물론 비가 와도 끄떡없었다. 그들은 진짜 주인인 거미들보다 더 거미줄을 잘 써먹었다. 그들은 자신의 살이 되어주는 거미가 얼마나 고마운 존재인지를 새삼 깨달았고, 하루 종일 "거미들이여, 진심으로 모십니다" 하는 말을 수십 번도 더 되풀이했다.

Y자로 갈라진 가지는 위로 갈수록 폭이 넓어졌다. 그 사이에다 집을 동그랗게 만들어서 걸치기 위해서는 엄청난 양의 갈잎을 물어다가 아래에 쟁여야 했다. 이백여 개의 갈잎이 동원된 어마어마한 공사였다. 다른 오목눈이들의 집보다 그들의 집이 곱절이나 컸다. 그만큼 집을 짓기에 까다로운 곳이었음을 알면서도 그들은 애써 힘든 일을 즐겼다.

어느 정도 기초공사가 튼튼하게 되었다고 판단한 그들은 집을 꾸미기 위해서 고민했다. 건축 재료가 문제였다. 그들은 갈잎을 바닥공사나 외벽공사용으로만 사용했다. 알이 부드럽게 굴러다닐 수 있어야 하고, 아기들 살갗에 닿아도 아무런 상처가 나지 않아야 한다. 그만큼 부드러워야 하고 열을 오랫동안 품고 있어야 했다. 다른 새들은 갈잎으로도 내부공사를 하였지만 그들은 고개를 흔들었다. 그들의 눈이 얼마나 까다로운지 알 수 있었다.

나무모심은 날이 갈수록 몸 나는 버들개지에 앉아서 내벽공사에 쓰일 재료를 생각하다가 고로쇠나무로 날아갔다. 고로쇠나무 껍질을 벗겨내고 다시 속껍질을 벗겨냈으나 내벽공사에 쓰일 만큼 부드럽지 않았다. 나무모심은 억새잎을 뜯어내서 쪼개고 쪼개 가느다란 실을 만들었다. 그걸 가지고 돌아오자 거미모심이 고개를 흔들어버렸다. 나무모심은 새털구름이 가득 밀려오는 한낮, 겨우 개미 몇 마리로 헛헛한 배를 달래면서 다시 숲을 뒤지다가 국수나무 가지에 앉았다. 국수나무 줄기에 껍질이 일어나 있었다. 그 얇은 껍질을 한 오리 벗겨보았다. 풀잎보다 얇았다. 부드러웠다. 나무모심은 기뻐서 소리쳤다.

"이거다. 이게 원하던 것이다!"

나무모심은 벗겨낸 국수나무 껍질을 발로 잡고 부리로 올올이 쪼갰다. 그걸 들고 집으로 가자 거미모심이 한 오리를 받아들고는, 부리가 전해주는 세심한 감촉에 감동을 받은 표정으로 몸을 흔들었다.

"정말 좋다. 어디서 가져온 거야?"

"어때, 쓸 만하지?"

"환상적이다. 부드럽고 강해서 좋아."

거미모심은 국수나무 껍질을 한 올 한 올 정성껏 엮었다. 그런 다음 나무모심을 따라갔다. 국수나무는 흔했다. 나무모심이 시범을 보였다. 어린 국수나무 줄기에다 꽁지를 붙이고 약간 들려 있는 껍질을 벗겨낸다. 고르게 힘을 주면서 천천히 힘을 쓴다. 조금이라도 서두르면 입에 문 껍질이 끊어진다. 줄기를 한 오리 한 오리 쪼개는 데 더 많은 품이 들었다. 조금만 방심하면 국수나무 껍질은 엉뚱하게 갈라지거나 끊어졌다. 그들은 서로 도울 수도 없었다. 혼자 발로 누르고 부리로 신중하게 쪼개고 쪼개는 수밖에 없었다.

그들이 쓸 내벽공사용 건축 재료는 굵기와 길이도 거의 맞아야 했다. 그들은 아무런 도구를 가지고 있지 않았으나 물어오는 국수나무 껍질은 기계에서 가공되어 나온 재료만큼이나 굵기나 길이가 딱 맞았다. 그들은 약 백오십 개 정도의 국수나무 껍질을 벗겨서 실오라기를 뽑아냈다. 감히 그 누구도 흉내 낼 수 없는 일이었다. 그들은 그 실오라기를 입에다 물고 가로세로로 엮어 나갔다. 가로세로로 엮어나가려면 실오라기는 가늘어야 했고 쉽게 구부러지지 않아야 했다. 국수나무에서 뽑은 실은 그런 까다로운 조건을 다 만족시켰다.

집 내벽공사가 대충 갈무리되자 그들은 다시 갈잎을 물어다가 외벽공사를 하였다. 결이 고운 국수나무 껍질로 내부공사를 하였고, 방수성이 좋은 갈잎으로 외부공사를 하는 셈이다. 집 속으로 바람이 통해서는 안 된다. 그들은 바람 한 점 통과할 수 없도록 완벽하게 갈잎으로 외벽을 둘렀다. 바람이 들어가면 아기들이 얼어 죽을 수 있다.

까치나 어치들은 높은 곳에서 살기 때문에 집에다 바람구멍을 남겨두지만 오목눈이들은 다른 방법으로 바람을 피했다. 흔들림이었다. 바람이 불면 바람이 원하는 대로 바람이 원하는 만큼 져주는 것이다. 그것을 그들은 '바람모심'이라고 했다. 그들은 흔들흔들 흥을 알면서 바람을 모시는 억새숲을 좋아했고, 역시 바람을 모실 줄 아는 병꽃나무한테 자신들의 운명을 맡겼다. 어치나 까치처럼 바람을 모실 줄 모르는 굵고 뻣뻣한 나무를 택했다면 그들도 바람구멍을 막지 않아야 한다. 흔들리면서 바람을 모시는 것이야말로 상처 하나 없이 살아갈 수 있는 방법임을 그들은 잘 알았다.

그들은 다시 이백여 개의 갈잎을 물어다가 거미줄로 붙여가면서 외벽공사를 마무리하였다. 아무리 바람이 짓궂게 굴어도 갈잎은 풀어지지 않았고, 아무리 굵은 빗줄기가 내리쳐도 집 속에 있는 아기들이 안전할 거라는 판단이 들 때까지 두껍게 외벽을 둘렀다.

거미모심이 먼저 집에 앉아보았다. 완벽했다. 천 개가 넘는 건축자재가 동원된 대역사였다.

바람이 불자 갈잎들이 훙얼훙얼 춤을 추었고 그들의 집도 같은 흐름으로 흔들렸다. 신중하게 그 흔들림을 관찰하고 있던 나무모심이 갑자기 소리쳤다.

"잠깐만, 더 신경 써야 할 곳이 있다!"

나무모심은 집이 왼쪽으로 기울었음을 알았다. 거미모심도 고개를 내밀어서 보았다. 지금은 약간 기울어져 있으나 알을 낳고 아기들이 커지다보면 그 무게 때문에 무너질 수도 있다는 판단이 들었다. 나무모심이 어느새 갈잎을 물어다가 집 오른쪽에다 꿰기 시작했다. 그래야만 집의 균형을 잡을 수 있었다. 거미줄은 단순히 갈잎을 묶어주는 역할만 하는 게 아니었다. 비바람을 막아주는 역할도 하였다. 거미줄이 존재하지 않았다면 그들 종족은 오늘날까지 번성하게 살아남지 못했을 것이다. 그들의 생존 비결은 거미줄에 있었다.

나무모심의 보강공사가 마무리되었다.

"이제 됐어. 완벽해."

거미모심은 꽁지를 위아래로 흔들어댔다.

그들의 집은 백 살 먹은 아름드리 참나무를 쓰러뜨릴 정도로 강한 바람이 불어도 안전했고, 억새들이 울타리를 치고 있어서 바람이 아니라면 그들의 은폐된 집을 찾아내기란 거의 불가능했으며, 적당한 높이에 있어서 기어다니는 고양이나 족제비의 눈도 피할 수 있었다. 기둥인 병꽃나무는 너무 가늘어서 족제비나 뱀이 기어오를 수도 없었고, 그렇다고 뛰어오를 수도 없었다. 하늘을 나는 매나 까마귀의 눈은 저 갈대들이 가려주었다. 그야말로 완벽한 집이었다.

생명을 탄생시키는 어머니는 신이나 다름없다

하우스 속에서 겪었던 충격이 얼마나 컸던지 하늘눈은 한동안 공황 상태로 지냈다. 먹이도 잡지 못했다. 어치 도토리황제의 작은 헛기침에도 경기에 가까운 몸짓으로 떨었다. 그들의 소리가 악마의 발톱 목소리로 들렸기 때문이다. 도토리황제는 까마귀 소리뿐만 아니라 고양이나 족제비 소리도 비슷하게 흉내 냈다. 도토리황제는 목소리의 마술사였다.

번개부리는 하늘눈에게 정성껏 먹이를 물어다 주었다. 하루, 이틀, 사흘…… 일주일이 지나서야 가슴속 파장이 조금 가라앉았고, 먹이를 사냥할 수 있었다. 번개부리는 하늘눈의 그림자가 되어서 항상 붙어다녔다. 하늘눈 근처에 누군가 오기만 하면 버릇처럼 날아갔다. 그만큼 하늘눈을 지켜주어야겠다는 의지가 강했다.

하늘눈은 개미 사냥에 푹 빠져들었다. 개미들은 파릇파릇 새 잎이 깝죽거리는 다래덩굴이나 찔레덩굴에다 진딧물 목장을 하였다. 하늘눈은 덩굴에 가만히 앉아 있다가 진딧물 목장으로 가는 개미 일꾼들을 톡톡톡 쪼아 먹었다. 박새 속임수나 오목눈이 나무모심도 개미를 좋아했다. 개미는 워낙 많았고, 그것 때문에 서로 다툴 일은 생기지 않았다.

힘든 일을 갈무리하고 돌아가는 해는 지쳐 보였으나, 그렇게 지치고 나서야 강렬한 빛이 순해지면서 아름다워지는 해를 배웅하려고 구름이 모여들었다. 구름조차 빨갛게 물들어서 붉은 산이 되었다. 그런 세상으로 물오리들이 날아갔다. 하늘눈은 물오리들의 비상이 부러웠다. 자신도 생을 걸고 그곳으로 날아가고 싶은 욕망이 꿈틀거렸으나 그보다 더 강렬한 본능이 배 속에서 꿈틀거렸다. 그때마다 하늘눈은 허기를 느꼈다. 아무리 먹이를 배 속에다 쟁여 넣어도 배고픔을 재울 수 없었다. 하늘눈은 숲 바닥에 앉아서 나뭇잎을 부리로 들어내고 발로 땅을 헤집었다. 딱정벌레부터 지렁이까지 닥치는 대로 잡아먹었다.

어느 정도 배가 불러오자 햇순이 옹알이하는 참나무에서 쉬다가 자기도 모르게 집으로 들어갔다. 무엇인가 간절한 부름을 느끼고 있었다. 집에 앉고 나서야 자신이 이곳에 와 있음을 알았다. 아랫배가 아팠다. 하늘눈은 몸을 돌려 바위옷을 물어다가 다른 곳에다 놓아도 보고, 자신의 깃털을 몇 개 뽑아서 바닥에다 깔아도 보고, 밖에 나갔다가 다시 들어오기를 되풀이하였다. 정확하게 이유를 알 수 없는 불안감이 몸 곳곳에 도사리고 있었다.

"이상해. 불안해. 왜 이러지?"

하늘눈은 옆으로 다가온 번개부리를 보면서 자꾸 날개를 위아래로 흔들었다.

"괜찮아. 누구나 가끔씩 배가 아플 때가 있어. 푹 자고 나면 괜찮아질 거야."

번개부리는 너무 신경 쓰지 말라고 안심을 시키면서도 속으로는 그 자신도 무척 불안해하고 있었다. 오늘 낮에 뭔가를 잘못 먹고 고통스럽게 몸부림치는 까투리가 떠올랐다. 까투리는 고통을 참지 못하고 소리치면서 숲 속을 돌아다녔고, 다른 동료들이 따라다니면서 위로해도 속수무책이었다. 까투리는 몇 시간 뒤에 계곡물 옆에서 숨을 거뒀다. 번개부리는 그런 불길한 생각이 번져오자, 절벽 위로 날아가서 목소리를 토해내기 시작했다.

"나는 이 세상에서 가장 행복하다. 사랑하는 아내가 있고, 아름다운 집이 있으니까."

초저녁 바람은 부드러웠고, 번개부리의 목소리는 군부대가 있는 곳까지 산울림이 되어 날아갔다. 하늘눈도 집을 나와 남편이 있는 곳으로 날아왔다. 하늘눈이 그렇게 높은 곳까지 날아오는 경우는 드물어서 번개부리는 놀랐지만, 지금 이 순간만큼은 아내가 자랑스러웠고, 아내한테 힘을 주고 싶었다. 번개부리는 다시금 노래를 하였다.

"나는 당신을 사랑해. 그놈, 악마의 발톱을 만나면, 아니 그놈을 꼭 만나서 내가 복수해줄 거야. 그놈이 반드시 후회하도록 해줄 거야. 당신은 이 세상에서 가장 소중해. 해보다 달보다 물보다 내 몸보다 더 소중해."

하늘눈은 가슴이 뭉클해졌고, 불안하던 마음도 편해졌다. 그들은 밤이 깊어가도록 절벽 위에 앉아서 어둠에 잠긴 골짜기와 별들이 마실 나와 놀고 있는 하늘을 바라다보았다. 가끔씩 물오리들이 색색색 날아갔다. 숲 바닥에서는 산토끼들이 바스락바스락 뛰어다녔다.

"당신을 사랑한다는 것이 자랑스러워. 너무 행복해."

번개부리는 아내를 보면서 속삭였다. 그들은 그곳에서 밤을 지새우기로 하였다. 피부에 와닿는 밤공기가 싸늘했다. 하늘눈은 번개부리의 체온을 더욱 깊게 느끼면서 눈을 감았으나 깊은 잠에 빠져들지 못했다. 새벽부터 다시 아랫배가 땅겼다. 하늘눈은 부리로 아랫배를 쪼면서 참아보려고 하였다. 아직은 어둠의 세력이 강해서 날아갈 수 없었다. 하늘눈은 부리를 꾹 다물고 눈을 감았다가, 배에서 통증이 오면 다시 방향을 틀었다. 아랫배가 팽팽해졌다. 그제야 하늘눈은 일을 떠올렸다. 하늘눈은 어둠 속 벼랑 아래로 몸을 던졌다. 날개가 몸을 편안하게 띄워주었다. 천천히 오리바위에 앉았다. 번개부리가 따라오면서 소리쳤다.

"왜 그래, 어디 아픈 거야?"

"알이 나올 것 같아."

하늘눈은 곧장 집으로 들어가지 못했다. 이상하게도 망설여졌다. 두려웠다. 자신의 생을 걸고 알 낳는 일을 견뎌내야 한다는 불안과 공포가 엄습했다. 하늘눈은 절벽 중턱에 걸쳐 있는 진달래나무로 날아갔다가 되돌아오기를 되풀이하였고, 그때마다 번개부리는 "괜찮아, 괜찮아" 하고 위로하였다. 하늘눈은 몸에서 요동치면서 비집고 나오려고 하는 간질임, 간절함, 통증의 진도를 감지하면서 저도 모르게 집으로 들어갔다.

하늘눈은 집에 앉았다. 오목한 품이 몸에 딱 맞았다. 집은 하늘눈의 노고를 위로하면서 자네야말로 이곳에 앉을 자격이 있다는 식으로, 그 특유의 포근함으로 영접하면서 마음을 안정시켜주었다. 흙탕물처럼 불안하던 마음이 가라앉았다. 집이 살아 있는 생명체 같았다. 아련하기는 해도 하늘눈이 아기였을 때 어미의 품 안에서 맛보았던 그런 따스함이었다. 집이 눈을 감으라고 속삭였다. 이제는 시키는 대로 순응하기만 하면 된다고, 집하고 자신은 다른 몸이 아니라고 중얼거리면서 하늘눈은 눈을 감았다. 봄비가 어루만진 바슬바슬한 흙속에서나 느낄 수 있는 꿈틀거림이 하늘눈의 몸속에서도 일어나고 있었다. 하늘눈은 저도 모르게 엉덩이를 들썩이면서도, 몸속에서 휘몰아치는 온갖 아픔을 꾹 다문 부리 안에서 삭여냈다. 얼마나 시간이 흘렀는지 모른다.

하늘눈이 "아!" 하는 탄성을 지르자 뭔가 몸 밖으로 나왔다. 알이었다. 하늘눈의 피가 조금 묻어 있는 자그마한 우주였다. 알은 오목한 집으로 나오자마자 폭신한 품을 느꼈다. 하늘눈은 무사히 알을 낳았다는 안도감에 한숨을 내쉬면서 알을 느껴보려고 애를 썼다. 아직은 느껴지지 않았다. 하늘눈은 알의 감촉이 느껴질 때까지 그대로 앉아 있었고, 알 껍질의 단단함이 느껴지자 슬쩍 몸을 들어서 내려다보았다. 푸른빛이 살짝 얹혀 있는 작고 예쁜 알이었다. 첫 알치고는 큰 편이었다. 하늘눈은 그 기쁨을 혼자 누릴 수가 없었다.

"내가 해냈어, 너무 예쁜 알이야."

"해낼 줄 알았어. 축하해, 축하해, 당신은 이 세상에서 가장 위대한 어머니가 될 거야. 우리 아버지가 그랬어. 생명을 탄생시키는 어머니는 신이나 다름없다고."

번개부리는 터져나오는 기쁨을 억누르지 못하고 빠르게 떠벌리다가 집으로 들어갔다. 하늘눈이 뽀얀 알을 보고 얼굴에 열이 오르며 들떴다.

"근사하지? 응, 너무너무 근사하지? 어떤 녀석이 나올까?"

"황홀해. 당신은 영웅이야. 이 세상에서 가장 위대한 어머니가 될 거야. 자랑스러워. 고마워, 이런 황홀한, 이런 경이로움을 맛보게 해주어서."

번개부리는 진심으로 옆에 있는 하늘눈을 찬양하였는데, 아내가 이토록 위대해 보일 줄은 정말 몰랐다. 저 알이 아내의 몸에서 나왔다는 사실이 믿어지지 않을 정도로 신비로워서 자꾸만 품어보고 싶었다.

해가 서쪽으로 기울면서 빛의 입자가 약해졌고 하늘에는 창백한 낮달이 어슬렁거렸다. 딱따구리들은 그 낮달을 보면서 골짜기 위로 날아갔다. 날아갈 때도 뾰족한 부리를 앞세우고 있어서 무엇이든 걸리기만 하면 구멍을 뚫어버릴지도 모른다. 잠시 뒤 드르르륵 드르르르륵 나무 쪼는 울림이 골짜기를 흔들어댔다.

번개부리도 소나무 가지를 부리로 쪼아보았다. 타탁 타타타 하는 울림이 힘에 부쳤다. 번개부리는 부질없는 짓이라고 웃으면서 꽁지를 위아래로 흔들어댔으며, 나뭇가지에서 꾸불텅꾸불텅 몸을 말았다 폈다 하면서 길을 재촉하는 자벌레를 보았다.

번개부리는 그놈을 낚아채려다가 그 희한한 몸짓에 푹 빠져서 앞을 지나칠 때까지 바라다보고만 있었다. 자벌레는 잠시도 쉬지 않고 꾸불텅꾸불텅한 몸을 말았다 폈다 말았다 폈다 하면서 나무를 올라가더니 갑자기 몸을 나뭇가지에다 착 붙여버렸다. 순간 번개부리는 당황했다. 갑자기 자벌레가 사라져버렸다. 아무리 고개를 갸우뚱거리고 찾으려고 해도 보이지 않았다.

"이놈이야말로 진짜 마법을 부리는군."

번개부리는 더 이상 자벌레를 찾지 않았고, 먹이 사냥을 나간 하늘눈이 사라진 골짜기를 바라다보다가 갈대숲 위로 새 한 마리가 빠르게 날아가는 것을 보았다. 번개부리는 하늘눈이라고 생각했다. 확실하게 얼굴을 보지 않아서 알 수는 없으나 망설이지 않고 오리바위 밑에 있는 집으로 들어갔으니까 틀림없는 하늘눈이었다. 번개부리는 오리바위 근처에 있는 생강나무 가지로 날아갔다.

"조금 더 쉬었다가 오지 왜 빨리 왔어? 여기는 걱정하지 말라고 했잖아. 날씨가 너무너무 좋구나."

벌통 속에서는 아무런 대꾸를 하지 않았다.

"당신 집에서 뭐해, 어서 나와."

여전히 하늘눈은 대답이 없었다.

번개부리는 벌통 위로 날아가서 예리하게 주위를 훑어보고 구멍 속으로 얼굴을 들이밀었다. 번개부리의 몸이 구멍을 막아버리자 빛의 공급이 끊긴 벌통 안은 캄캄했고, 하늘눈의 윤곽만

이 어렴풋이 보였다. 번개부리는 그만 웃음을 터뜨렸다. 하루에 알을 두 개나 낳을 수는 없는데, 하늘눈이 저렇게 앉아 있는 걸 보니 무슨 장난을 치려고 하는 줄 알았다.

"진짜 뭐 하는 거야. 알이 따뜻해지면 안 돼. 알이 곯아버릴 수도 있어. 어서 나와."

하늘눈은 여전히 대답도 없었고 알품기 자세로 앉아 있었다. 이제 하나를 낳았을 뿐인데 알품기를 시작한다면, 나중에 낳은 알들은 깨어나는 날짜가 달라서 키우기도 힘들 뿐만 아니라 훨씬 많은 품이 들어가고 위험할 수도 있다. 게다가 한번 알을 품기 시작하면 계속 품어주어야 하기 때문에 제대로 먹을 수가 없으니까, 지금 하늘눈의 배 속에 슬어 있는 알들의 건강은 엉망이 되고야 말 것이다. 번개부리는 그런 생각을 하면서 다시금 하늘눈을 불렀다. 하늘눈은 '따닥!' 하고 꽁지를 세차게 내리쳤을 뿐이다. 무슨 뜻인지 알 수 없었다. 번개부리는 고개를 갸우뚱하면서 밖으로 나갔다.

알을 품고 있는 새는 하늘눈이 아니었다. 침입자였다. 침입자는 둥글둥글한 알을 보자마자 아찔한 현기증을 느꼈다. 품고 싶었다. 침입자는 그런 충동을 이겨낼 수가 없었다. 침입자는 어제부터 이 집을 노리고 있었다. 침입자는 날개가 유독 튼실해 보이는 번개부리뿐만 아니라 이 벌통 속에 있는 집도 마음에 들었다.

집을 비운 하늘눈이 샘나도록 부러웠다. 침입자는 심각하게 고민을 하다가 하늘눈이 자리를 비운 틈을 타서 벌통 속으로 들어왔다. 거의 일방적인 구애였다. 그만큼 절박했다. 애초에는 알을 다 깨뜨려버린 다음 번개부리한테 구애하려고 했으나 막상 알을 보자 품고 싶은 본능이 더 강했다. 침입자는 번개부리만 가만히 있어준다면 하늘눈하고 목숨을 걸고 싸울 준비가 되어 있었다. 이 침입자는 집주인이 돌아올 때까지 버틸 심산이었다.

번개부리는 기분이 좀 이상해서 다시 벌통 안으로 고개를 들이밀었다. 앉아 있는 모습이 낯설었다. 침입자는 고개를 처박아버렸다. 빛이 차단되어 있기는 해도 너무 단정하게 앉아 있는 품새며, 고개를 웅크리고 있는 품새며, 뭐라고 딱 꼬집을 수는 없어도 낯설었다. 번개부리는 "어디 아파?" 하고 물었다. 침입자는 고개를 들지 않았다. 번개부리는 침입자의 깃털을 부리로 문지르다가 낯선 냄새를 맡았다. 지금 알을 품고 있는 침입자의 체온이며 냄새가 낯설다는 걸 확인한 순간 "이런 도둑!" 하고 소리치면서 부리로 물어뜯었다. 침입자는 슬쩍 피하면서 번개부리를 똑바로 쳐다보았다.

"나는 네가 좋아. 나랑 살자. 나는 오래전부터 너를 지켜보았어."

침입자는 이 집보다 더 근사한 집을 지을 수 있다는 말도 덧붙였다. 번개부리는 잠시 당황했다. 자기도 모르게 잠깐 마음이 흔들렸으나 이내 냉정해졌다.

"나는 너한테 관심 없으니까 나가! 지금 당장 나가지 않으면 다시는 해를 보지 못하게 될 것이다!"

"다시 생각해봐. 나를 선택하면 우리는 더 행복할 거야."

침입자는 호락호락 물러설 기미가 보이지 않았다. 더욱 몸을 낮추며 제발 자신을 선택해달라고 애걸하였다. 호소력이 있는 목소리였다.

"어서 나가. 지금 당장 나가지 않으면 몸에 있는 깃털을 다 뽑아버릴 것이다!"

번개부리는 꽁지를 내리치면서 다시 경고를 하였다. 침입자는 그런 경고에도 움직이지 않았다. 번개부리는 더 이상 말로 해서는 안 되겠다고 판단을 하였고, 부리로 침입자의 몸을 무섭게 물어뜯었다. 부리에 침입자의 깃털이 한 뭉텅이 물려 있었다.

"어서 나가, 어서, 어서 나가. 지금 당장 나가지 않으면 내가 물어다가 벼랑 아래다 패대기칠 것이다!"

침입자는 번개부리의 창끝 같은 부리의 공격을 참아내면서 더욱 굳게 움츠렸다. 아예 작정을 하고 들어왔음을 알 수 있었다.

"나 정말 화났다. 지금 당장 나가지 않으면 더 이상 숨을 쉬지 못하게 될 것이다!"

번개부리가 날개를 파닥거렸다. 발과 부리가 동원된 무차별한 폭격이었다. 침입자도 맞서려고 했으나 역부족이었다. 침입자는 달아났다.

"너는 후회하게 될 거야. 머지않아 나를 생각하게 될 거야. 이 바보야, 저주나 받아라!"

침입자는 진달래들이 빨갛게 물든 골짜기로 달아났고, 번개부리는 더 이상 쫓아가지 않았다. 알이 걱정되었다. 새뽀얀 알은 무사했지만 집이 옆으로 제법 기울어져 있었다. 번개부리는 하늘눈이 돌아오기 전에 집을 보수해야겠다고 서둘렀다. 번개부리는 근처에서 바위옷을 물어다가 집을 고쳤다.

하늘눈은 집으로 오자마자 집에 이상이 있음을 알았다. 낯선 깃털도 있었다. 하늘눈은 번개부리를 보자마자 꽁지를 위아래로 흔들어댔다.

"무슨 일이야. 무슨 일 있었지?"

번개부리는 더 이상 숨길 수가 없다는 판단이 들었고 침입자의 깃털을 부리로 물어서 밖으로 나갔다. 하늘눈이 따라나갔다. 번개부리는 침입자에 대한 이야기를 늘어놓았다. 하늘눈은 안도의 한숨을 몰아쉬면서 번개부리를 보았다.

"알이 다치지 않아서 다행이야. 알이 다쳤으면 나는 미쳐버렸을 거야."

하늘눈은 배 속에서 길러낸 모든 알을 낳았다. 모두 여섯 개였다. 하늘눈은 흐뭇하게 웃으면서 부리로 알을 골랐다. 홀가분했다. 하늘눈이 밖으로 나오자 번개부리가 다래덩굴에서 기다리고 있었다.

"오늘부터 알을 품어야 해."

하늘눈은 저도 모르게 목소리에 힘이 들어가고 있음을 알았다.

"고생했어. 정말 고생했어. 이제 당신은 위대한 어머니가 되는 거야."

번개부리는 하늘눈의 깃털을 골라주었다. 연한 바람이 불어와서 그들의 깃털을 어루만져주었다. 아직도 아침저녁으로는 찬 맛이 들어 있지만 해만 나면 따스한 맛이 더 강하게 배인 바람이었다. 번개부리는 하늘눈의 깃털을 고르다가 갑자기 날아올랐고, 그 바람에 아내가 놀라며 움츠렸다가 웃음을 터뜨렸다. 번개부리는 제비꽃들이 옹알이하면서 놀고 있는 숲에서 딱정벌레를 잡아다가 하늘눈에게 주었다. 하늘눈은 딱정벌레를 받아먹자 스르르 눈이 감겼다. 갑자기 밀려오는 잠을 어찌할 수가 없었다. 하늘눈은 알들이 굴러다니는 꿈을 꾸었다. 꿈속에 나오는 알은 말도 하였고, 갑자기 알 속에서 아기가 나와 날개를 펼치고 날아다니다가 저녁이 되면 다시 알 속으로 들어가는 재주를 부렸다. 비바람이 몰아치면 알 속에서 나오지 않았다. 알은 까마귀가 와서 부리로 내리쳐도 끄떡하지 않았고, 구렁이가 와서 삼키려고 하자 갑자기 알이 부풀어올랐고 구렁이 입이 터져버렸다. 하늘눈은 그런 꿈을 꾸다가 "꿩! 꿩!" 요란한 장끼의 소리에 놀라서 눈을 떴다.

햇살가루가 하늘눈의 얼굴로 흐벅지게 쏟아졌다. 하늘눈은 좋았다. 마음도 편안했다. 알을 낳기 전까지의 설렘이라든가 불안감도 가라앉았고, 이제는 그 어떤 어려움이 닥쳐도 헤치고 나갈 수 있다는 자신감이 생겼다. 땅속 깊은 곳에다 수십 수백 개의 뿌리를 박아놓고, 그 어떤 바람이 불어와도 슬기롭게 이겨내는 나무와 같은 자신감이었다. 그 자신감이 하늘눈을 편안하게 하였다.

하늘눈은 꽃눈을 뿌리는 산벚나무 사이를 활기차게 날아다녔다. 꽃잎이 몸에 닿을 때마다 묘하게도 흥분이 되었다. 다시 집으로 돌아와서 알을 품을 때까지도 그 흥분이 가라앉지 않았다. 배에서 알들이 꼼지락거리는 느낌을 받았고, 그럴 때마다 묘하게도 꽃눈이 벌통 안으로 휘날리면서 축복해주는 것 같았다. 하늘눈은 엉덩이를 들었다가 다시금 자신의 무게를 알들에게 올려놓았다. 알들은 어미의 무게를 그 특유의 둥글둥글함으로 받아들였고 따스하게 자신의 몸을 데우기 시작했다. 어미의 따스함이 알 껍질을 뚫고 안으로 스며들었고, 껍질 속에 고여 있는 그 무한한 세상이 미세하게 꿈틀거렸다. 태초의 생명이 움텄을 때도 이랬으리라. 무한한 바닷속으로 따스한 빛이 흘러들었고, 빛과 물이 버무려지면서 미세하게 꿈틀거림이 생겨났으리라. 해가 질 무렵 하늘눈은 그 꿈틀거림을 느꼈고, 이제는 그 꿈틀거림을 멈추게 하면 안 된다고 몇 번이나 새김질했다.

땅거미가 밀려올 즈음 소쩍새들의 돌림노래가 울려퍼졌다. 번개부리는 소쩍새들의 노랫소리로 계절의 한 흐름을 알아냈다. 번개부리는 벌통 안으로 들어와서 소쩍새들이 왔으니까 이제 밤기운이 많이 춥지는 않을 거라고 하면서도, 알을 품지 못하는 것에 대한 미안함을 감추지 못했다. 하늘눈은 애틋한 남편의 마음을 알았다.

"난 괜찮아. 편해. 너무 좋아."

"다행이야. 다리가 굳어지면 안 되니까 조심해."

하늘눈이 알았다고 대답하자 번개부리가 밖으로 날아갔다. 막상 번개부리가 나가버리자 가슴 한쪽이 텅 비어버린 기분이었다. 어느새 하늘눈은 번개부리와 함께 밤을 지새우는 데 익숙해져 있었다. 더구나 이렇게 밀폐된 공간 속에서 혼자 밤을 새우기란 처음이었다.

어느 정도 어둠이 깊어졌는지 모르겠지만 하늘눈은 밖으로 나가서 번개부리를 불렀다.

"여보오, 어딨어!"

이내 번개부리가 어둠을 뚫고 왔다. 하늘눈은 다시 집으로 돌아가서 알을 품었지만 자꾸만 몸을 뒤척였다. 이 밤을 이곳에서 홀로 묵혀낼 자신이 없었다.

"불안해. 무서워. 같이 있어줘."

"괜찮아. 우리의 알들이 잠자는 집을 믿어야 하고, 우리 가족을 지켜주는 이 벌통을 믿어야 해. 우리 몸이다 하고 믿어야 해."

"그래도 불안해. 무서워."

"그 누가 와도, 이곳은 안전해. 이 숲에서 우리의 집을 넘볼 것은 없어. 이 벌통이 우리를 지켜줄 거야. 우리 몸이야. 매의 부리나 족제비의 이빨도 뚫을 수 없어. 악마의 발톱에도 까딱하지 않아."

번개부리는 소쩍새들의 노랫소리가 메아리쳐오자 "이제 밤의 사냥꾼들이 돌아왔군" 하고 거의 혼잣말에 가깝게 웅얼거리면서 밖으로 나갔다. 하늘눈은 소쩍새들의 노랫소리가 크게 증폭되어 올수록 배에다 힘을 주었고, 그러면 이상하게도 마음이 편해졌다. 바깥에서 바람이 요란하게 나뭇가지를 흔들어대고 나뭇잎을 이리저리 몰고 다니는 소리가 들렸다.

이 속은 별세상이었다. 밤하늘에 마실 나온 별이 보이지 않는다는 게 아쉬웠을 뿐 바람 하나 새어들지 않는 완벽한 세상이었다. 하늘눈은 그런 생각을 하면서 잠깐 졸았다가 눈을 떴다.

이상한 소리가 들렸다. 하늘눈은 몸을 낮추고 긴장했다. 개 소리도 아니고 악마의 발톱 소리도 아니고 고슴도치 소리도 아니었다. 하늘눈은 살짝 벌통 구멍 밖으로 얼굴을 내밀었다가 겁을 먹고 들어갔다. 파란 눈, 족제비 교활한 목도리였다. 누린내가 코를 찔렀다. 하늘눈은 교활한 목도리를 숱하게 보았으나 그놈이 자신의 생을 위협하게 될 줄은 전혀 생각하지 못했다. '어쩌지, 큰일이네.' 하늘눈은 번개부리한테 도움을 청하고 싶었으나 방법이 없었다.

교활한 목도리는 코가 안내하는 대로 발과 눈을 움직이고 있었다. 냄새가 났다. 좋은 냄새였다. 교활한 목도리는 발로 벌통을 긁어댔다. 안에 있던 하늘눈은 저도 모르게 비명을 지르며 날아갈 뻔했다. 당장 교활한 목도리가 벌통을 부수고 덮칠 것 같다. 교활한 목도리는 두 발을 벌통 위로 올리고 구멍에다 코를 박은 채 킁킁거렸다. 새 냄새가 났다. 새가 알을 품고 있음을 확신하였으나 그렇다고 어찌해볼 도리가 없었다. 물어뜯을 수도 없었고 발로 내리쳐서 이 정체불명의 통을 으스러뜨릴 수도 없었다. 게다가 구멍이 작아서 안으로 들어갈 수도 없었다. 교활한 목도리는 구멍 속으로 앞발을 넣고 마구 휘저었다. 그때 하늘눈은 힘껏 날갯짓을 하였고, 하늘눈의 부리가 교활한 목도리의 발을 물어뜯었다.

"아악, 아니 이놈이 감히 내 발을 공격하다니……."

생전 처음으로 작은 새한테 공격을 받은 교활한 목도리는 흥분하였고, 벌통 위에서 오줌을 갈겼다. 펄쩍펄쩍 뛰면서 이 벌통을 부수고 싶었지만 좋은 방법이 떠오르지 않았다. 발톱에 잡히기만 하면 그놈을 으득으득 씹어먹고 싶었다.

"아아, 인간 놈들이 만든 벌통이구나. 난 인간들이 싫어. 이렇게 물러날 수는 없고…… 이놈을 어떻게 혼내준담, 혼내준담……."

교활한 족제비는 다시 중얼거리다가 구멍을 송곳니로 물어뜯기 시작했다.

하늘눈은 벌렁거리는 가슴을 진정시키면서 집 안에 웅크리고 있다가 나무 부스러기가 떨어지자 "꺼져, 교활한 목도리야!" 하고는 구멍 쪽으로 날아갔다. 부리의 조준은 정확했다. 구멍을 갉아대고 있는 족제비의 입을 하늘눈의 부리가 찔렀다. "으악!" 하고 교활한 목도리가 벌통 아래로 굴렀다. 너무너무 아팠다. 악마의 발톱하고 싸웠을 때도 이렇게 처참하게 당하지는 않았다. 하늘눈은 밖으로 나오지 않았다. 교활한 목도리는 다시 벌통 위로 올라가서 오줌을 갈기고 송곳니로 나무를 물어뜯다가 제풀에 지쳐서 내려왔다. 인간이 만든 이 벌통이 너무나도 단단하다는 것을 알았고, 계속 실랑이를 해봤자 아무런 득이 없다는 것을 알았다. 교활한 목도리는 "오늘은 이렇게 물러간다만, 다음에 또 오겠다" 하는 말을 남기고 진달래나무가 빨간 꽃송이로 수놓은 숲 속 길로 사라졌다.

꽃맞이바람이 산들산들 불어오는 날이었다. 산등성이로 짙은 초록 물감이 흘러내리고, 매가 고물상의 친구들이랑 시비가 붙어서 골짜기 전체가 시끌벅적했다. 그 북새통을 틈타 스스로를 '지혜의 샘'이라고 이름 지은 까마귀 한 마리가 골짜기로 숨어들었다. 물론 다른 새들은 콧방귀를 뀌면서 "저런 알도둑 놈, 저런 알귀신 놈!"이라고 하였다. 그는 그런 비아냥거림을 무시했다. 알을 훔치는 것도 살아가는 지혜라고 확신했기 때문이다. 그러면서 "새알 훔치기가 얼마나 어려운지 알기나 해. 그거야말로 지혜가 없으면 불가능한 일이다" 하고는 스스로를 지혜로운 동물이라고 치켜세웠다.

원래 지혜의 샘은 이 산 너머 너머에서 태어나고 자랐다. 그는 모험심이 강했고 늘 어디론가 떠나고 싶어 했다. 작년 늦가을에 그는 친구들에게 "안녕 친구들아, 이제 가면 언제 올지 모르겠다!"는 말을 남기고 세상 구경을 떠났다가 돌아오는 길이었다. 참으로 많은 걸 보았다. 인간들이 사는 엄청나게 큰 도시에서도 살았고, 바다를 떠다니는 큰 배도 보았으며, 섬에서도 살았고, 인간들끼리 무서운 불덩이를 뿜으면서 싸우는 것도 보았고, 하루 종일 안개 낀 세상에도 가보았고, 온통 눈으로 덮인 세상도 보았다. 좋은 친구들도 많이 사귀었지만 시간이 지날수록 고향 생각이 간절해서 결국 돌아오고야 말았다.

지혜의 샘은 군부대 아래쪽에 우뚝 솟은 참나무 우듬지에서 골짜기를 가늠하고 있었다.

이미 새살로 덮인 초록빛 숲이 출렁출렁 파도쳤다. 참나무들은 가지에 새살이 돋아나서야 그 경직됨으로부터 벗어날 수 있었다. 골짜기에 알록달록한 섬이 생겨났다. 그 섬에서는 산벚나무와 개복숭아나무들이 꽃전을 벌여놓고 대목을 맞고 있었다. 이 골짜기는 새들이 살기에 좋다. 깊게 패인 골짜기는 아무리 가물어도 물이 마르지 않을 정도로 깊다. 지혜의 샘은 여기저기 날아다니다 보니 거의 풍수쟁이 버금갈 정도로 땅의 위치를 잘 알았다. 산허리만 보고도 여기는 꿩이 살기 좋은 곳, 여기는 멧돼지들이 살기 좋은 곳, 여기는 작은 새들이 살기 좋은 곳, 이런 식으로 맥을 짚어낼 수 있다. 먼 남쪽지방에서 거슬러 올라온 이 나그네는 배도 고프고 목이 탔다.

"우선 어디 가서 목부터 축여야겠어. 오늘은 여기서 쉬어가야지."

지혜의 샘은 골짜기 아래로 날아갔다. 날갯짓을 하지 않고 바람의 맥을 타다보니 절벽 쪽으로 가고 있었다. 지혜의 샘은 절벽 중턱에 튀어나온 바위너설에 사는 신달래나무에서 한숨을 돌렸다. 햇살 좋은 골짜기마다 진달래 꽃물이 철철 넘쳐흐르지만, 이 진달래나무는 어느새 한물간 꽃잎을 떨구고 부지런히 새잎을 불러내고 있었다. 지혜의 샘은 진달래꽃이 떨어져서 무늬 놓은 절벽 아래를 내려다보다가 날개를 펼쳤다. 물가로 내려앉은 지혜의 샘은 자신의 얼굴이 비치는 물거울을 보면서 배가 차도록 물을 마셨고, 다시금 날아올랐다가 오리바위로 내려앉았다. 우연이었다. 어딘가 햇살 좋은 곳에 앉아서 쉬고 싶었고, 그런 지혜의 샘을 유혹하는 바위가 보였을 뿐이다.

지혜의 샘은 그 바위에서 하룻밤 묵어가야겠다고 생각하고 있다가 "알귀신이다!" 하고 날카롭게 외치는 소리를 들었다. 그 말을 듣자 기분이 좋지 않았으나 꾹 참았다. 또다시 "알귀신이 왔다!" 하는 소리가 들렸다. 까마귀의 뇌는 이미 딱새임을 알았으나 눈은 그놈이 어디에 있는지 얼른 잡아내지 못했다. 이런 경우 지혜의 샘은 거의 대거리하지 않았다. 딱새는 자신의 상대가 되지 않았다. 그까짓 놈 날개로 한 번만 후려치거나 부리로 쪼아버리면 끝이다. 가끔씩 지혜의 샘은 다친 딱새를 잡아먹기도 했지만 오늘은 관심이 없었다. 그냥 쉬고 싶었다. 지혜의 샘은 눈을 감아버렸다.

번개부리는 절벽 바위너설에 있는 진달래나무에서 지혜의 샘을 보고 있었다. 집 안에 있던 하늘눈도 뛰쳐나왔다. 겁먹은 하늘눈은 불안해서 계속 꼬리를 까불어댔다. 번개부리는 하늘눈을 안심시키면서 모든 걸 자신에게 맡겨두라고 했다. 번개부리가 지혜의 샘 머리 위로 곧장 날아갔다.

"알귀신 이놈아, 잘 들어라. 나는 매도 두려워하지 않는다. 여기는 우리 땅이다. 어서 가라. 그러지 않으면 비참한 꼴을 당하게 될 것이다!"

지혜의 샘은 눈을 뜨면서 어처구니없다는 표정을 지었다. 저렇게 작은 놈이 매도 두려워하지 않는다니, 기가 차서 말도 나오지 않았다. 지혜의 샘이 가만히 있자 절벽으로 날아간 번개부리가 빛처럼 빠르게 돌진해왔다. 어찌나 빠르던지 지혜의 샘은 눈으로 따라잡을 수가 없었다. 번개부리는 지혜의 샘 얼굴을 날개로 후려치고는 각도를 위로 꺾으면서 솟구쳐올랐다. 지혜의 샘은 깜짝 놀라면서 뒤로 물러났다. 이런 경우는 처음이었다. 더구나 저렇게 작은 새의 공격을 받고 뒷걸음질 쳐보기란 처음이었고, 아마도 이 세상에서 살아가는 자신의 동족들 역사에도 없을 거라고 생각했다. 그만큼 지혜의 샘은 당황했고 놀랐다.

"허허허, 이놈이 비상한 재주를 가졌구나. 빛처럼 날아다니는 재주를 가졌구나. 그렇다고 해도 이 몸은 매보다 강할 뿐만 아니라 이 세상을 창조하신 신 다음으로 지혜로운 님이시다. 까불지 말고 점잖게 있어라. 안 그러면 네놈을 으드으득 깨물어서 한입에 삼켜버릴 것이다!"

지혜의 신은 자신의 적수가 되지 못하는 아니 그런 작은 새하고 옥신각신하는 것 자체가 자기 위신을 떨어뜨린다고 생각했고, 그 정도 말을 하면 상대의 기세가 꺾일 줄 알았다. 하지만 녀석의 공격은 점점 빠르고 사나워졌다. 게다가 혼자가 아니었다. 그제야 지혜의 샘은 근처에 녀석들의 집이 있음을 알고는 두리번거리다가 그 벌통을 발견했다. 지혜의 샘은 순간적으로 새알을 떠올리고 벌통으로 뛰어내렸다. 그 순간 번개부리의 부리가 지혜의 샘 왼쪽 얼굴을 찔렀다. 어찌나 빠르던지 피할 새도 없었고, 부리나 발로 되받아치기도 어려웠다. '저것이 살아 있는 새란 말인가'라는 의구심이 들 정도였다. 작년에 이와 버금가게 빠른 꾀꼬리하고 한바탕 싸운 적이 있었다. 그 꾀꼬리는 빠르기는 해도 저 녀석보다 훨씬 커서 가끔씩 까마귀의 부리에 걸렸으나 이놈은 아예 눈에 보이지도 않았다. 작은 빛 하나가 순간적으로 휘몰아쳐오다가 눈 깜짝할 새 사라지는 판이었다. 지혜의 샘은 똬리 틀듯이 몸을 웅크리고 날아오는 녀석을 정조준하였다.

"이런 건방진 놈, 어디 날아와 봐라. 한입에 아작아작 씹어버릴 테다, 이놈!"

번개부리도 상대가 매보다 강한 적이라는 걸 잘 알고 있었지만 다른 방법이 없었다. 사랑하는 아내와 알을 지키기 위해서는 목숨을 걸어야 했다. 번개부리는 평소보다 더 빨랐다. 지혜의 샘은 번개부리가 다가오는 걸 보면서 부리를 휘둘렀으나 어느새 녀석이 자신의 이마를 발톱으로 할퀴고 달아난 뒤였다. 지혜의 샘은 다시 중심을 잃었다. 그건 지금까지 자신이 상대해온 수백 수천의 새들하고 빗댈 수 없는 속도였다. 어쨌든 지혜의 샘은 부아통이 터지도록 자존심이 상했고 화가 나서 나름대로 방어를 하려고 했지만 번번이 번개부리의 공격에 당했다. 지혜의 샘은 계속 중심을 잃었다. 점점 화가 났으나 그러면 그럴수록 귀찮았다. 저 작은 새는 분명 자신의 상대가 되지 않았으나 아주 특별한 새임이 분명하다고 생각했다. 번개부리는 비록 상대가 강하지만 그의 급소를 알고 있었고 치명적인 상처를 줄 수도 있었다.

지혜의 샘은 더 이상 그 작은 새랑 실랑이하는 게 도움이 되지 않는다고 판단했다. '지혜롭다는 건 물러나야 할 때를 안다는 거야. 아무리 약한 상대라도 때에 따라서는 무서운 적이 될 수도 있지. 내가 지혜롭다는 건 그런 이치를 알고 받아들인다는 것이지. 무조건 감정을 이기지 못하고 악을 쓰고 덤벼들어 봤자 내 힘만 빠지고 망신만 당할 뿐이야. 다른 놈들이라면 그러겠지만, 나는 달라.' 지혜의 샘은 냉정하게 자신을 달랬다. 더구나 알은 벌통 속에 있었다. 만약 알이 있는 집이 노출되어 있다면 상황이 달라졌을 수도 있다. 그때는 지혜의 샘도 보다 적극적으로 녀석의 공격을 막아내면서 알을 훔쳤을 것이다. 지혜의 샘은 벌통 속에 있는 알을 끄집어낼 수 없음을 알았고 그래서 미련 없이 날개를 폈다.

"네 이놈, 오늘은 내가 피곤해서 이만 물러간다만 다음에는 네놈을 아작아작 씹어서 모래알로 만들어줄 테다!"

지혜의 샘은 아래쪽으로 내려가다가 다시 물가에 앉아 목을 축인 다음 갈대숲에 솟아 있는 개복숭아나무로 날아갔다. 흐벅지게 꽃으로 덮인 개복숭아나무의 절반은 갈대숲에 가려져 있었다. 지혜의 샘은 나무 아래로 내려가다가 붉은머리오목눈이가 옆으로 지나가는 걸 보았다. 나무모심이었다. 지혜의 샘은 "아, 예술가 놈이다" 하고 몸을 낮춘 다음 나무모심이 사라지는 곳을 보았다. 지혜의 샘은 오목눈이들을 늘 '예술가'라고 치켜세우면서도 틈만 나면 그들의 알을 훔쳐내려고 궁리하였다. 물론 그건 쉽지 않았다. 아무리 지혜로운 생각을 가지고 있어도 갈대밭이나 덩굴숲에 숨겨져 있는 그들의 집을 찾아내기란 쉽지 않았다. 그럴수록 지혜의 샘은 더욱 그 예술가들의 알을 훔쳐먹고 싶었다. 며칠간 굶으면서 그 작은 예술가들을 추적하여 집을 알아낸 적이 몇 번 있었으나 그때마다 집은 텅 비어 있었고, "정말 집 한

번 잘 지었군!" 하고 힘없이 감탄사만 내뱉으면서 씁쓸하게 돌아선 적이 몇 번이나 있었다. 지혜의 샘은 숨을 죽이고, 오늘이야말로 그 예술가들의 알을 훔쳐낼 수 있는 절호의 기회라고 생각하면서 지켜보았다. 나무모심이 갈대밭을 가로질러 가더니 가느다란 병꽃나무에 앉았다. 그곳에 예술가들의 비밀스런 집이 있음을 알 수 있었다. "드디어 찾았다! 역시 나는 현명해. 내가 쫓아서 나갔더라면 그놈이 나를 엉뚱한 곳으로 끌고 갔을 거야. 히히히, 역시 나는 지혜로운 까마귀야." 지혜의 샘은 부리에다 힘을 주었다. 조금 전에 번개부리한테 당해서 기분이 좋지 않았던 지혜의 샘은 누군가에게라도 화풀이를 하고 싶었고, 다른 새알은 숱하게 먹어보았으나 아직까지 맛을 보지 못한 오목눈이의 알이 떠오르자 배까지 고팠다. 오목눈이들의 집을 찾아내기란 거의 불가능하거늘 이렇게 쉽게 찾아냈으니 결국 오늘은 운이 좋은 날이라고 자신을 위로했다.

지혜의 샘은 다짜고짜 가지를 박차고 날아갔다. 나무모심이랑 거미모심이 세 든 병꽃나무의 노란 꽃들이 기겁을 하면서 흔들렸다. 나무모심의 목소리도 다급하게 터져나왔다.

"알귀신이다. 큰일 났다. 알귀신이 습격해온다!"

지혜의 샘은 거미모심이 뒤돌아보기도 전에 들이닥쳤다. 거미모심은 살갗이 터지는 아픔을 느꼈고, 자신을 통째로 삼켜버릴 정도로 큰 입을 보았다. 그래도 집에서 밀려나지 않으려고 했는데, 지혜의 샘이 폭풍처럼 바람을 일으키면서 집으로 내려앉자, 집을 떠메고 있는 병꽃나무가 새들의 무게를 이기지 못하고 반대편으로 기우뚱하면서 거의 땅에 닿을 정도로 기울어졌다. 꽃송이가 우수수 떨어졌다. 갈대만 없었다면 땅에 닿았을지도 모른다. 그때 거미모심은 중심을 잃으면서 집에서 떨어져나갔고, 알들이 바깥으로 떨어질 뻔하다가 간신히 위험을 모면했다. 오목하게 파인 집이 조금만 얕았더라도 알이 떨어졌을지도 모른다. 지혜의 샘은 눈 깜짝할 사이에 집주인을 강제로 몰아내고 알 하나를 꿀꺽 삼켰다.

"세상에서 가장 야비한 알귀신아, 어서 꺼져!"

"이 강도야, 어서 꺼지란 말이야!"

오목눈이들은 자신들이 도저히 당해낼 수 없는 적의 출현에 어찌할 바를 몰랐고, 그렇다고 가만히 있을 수도 없는지라 죽음을 각오하고 이 악당한테 맞섰다. 나무모심은 악당의 눈앞까지 날아가서 위협하고 날개로 내리치고 부리로 쪼아댔으나 이 거대한 생명 덩어리는 끄떡도 하지 않았다. 한쪽은 자신들의 알과 집을 지키려고 필사적인 몸부림을 하였고, 한쪽은 너무나도 태연하게 알을 삼키고 있었다. 지혜의 샘은 나무모심이랑 거미모심의 공격에 맞대응하지 않았다. 그들의 공격은 번개부리하고 비교할 수 없을 정도로 약했다. 마음만 먹는다면 나무모심과 거미모심까지도 해치울 수도 있었다. 지혜의 샘은 알을 더 좋아했다. 자신의 무게 때문에 집이 심하게 흔들리는 것이 오히려 성가셨고, 나무모심의 부리는 지혜의 샘을 위협하지 못했다. 지혜의 샘은 알을 다 삼키고 나서야 작은 새 부부를 보았다. 작은 새들은 절망하면서 울어대고 있었다. 지혜의 샘은 트림을 하면서 "나를 원망하지 마라. 너희들의 집이 내 눈에 띈 것도 다 운명이다! 내가 일부러 너희들 집을 찾아온 것이 아니다!" 하고 날아갔다. 거미모심은 끝내 슬픔을 삭이지 못하고 집을 머리로 들이받더니 지혜의 샘이 사라진 골짜기 아래로 날아갔다. 갈대를 간질이던 바람이 위로 솟구쳤고 이내 숲의 비늘이 반짝거렸다. 숲이 심하게 뒤척이기 시작했다.

아기들의 무덤

까마귀 지혜의 샘도 물러갔고, 족제비 교활한 목도리도 더 이상 나타나지 않았다. 그래도 하늘눈은 불안한 마음을 달랠 수 없었다. 요 며칠간 햇살은 마음 놓고 봄 타령을 하였으나, 지혜의 샘이 물러간 다음 날부터 해는 구름 속에 갇혀버렸고 싸늘한 바람이 숲을 몰아쳤다. 하늘눈의 몸과 마음은 더욱 움츠러들었다. 거의 나들이도 하지 않았다. 집을 나서는 순간부터 불안해지는 마음을 달랠 길이 없었다. 하늘눈은 심장의 동력을 유지할 수 있을 정도로 최소한의 먹이만 목구멍으로 밀어넣었다. 어떨 때는 물 몇 모금으로 하루를 지탱하기도 하였고, 어떤 날은 딱정벌레 한 마리로 하루를 감당하였다. 오직 알을 품고 있을 때만 편안했다. 배도 고프지 않았다. 배설하지만 않는다면 하루 종일 바깥나

들이를 하지 않았을지도 모른다. 번개부리도 하늘눈만큼이나 야위어갔다. 번개부리는 오리바위 언저리를 맴돌면서 파수를 보았고, 야윈 초승달이 군부대 철탑에 걸리면 혼자 진달래나무에서 잠을 잤다. 어둠이 흐르는 골짜기는 더 깊어졌다. 알 속에서는 작은 생명체의 눈과 부리가 생겨났고, 날갯죽지와 발가락도 돋아났다.

온종일 숲 속을 들쑤시던 햇살가루가 바닥이 나자 구름이 들이닥쳤고 이내 빗방울이 듣기 시작했다. 번개부리는 비를 반겼다. 비가 내리면 동물들의 움직임도 줄어들고, 그만큼 집을 위협하는 눈도 줄어든다. 번개부리는 산벚나무 꼭대기에서 오랜만에 긴장을 풀었다.

"비가 내린다. 가물었던 대지가 반긴다. 나무들이 반긴다. 풀들이 반긴다. 새들이 반긴다."

그 옆에서 나무 쪼는 소리가 들렸다. 번개부리는 돌아다보지 않고도 딱따구리가 내는 소리라고 단정했다가 "비 온다, 서둘러" 하는 소리를 듣고는 깜짝 놀랐다. 박새 속임수였다. 번개부리는 낭패라는 표정으로 다시금 입을 열었다.

"비가 내린다. 속임수가 나무 쪼는 소리에도 아랑곳하지 않고, 온 세상에다 비를 내린다."

속임수는 더욱 크게 나무를 쪼아댔다. 속임수는 딱따구리 못지않게 나무를 쪼아대는 힘이 있었고, 나무줄기에 붙어서 제법 먹이를 구했다. 주로 땅에서 먹이를 구하는 번개부리는 그런 속임수가 재주꾼으로 보였다.

심술쟁이 청설모가 속임수네 집이 있는 오리나무로 올라가고 있었다. 그걸 본 속임수는 잔뜩 긴장하였다. 집 안에 있는 아내는 보이지 않았다. 구멍이 작아 심술쟁이가 들어올 수는 없어도, 그놈은 마음만 먹으면 속임수네 집을 박살낼 수가 있었다. 그놈의 이는 이까짓 나무 구멍은 단 몇 초 만에 넓힐 수 있는 힘이 있었다. 속임수는 심술쟁이 쪽으로 날아간 다음 자신이 가장 최근에 연마한 '교활한 목도리' 흉내를 내기 시작했다. 최대한 족제비의 얼굴이 그려지도록 목을 크게 돌렸고, "캬! 캬!" 하는 소리를 냈다. 처음에는 멍하게 보던 심술쟁이는 순간적으로 교활한 목도리를 떠올렸고, "아니 그놈이 언제 여기에 올라왔지!" 하고는 반대편 나무로 몸을 날렸다. 뭔가 이상했지만 교활한 목도리에 대한 두려움이 더 강해서 뒤돌아볼 겨를도 없었다. 심술쟁이는 족제비 교활한 목도리와 고양이 악마의 발톱을 가장 두려워하였다.

하늘눈은 바깥으로 나와서 똥을 싸고, 물방울에 부풀어가는 꽃몽우리를 보았다. 산벚나무는 한껏 물을 빨아올려 물감을 버무려서 몽우리마다 한가득 채워놓고 축제의 날이 오기만을 기다리고 있었다. 하늘눈은 밑으로 내려앉았다. 키가 작은 국수나무

줄기마다 물방울이 가득 열려 있었다. 가늘고 길게 늘어진 줄기에는 열매처럼 매달려 있었다. 파릇파릇 돋아나는 새순에 매달린 물방울이 더 영롱해 보인다. 물기 먹은 나뭇잎이 스스슥 소리를 내면서 빗방울을 맞이했다. 줄기를 씻어내리는 빗물은 나무 밑동에서 하얀 거품을 일으켰다. 하늘눈은 하얀 거품을 보다가 나뭇잎을 부리로 물어서 옆으로 던졌다. 그때마다 거미며 작은 딱정벌레들이 바삐 움직였으나 하늘눈의 부리도 빨라서, 달아나는 녀석들 중에서 몇 마리는 희생을 당했다.

비가 내리자 기온이 내려갔다. 알을 품은 하늘눈은 몸을 푹 가라앉혔다. 어느새 얼굴이며 발까지 제 모습을 갖춘 아기들은 다디단 양수로 목을 달래면서 바깥으로 나가고 싶어서 자꾸만 발을 꼼지락거렸다. 어미의 작은 몸짓에도 아기들은 예민했다. 아기들은 알 속에서 어미의 모든 행동을 다 느낄 수 있었다. 추우면 춥다고 움직이면서 발로 알 껍질을 차댔다. 하늘눈은 알을 이리저리 굴려가면서 품었다. 하늘눈도 알 속에서 발길질하는 아기들의 소리를 들었다.

은빛 알갱이들이 비에 섞여서 내렸다. 우박이었다. 이미 몸이 썩어서 문드러진 나무들은 온몸으로 빗물을 빨아들였다. 새부리가 쪼아대지 않아도 제 무게를 이기지 못한 쭉정이 가지들이 문덕문덕 떨어졌다. 그들은 이미 흙이나 다름없었다. 흙으로 돌아갈 날만 기다리고 있다가 비가 오자, 이 기회를 놓치지 않고 서두르고 있었다. 파인 작은 구멍마다 하얀 우박이 박혀 있었다. 천둥과 번개까지 야단이었다. 새들도 날개를 접었다. 소쩍새들도 움직이지 않았고, 박쥐들도 굶을 수밖에 없었다. 하늘눈은 요란하게 벌통을 때리는 소리를 들으면서도 불안을 느끼지 않았다.

비바람이 점점 사나워졌다. 한창 쫑알거리면서 새잎을 내밀던 나무들이 바람멀미를 일으키면서 어린잎을 토해냈고, 그 하나하나의 몸짓이 출렁거림으로 변해서 숲 전체가 몸살을 앓았다. 빗물은 조금이라도 틈이 생기면 스며들었다. 나무뿌리는 지렁이들이 뚫어놓은 구멍으로 흘러든 물을 빨이들었다. 오리바위가 마주 보고 있는 절벽은 천년세월을 묵혀왔으며, 자꾸만 갈라지는 틈을 보완하려고 진달래와 소나무에게 자기 살을 내주어서 살게 하였다. 하지만 그 어떤 나무의 뿌리도 여린 빗물의 흐름을 막아낼 수는 없었다. 빗물은 자꾸자꾸 스며들었고, 어느 한순간에 거대한 바위는 힘을 놓아버렸다. 갈라지고 부서졌다. 수많은 뿌리가 감싸고 있는 바위의 뼈와 살이 흩어지고 있었다. 순응하고 있었다. 져주고 있었다. 큰 것들이 강한 것들이 자꾸만 작아지는 밤이었다. 부러지고, 갈라지고 그러면서 작아지고 있었다. 어느 한순간에 일어난 일이 아니라 수백 수천 년간 은밀하게 진행되다가 오늘밤에 절정으로 치닫고 있었다. 떨어진 바위들은 낮은 곳으로 몸을 굴리다가 다른 바위에 부딪히면서 다시 수백 개로 갈라졌고, 앞으로도 몇십 년 혹은 몇백 년쯤 더 살아야 할 나무들을 쓰러뜨렸다. 그 많은 바위 중에 하나가 오리바위 측면을 들이받았고 그 충격으로 벌통이 튕겨져나갔다. 벌통은 다래덩굴 아래로 굴러가다가 쓰러진 나무에 걸렸다. 벌통으로 시뻘건 물이 달려들었다.

하늘눈은 정신이 없었다. 잠을 자다가 뭔가 쾅 하는 소리에 놀라서 눈을 떴으나 이내 정신을 잃어버렸다. 어디론가 깊이를 알 수 없는 곳으로 추락하는 것 같았다. 다시 정신을 차렸을 때는 바위옷이랑 인간들이 버린 온갖 물건들을 뒤집어쓰고 있었다. 어지러웠다. 머리가 아팠다. 벌통 안은 아수라장이었다. 하늘눈은 바위옷을 털어내면서 자꾸만 몸을 떨었다.

"이건 꿈이야. 우리 알들…… 아, 이건 꿈이야, 절대 현실이 아냐."

하늘눈이 외치는 소리는 빗소리에 묻혀 번개부리가 있는 곳까지 메아리치지도 못했다. 설령 번개부리가 알았다고 할지라도 어찌할 수 없었다. 하늘눈은 집 아래로 떨어져 있었다. 하늘눈은 꿈을 꾸고 있는 거라고 자신을 달래면서 집으로 올라갔다. 집은 텅 비어 있었다. 그제야 자기 살을 쪼아보았고, 격렬하게 머리를 흔들다가 날갯짓을 하다가 마구 벌통 벽을 쪼아대면서 번개부리를 불렀다. 밖으로 나가는 구멍도 막혀 있었다. 아무리 하늘눈이 부르짖어도 그 목소리는 벌통 안에서만 맴돌이칠 뿐 바깥으로 날아가지 않았다.

"어떻게 이런 일이…… 아아아, 어떻게 이런 일이……."

하늘눈은 옆으로 쓰러졌다. 더 이상 소리치고 파닥거리는 날갯짓조차 의미가 없었다.

"모든 게 끝났어, 끝나버렸어, 아아……."

이대로 생을 끝내고 싶었다.

"어찌 이런 일이…… 왜 나한테 이런 일이……."

하늘눈의 목소리는 낮고 착 가라앉아 있었다. 울림이 깊었다.

"어디서부터 잘못되었을까, 나는 최선을 다했는데."

하늘눈은 머리까지 눕히고 흐느끼다가 갑자기 고개를 들어서 벌통 벽을 타타다닥 쪼아대면서 "아니야, 아니야!" 하고 격렬하게 소리를 질러대고, 집에 앉아서 알을 품어야 한다고 자신을 다그쳤다.

빗소리는 잦아들었다. 희미하게 날이 밝아왔다.

번개부리는 어둠이 걷히기도 전에 오리바위로 날아갔다.

"이럴 수가, 이건 말도 안 돼."

번개부리는 동동걸음으로 오리바위를 뛰어다녔다. 집이 있는 벌통은 다래덩굴 밑에 처박혀 있었고, 나뭇잎이며 동강 난 나뭇가지들이 짓누르고 있었다.

"어떻게 이런 일이…… 믿을 수가 없어. 아아, 믿을 수가 없어."

번개부리는 한동안 입을 벌리고 고개를 흔들어대다가 뒤늦게 하늘눈을 떠올렸다. 번개부리가 벌통 위로 앉아서 작은 나뭇가지를 부리로 물어내면서 하늘눈을 불렀다.

"괜찮지? 무사한 거지? 제발 대답해, 괜찮다고 대답해. 당신만 무사하면 돼."

하늘눈은 대답하지 않았다. 번개부리는 애가 탔다. 부리로 벌통을 쪼아대면서 어서 대답하라고 소리쳤고, 꽁지로 벌통을 치면서 다시 하늘눈을 불렀다. 벌통 위에 얹힌 나뭇가지며 나뭇잎을 대충 치우고 구멍을 찾았다. 안타깝게도 구멍은 벌통 밑에 있어서 보이지 않았다. 번개부리는 이 벌통을 들어올릴 힘도 없었고, 이 벌통의 벽에다 구멍을 뚫어낼 재주도 없었다. 번개부리의 뇌리에는 이런 경우에 어찌해야 하는지 저장된 세포가 없었다. 딱따구리라면 구멍을 뚫을지도 모른다고 그 강력한 부리를 떠올렸을 뿐이다. 번개부리는 지금까지 살아오면서 가장 애절한 목소리로 하늘눈을 불렀다.

"제발 대답해. 나는 당신이 없으면 아무것도 할 수 없어."

하늘눈은 번개부리의 목소리를 듣고도 대답하지 않았다. 처음에는 울부짖으면서 구해달라고 소리치고 싶었지만, 그래 봤자 번개부리의 마음만 아프게 할 뿐 희망이 없다고 결론을 내렸다. 하늘눈은 눈을 감아버렸다. 자신의 생이 이대로 마감되는 현실이 억울하기도 했으나 그렇다고 살고 싶은 욕망도 강렬하지 않았다. 번개부리의 마음을 더 아프게 하고 싶지도 않았다. 모든 걸 자신이 떠안고 가고 싶었다. 집에 있어야 할 알들이 사라져버렸음을 알았을 때, 그녀는 모든 삶의 의욕을 놓아버렸다.

해가 떠올랐다. 다른 새들은 간밤에 일어난 무시무시한 참사를 무관심한 표정으로 넘겨버렸다. 오직 번개부리가 새벽부터 노을이 번질 때까지 벌통 위에서 애타게 하늘눈을 불러대고 있었다. 하늘눈은 끝내 한마디 대답을 하지 않았다.

시간이 얼마나 흘렀을까. 축 늘어져 있던 하늘눈의 귀에 "엄마아!" 하는 소리가 들렸다. 하늘눈은 벌떡 고개를 들었다. 막 알에서 나온 아기가 벌통 벽 사이에 끼어 있었다. 아기는 안간힘을 다해서 빠져나오려고 하였다.

"오오, 아가야, 아가야!"

하늘눈은 아기를 부리로 물어서 잡아당겼다. 아기는 낮고 짧은 목소리로, 간신히 하늘눈이 알아들을 수 있을 정도의 소리로 어미를 찾았다. 조금씩 조금씩 아기가 끌려나왔다. 하늘눈은 아기를 집에다 눕히고 얼른 품었다.

하늘눈은 또 다른 아기를 찾으려고 두리번거렸으나 깨진 알만 눈에 들어왔다. 하늘눈은 얼른 고개를 돌려버렸다. 기적이었다. 아기가 세상으로 무사히 나왔다. 기적이었다. 하늘눈은 어떤 일이 있더라도 이 아기를 살려내겠다고 부리를 다물었다. 아기는 이내 안정을 되찾고 자꾸만 하늘눈의 살을 부리로 쪼면서 배고프다고 보챘다. 안타깝게도 하늘눈은 밖으로 나갈 수가 없었다. 그냥 아기를 품고만 있었다.

얼마나 지났는지 모른다. 아무런 소리가 들리지 않아 내려다보았더니 아기의 몸은 축 늘어져 있었다. 너무도 짧은 삶이었다. 허탈했다. 알이 여기저기 구르면서 그 안에 있던 아기도 상처를 입은 상태였고, 간신히 깨진 알 사이로 나오기는 했으나 아직은 세상으로 나올 때가 아니었다. 하늘눈은 죽은 아기를 보자마자 벽에다 머리를 찧어대면서 남편을 불러댔다.

"어딨어. 제발 나를 죽여줘. 죽고 싶어. 더 이상 못 보겠어."

아기들의 무덤으로 변해버린 이 벌통 속이 저주스러웠다. 하늘눈은 머리로 계속 벌통을 들이받다가 아래로 떨어졌다. 왼쪽 날갯죽지에 상처가 났고, 이마에서도 뭔가 흘러내렸다.

바깥에 있는 번개부리도 하늘눈의 소리를 듣고 울부짖었다. 그뿐이었다. 벌통 안에 갇힌 아내를 구해낼 방법이 없었다. 번개부리는 부리가 으스러지도록 벌통을 쪼아보기도 하였고, 바닥에 깔린 구멍을 찾으려고 애를 썼으나 헛수고였다. 뭔가 희망을 찾으려고 하면 할수록 절망의 무게가 번개부리의 몸을 짓눌렀다.

번개부리는 자신이 얼마나 나약한 존재인지를 새삼 깨달았다. 지금까지 살아오면서 자신이 약하다는 생각을 해본 적이 없었다.

그날 밤 어둠이 무르녹아서 다시금 새벽이 밝아올 즈음 번개부리는 모든 걸 포기한 채 생강나무 위로 날아갔다. 이제 벌통 안에서는 아무런 소리도 들리지 않았다.

집을 잃어버린 건 번개부리만이 아니었다. 운이 좋게도 도토리황제네 집은 그 비바람을 견디어냈으나 고물상네 집은 산산이 부서져버렸다. 물론 알도 잃어버렸다. 고물상은 그 슬픔을 이기지 못하고 하루 종일 슬프게 울부짖었으며, 저녁 무렵에는 괜히 도토리황제한테 시비를 걸어서 한판 요란하게 싸움을 하였다. 도토리황제는 화가 나서 다른 친구들까지 불러댔고, 고물상도 질세라 자기 친구들을 불러모았다. 그래서 골짜기가 까치와 어치들 싸움판이 되었고, 온갖 동물들이 그 구경거리를 놓칠세라 한동안 넋을 놓고 쳐다보았다.

번개부리만이 그들의 요란한 싸움판을 구경하지 않았다. 번개부리는 그렇게 싸울 힘이라도 남아 있는 고물상이 부러웠다. 고물상은 집과 알을 잃었을 뿐이다. 그것도 슬픈 일이지만 다시 시작할 수 있으니까 절망적이라고 할 수는 없다. 번개부리는 고물상이 더 부러웠다. 그 정도의 슬픔이라면, 옆에 아내만 살아 있다면 그 어떤 슬픔이라도 다 이겨낼 자신이 있었다. 지금 그에겐 아내가 없었다. 그 슬픔은 살고 싶다는 의지마저 꺾어버렸다. 무엇인가를 먹고 싶지도 않았고, 눈을 뜨고 싶지도 않았고, 바람이나 햇볕 따위를 느끼고 싶지도 않았다. 이대로 사라져버리고 싶었다. 그런 슬픔이 번개부리를 짓눌렀다.

하늘눈은 간신히 눈을 떴다. 심장의 움직임이 멈춰버린 줄 알았는데 다시 눈이 떠졌다. 살아 있음이 얼마나 고통스러운 시간을 요구하는지도 알았다. 피가 온몸을 돌고 있을 때는 마음대로 심장을 멈추게 할 수도 없다는 사실을 알았다. 죽음으로 가는 길도 쉽지 않았다.

하늘눈은 나뭇가지와 바위옷들이 수북하게 떨어져 있는 곳에 누워 있다가 고개를 들었고, 어디선가 빛이 흐르고 있음을 느꼈다. 워낙 희미해서 거의 감각적으로 느낄 수 있는 빛이었다. 하늘눈은 여기저기 부리를 내밀고 입에 물리는 바위옷을 몇 차례 잡아당겼다. 한결 빛이 밝아졌다. 나뭇가지도 물어냈다. 빛이 쏟아졌다. 구멍이 보였다. 빛을 보자 살고 싶다는 본능이 강하게 요동쳤다. 힘이 생겨났다. 바깥으로 나가는 구멍이 있는 쪽이 바닥에 닿아 있었으나 작은 몽근 돌에 걸려서 약간 떠 있었다. 하늘눈은 그 구멍으로 머리를 내밀었다. 간신히 몸을 웅크리면서 기어갈 수 있을 정도의 여백이 있었다. 하늘눈은 그곳을 빠져나왔다.

눈이 부셨다. 날갯짓을 하였다. 날아올랐다. 자신의 몸이 날아올랐다. 맨 처음 하늘을 날았을 때보다 더 신기했다. 더 떨렸다. 하늘눈은 목표 없이 날았다. 날개가 원하는 대로 몸을 맡겼다. 초록 물결이 출렁거리는 산등을 두 개나 넘었다. 이렇게 날아야만 슬픔을 달랠 수 있다고 생각했는지도 모른다.

뒤에서 번개부리의 목소리가 들렸다. 하늘눈은 뒤돌아보지 않았다. 지칠 때까지 날갯짓을 하고 나서야 자신이 살았음을 확인하였고, 앙가슴 속에 웅어리진 슬픔의 앙금을 토해냈다.

외로움이란 허둥거림 같은 것이다

살았다. 살았으니까 다시 희망을 되새김질할 수 있고, 더 이상 절망의 눈빛을 일구지 말자고 번개부리가 소리쳤다. 그들은 파랗게 덤불지고 있는 다래덩굴에 앉아 있었다. 상처 입은 숲 속 곳곳에서는 작은 풀들이 급하게 땜질하듯이 돋아났다.

"포기하지 않을 거야! 다시 돌아갈 거야! 아기들이 깨어났을지도 몰라."

하늘눈은 진저리치면서 소리치더니 다시 튕겨나갔다. 번개부리가 뒤따랐다. 번개부리는 이미 다 끝난 일이라고 목구멍으로 거슬러오르는 말을 다시 삼켰다. 하늘눈은 속도를 늦추지도 않고 집이 있는 벌통으로 내려앉았다. 벌통은 부서지지도 않았다. 땅에 묻히지도 않았다. 그저 쓰러졌을 뿐이다. 그 작은 변화가 그들을 파국으로 몰고 갔다.

하늘눈은 믿을 수 없었다.

"아니야! 아니라고오!"

하늘눈은 벌통 위에 앉았다. 벌통으로 들어가는 구멍이 보이지 않았다. 분명히 어딘가로 나왔는데 아무리 더듬어도 구멍이 보이지 않았다.

"들어가야 해. 아가들이 깨어났을 거야! 미안해, 아가들아! 미안해, 미안해. 곧 엄마가 들어갈게."

하늘눈은 헛소리를 하면서 모걸음질 쳤다. 약간 들려 있는 틈만 보이면 머리를 들이밀고서 들어가려고 하였으나 더 이상 들어갈 수가 없었다. 하늘눈은 제정신이 아니었다. 벌통 속에 갇혀 있을 때와 정반대로 이번에는 안으로 들어가기 위해서 몸부림을 쳤다. 부리가 깨져나가도록 쪼아보고 머리로 들이박아도 보고 발로 긁어도 보고……. 아, 벌통은 작은 허점도 보이지 않았다.

몇 시간째 지켜보고만 있던 번개부리가 하늘눈을 막아섰다.

"그만해. 제발, 제발……."

하늘눈은 잠시 멈칫하다가 다시금 맹렬하게 고개를 흔들면서 절대로 알을 포기할 수 없다고 소리쳤다. 번개부리는 하늘눈을 당해낼 재간이 없음을 알고 있었다. 시간만이 모든 고통과 아픔을 삭여줄 거라고 믿었다.

번개부리는 새삼 쓰러져 있는 벌통을 내려다보았다. 어처구니 없었다. 저 거대한 절벽의 살이 떨어져내릴 줄은 정말 몰랐다. 그건 불가항력이었다. 몇백 년 혹은 몇천 년에 한 번 일어날까 말까 한 일이었다. 번개부리는 운명이라는 말을 새김질하면서 답답한 마음을 달래기 위해서 허공으로 솟구쳤다. 거의 수직에 가까운 상승이었다.

한낮, 정적이 흘렀다. 골짜기를 흐르던 바람이 번개부리의 몸을 높이높이 끌어올렸다. 종일 맺히고 풀리기를 되풀이하는 숲 위로 번개부리가 솟아올랐다. 번개부리는 눈을 감고 있었다. 사랑하는 아내를 위해서 아무것도 할 수 없는 자신이 싫었다. 누군가에게 반항이라도 하고 싶었으나 그럴 만한 상대도 없었다. 그냥 이렇게 바람에 몸을 맡기다보면 가슴속 응어리가 조금은 문드러질 것 같았다.

번개부리는 어디로 흘러가는지도 몰랐다. 매 한 마리가 자신을 정조준하고서 날아오고 있다는 사실도 몰랐다. 보통 때라면 여유 있게 피하면서 욕까지 내뱉어주었을 것이고, 그래도 분이 풀리지 않으면 매가 당황할 정도로 위협했을지도 모른다. 안타깝게도 번개부리는 매가 코앞까지 다가오도록 알지 못했다. 번개부리는 모든 감각을 닫아버린 채 날고 있었다.

매는 너무도 쉽게 번개부리를 발가락으로 낚아챘다. 번개부리의 입에서 "으악, 아악!" 비명소리가 터져나오자마자 발톱이 조여들었다. 그것으로 끝이었다. 번개부리는 축 늘어졌다. 강한 마파람을 헤치면서 거침없이 하늘을 차오르던 한 새의 운명은 그것으로 끝이었다.

그때 하늘눈은 자신이 나왔던 그 구멍을 찾았고, 발로 땅을 파면서 그 밑으로 기어들고 있었다. 그러다가 번개부리의 날카로운 소리를 들었다. 꽉 막혔던 귀가 갑자기 뚫리는 느낌이었다. 머리가 차가워지면서 정신이 맑아졌다. "달아나!" 하는 소리도 같았고 "운명이야!" 하는 소리도 같았고 "으아악!" 하는 비명소리도 같았다.

하늘눈은 급하게 벌통 위로 날아오르면서 저도 모르게 번개부리를 불렀다. 반대편 산허리 도토리황제네 집 뒤로 사라지는 매가 보였다. 순간 불길한 예감이 온몸을 흔들었다. 하늘눈은 "아니야, 그럴 리가 없어" 하면서 번개부리를 불렀다.

"제발 대답해줘, 제발, 제발, 제발……."

"당신만 무사하면 돼. 아무것도 바라는 게 없어. 당신이 세상에서 가장 소중해. 당신이 없으면 나도 존재할 의미가 없어. 당신은 빛처럼 날아서 알귀신 놈도 혼내줬잖아. 교활한 목도리랑 악마의 발톱도 혼내준다고 했잖아. 당신이 겁쟁이라고 했던 매한테 당했을 리가 없어. 제발 아니라고 대답해줘!"

하늘눈은 번개부리를 부르면서 골짜기를 날아다녔다. 번개부리의 목소리는 끝끝내 되돌아오지 않았다. 하늘눈은 다른 수컷 딱새를 남편으로 착각하고 따라갔다가 "우리 남편이니까, 관심 갖지 마" 하고 매서운 눈초리를 퍼붓는 또 다른 암컷 딱새의 사나운 눈빛을 받기도 했다. 나뭇가지에서 묵은 도토리를 까먹던 도토리황제는 "며칠간 번개부리란 놈이 미쳐서 날뛰더니 이제는 그 마누라가 미친 모양이구먼" 하고 비웃었다. 반면 고물상은 대충 사태를 짐작하고는 혀를 끌끌 찼다. "아무래도 매한테 당한 모양이구먼. 그래, 나도 며칠간 제정신이 아니었는데…… 쯧쯧 안됐어. 다 잊고 어서 정신 차리라고. 그래야 사는 거야." 물론 그런 말이 하늘눈의 귀에 들어오지는 않았다.

하늘눈은 맥이 빠져서 근처에 있는 개복숭아나무에 앉았다.

근처에서 "잡았다, 잡았어" 하고 낮은 소리가 들렸다. 박새 속임수였다. 속임수는 부리가 보이지 않을 정도로 가득 애벌레들을 물고 아직도 꽃잔치를 벌이고 있는 개복숭아나무로 날아왔다. 오리나무 구멍 속에서 사는 속임수네 집은 무사했다. 오리나무가 뿌리째 옆으로 쓰러졌는데도, 그 옆에 있는 나무에 걸치면서 재앙을 피할 수 있었다. 속임수는 멍하니 쳐다보는 하늘눈을 보면서 다시금 자신들은 운이 좋았다고 중얼거리면서 오리나무로 날아갔다. 하늘눈은 속임수가 너무 부러웠다. 속임수네 집에는 귀여운 아기들이 깨어나서 삶의 열기가 바글바글 끓고 있었고, 그들 부부는 기쁨에 들떠서 열심히 먹이를 물어 나르고 있었다.

"다들 아기들한테 먹일 먹이를 나르고 있는데, 나만 뭐 하고 있지, 나만 뭐 하고 있지, 너무 허탈해. 내가 살아 있기나 한 걸까. 이상해. 죽어 있는 것 같아."

하늘눈은 오리바위로 돌아오면서 큰 소리로 중얼거렸다. 당장 어디론가 떠나고 싶었지만 번개부리에 대한 그리움 때문에 날개를 다그치지 못했다. 하늘눈은 서쪽을 붉게 물들이는 해를 보면서 남편의 냄새가 배어 있는 소나무 가지에서 밤을 지새웠다.

달빛이 어둠길을 헤치고 골짜기로 젖어들자 더욱 쓸쓸했다. 번개부리가 그리웠다. 밤새들이 달마중을 하기 위해서 어둠을 박차고 날아갔다.

하늘눈은 숲 바닥에서 살림 차리고 있는 작은 풀잎에 알알이 맺혀 있는 새벽이슬 속으로 햇살이 밑들기도 전에 눈을 떴다. 목이 메었다. 하늘눈은 오리바위로 날아가서 몸을 위아래로 까불어대면서 작별인사를 하였다. 이미 눈물주머니는 말라버렸다.

"그리웠던 것들아, 더 이상 원망하지 않을게. 그동안 고마웠어. 이곳을 영원히 잊지 않을게. 소나무야, 생강나무야, 찔레덩굴아, 다래덩굴아, 모두 모두 안녕!"

하늘눈은 낯익은 도토리황제하고 마주치자 서둘러 날개를 펄쳤다. 하늘눈은 어디로 가야 하는지 목표가 없었다. 숲은 거대한 몸짓으로 출렁거렸다. 오늘따라 숲멀미가 났다. 하늘눈은 고도를 낮춰서 나무와 나무 사이로 날아갔다. 마음껏 날아다니면서 그 자유스러움을 누리고 싶었으나, 어떻게 살아야 하는지 자신에게 물을 수도 없었다.

예전에는 혼자 살았어도 외로움을 느끼지 못했는데, 어젯밤 내내 외로움 때문에 잠을 이루지 못했다. 외로움이란 어떻게 살아가야 할지 모를 때 생겨나는 허둥거림 같은 거였다. 예전에 혼자 살아갈 때는 희망이 있어서 외로움을 타지 않았다. 외로움이란 희망조차 없을 때 몸과 마음을 칭칭 옭아매는 보이지 않는 덩굴 같은 거였다. 어디에서 희망을 찾아야 하는지 알 수 없었다.

영혼이 떠나버린 알은 차갑다

하늘눈은 산머리를 몇 개나 넘었는지 모른다. 인간들이 사는 마을이 눈에 잡혔다. 갈증이 날개의 추진력을 떨어뜨렸다. 하늘눈은 냇버들이 하늘거리는 개울가로 내려갔다. 잿빛으로 변한 냇버들 가지에는 새들이 주렁주렁 매달려서 버들강아지랑 정답게 놀고 있었다. 하늘눈은 그들의 눈길을 피해 내려가다가 콘크리트 다리 앞으로 내려앉았다. 애기똥풀꽃들이 발을 담그고 있는 물가에는 다른 풀까지 모여들어 커다란 풀떨기를 이루고 있었고, 그 옆에서 하늘눈은 찬물을 목구멍으로 흘려보냈다. 물이 마음을 차분하게 달래주었다. 하늘눈은 풀떨기 그늘에서 쉬다가 우연히 다리 밑에 있는 작은 구멍 하나를 보았다.

하늘눈은 그쪽으로 날아갔다. 돌멩이와 돌멩이 사이에서 시멘

트가 떨어지면서 생긴 구멍이었다. 안으로 들어가자 제법 넓었다. 정성스럽게 지어진 새집이 보였다. 딱새집이었다.

하늘눈은 가슴이 벌렁벌렁 뛰었다. 괜히 긴장되어서 굴 밖으로 나왔지만 이상하게 날개가 펼쳐지지 않았다. 무엇인가 안에서 잡아끌었다. 하늘눈은 주위를 한동안 두리번거렸다. 집의 주인이 의식되었다. 다시 안으로 들어가서 집에 있는 알을 보았다. 모두 여섯 개였다. 자신이 낳은 알 같았다. 하늘눈의 몸은 집 안으로 빨려들었다. 아무런 망설임이 없었다.

"알이 너무 차가워. 이렇게 차가우면 안 되는데. 이상하다."

하늘눈은 날개를 펼치고 자꾸만 몸을 비벼대면서 차가워진 알을 데우려고 애를 썼다. 알이 따스해지자 하늘눈도 편안했다. 하늘눈은 이런 편안함이 영원하기를 기대하였으나 시간이 흐를수록 불안해졌다. 머지않아 집의 주인이 들이닥칠 게 뻔하다. 그렇다면 그들이 오기 전에 떠나야 한다고 자신을 다그쳤다. 이상한 일이다. 자신을 다그치면 다그칠수록 몸이 무거워졌다. 마음은 떠나려고 했으나 몸이 말을 듣지 않았다. 아무리 다그쳐도 몸이 움직이지 않았다.

"이런 일은 처음이야. 왜 그런지 모르겠어."

하늘눈은 눈을 감아버렸다. 체념해버렸다. 그렇게 얼마나 앉아 있었는지 모른다. 알을 세 번이나 부리로 굴렸으니까 상당히 많은 시간이 흘렀다. 아직도 주인은 돌아오지 않았다.

"이렇게 오랫동안 집을 비운다면……."

알의 체온이 떨어져서 알 속에 있는 생명이 위험하다.

"그래서 차가웠구나. 아주 멀리 갔나봐."

하늘눈은 고개를 갸우뚱했다. 무슨 일이 생기기 전에는 집을 오래 비워서는 안 되는데, 자신이 품고 있는 알이 걱정되기도 해서 하늘눈은 어서 주인이 돌아오기를 기다렸다. 그러다가 주인이 영영 돌아오지 않았으면 좋겠다고 중얼거렸다.

해거름 녘이 되어도 집의 주인은 돌아오지 않았다. 하늘눈은 한가슴 알을 품고 어둠을 묵혀냈다. 낯선 집인데도 편안했다. 오랜만에 맛본 단잠이었다. 새벽에서야 눈을 뜨고는 다시 알을 골랐으며 행여나 집주인이 올까봐 다시 긴장했으나, 햇살이 내려오고 세상이 새소리로 가득해도 그들은 돌아오지 않았다. 하늘눈은 오후가 되어서야 바깥으로 나와서 물을 마시고, 다시금 주위를 두리번거리다가 집으로 돌아왔다. 알은 싸늘해져 있었다. 생명을 꿈꾸는 알이라면 이렇게 빨리 식지 않는다. 하늘눈은 알 속에 있는 생명이 걱정되었다. 한참 동안 알을 품던 하늘눈은 누군가 들어오는 기척 소리를 들었다.

"누구야, 왜 남의 집에 들어온 거야!"

하늘눈은 꼬리를 낮추고 눈을 크게 떴다. 눈이 유독 부리부리한 수컷 딱새가 하늘눈을 바라다보고 있었다. 전혀 화난 눈빛이 아니었다. 하늘눈은 할 말이 없었다. 수컷도 말없이 바라다보기만 하였다. 수컷은 무슨 궁리를 하는지 더 이상 말을 걸지 않았고, 그냥 그렇게 있다가 불쑥 나가버렸다.

하늘눈은 멍했다. 집을 침입한 자신을 보고도 화를 내지 않았다. 하늘눈은 천천히 밖으로 나왔다. 수컷이 개울가 냇버들 가지에 앉아 있었다. 하늘눈은 다시 들어가야 할지 어째야 할지 갈피를 잡을 수가 없었다.

수컷은 그런 하늘눈을 보고도 한참을 뜸 들이더니 착 가라앉은 목소리로 내놓았다.

"소용없어. 아기들은 이미 죽었어. 곯아버렸을 거야."

간신히 들을 수 있을 정도로 낮게 말을 한 다음 건너편 산으로 날아갔다.

하늘눈은 그 말을 믿을 수가 없었다. 다시 집으로 들어가서 알을 품었다. 알은 무척 차가워져 있었다. 알이 살아 있다면 용납하지 않을 차가움이었다. 하늘눈은 당황하면서 저도 모르게 부리로 알을 톡 쪼아댔다.

"아, 어쩌다가 이렇게 되었을까."

하늘눈은 탄식하면서 바깥으로 튀어나갔다. 알 속의 생명은 죽어 있었다. 냄새로 알았다. 썩은 냄새가 코를 찌르고, 썩은 물이 입안으로 스며들었다.

하늘눈은 물가로 가서 정신없이 물을 마시고 다시금 날개가 원하는 대로 날아갔다. 마을을 질러가자 뒷동산이 보였다. 숭굴숭굴한 무덤 사이마다 할미꽃을 따라 소풍 나온 온갖 제비꽃들이 재잘거리고 있었고, 산허리에는 그곳에서 묵새기고 살아온 밤나무들이 연한 이파리를 빚어내고 있었다. 밤나무 밑에서는 철쭉꽃이 몸을 흔들고 있었다. 도드라지게 화려하지는 않아도 연분홍 볼이 고운 철쭉꽃은 노을빛이 흘러내리자 더욱 붉어졌다.

하늘눈은 멍하니 노을을 바라다보다가 애잔하게 흘러드는 누군가의 노래에 빠져들었다.

"하늘은 맑다. 해도 밝다. 꽃도 만발했다. 물도 씩씩하다. 산다는 건 타오름이다. 산다는 건 목마름이다. 산다는 건 고통을 버무리는 몸짓이다. 산다는 건 외로움을 등지는 숱한 연습이다. 산다는 건 그리운 얼굴들을 지워가는 연습이다. 산다는 건 여럿이었다가 결국은 혼자로 되돌아오는 연습이다."

하늘눈은 이리저리 고개를 돌렸다. 노래의 주인공이 보이지 않았다. 하늘눈의 앞쪽에는 산밭이 있었고, 길섶에는 뽕나무 몇 그루가 어우렁더우렁 살고 있었다. 하늘눈은 가장 가까운 뽕나무 쪽으로 날아갔다. 다시금 노랫소리가 들렸다.

"노을이 붉다. 꽃도 붉다. 모든 게 타오른다. 나도 타오르고 싶다. 내 생을 바쳐 타오르고 싶다. 다 타서 꽃처럼 지고 싶다."

수컷 딱새의 노래는 밭 아래 있는 전깃줄 어름에서 날아왔다. 처음에는 딱새뿐만 아니라 박새나 멧새가 같이 합창을 하는 줄 알았다. 가끔씩 박새와 멧새의 소리가 들렸기 때문이다. 하늘눈은 수컷이 보이는 곳까지 갔다가 한참을 두리번거렸지만 혼자였다. 아까 다리 밑에서 마주쳤던 그 수컷이 전깃줄에 앉아 있었다.

"나도 너처럼 노래를 잘 불렀으면 좋겠어. 노래가 너무 애절해."

그는 들었는지 못 들었는지 대꾸하지 않았다. 그냥 노을만 가늠할 뿐이었다. 하늘눈은 그의 깊은 눈을 들여다보았다. 그 작은 우주 속에서 슬픔의 너울이 일렁거리고 있었다. 절망이라는 늪에 빠져서 허우적거리다가 죽음의 문턱까지 가본 이들만이 알 수 있는 눈빛이었다. 하늘눈은 그가 낯설지 않았다. 번개부리를 마주하고 있다는 착각에 빠져들었다. 지난 며칠간 하늘눈은 자신이 이 세상의 모든 슬픔과 고통을 다 짊어진 줄 알았고, 번개부리가 그 어떤 말로 위로하여도 슬픔으로 들어찬 가슴이 녹아내리지 않았다. 집 밖에 있었던 번개부리는 자신의 슬픔과 절망을 헤아리지 못할 거라고 단정해버렸다. 집이 뒤집히고, 알이 굴러떨어지고, 예정일보다 먼저 나온 새끼가 어미를 부르다가 죽어버린 그 고통을 지켜봐야 하는 슬픔을 어찌 알겠느냐고, 얼마나 남편을 원망했는지 모른다.

"아, 나는 너무 몰랐어, 몰랐어."

하늘눈은 제법 큰 소리로 탄식했다. 자기만이 상처를 입은 줄 알았는데, 저 수컷의 눈빛을 보니 자신이 얼마나 어리석었는지를 알았다. 남편이 그립다. 미안하다. 하늘눈은 모든 일을 직접 겪은 당사자뿐만 아니라 아내와 아기들을 지켜낼 수 없었던 남편이 더 아팠을 거라고 고개를 끄덕였다. 수컷의 눈에는 그런 그림자가 일렁거렸다. 하늘눈은 그를 위로해주고 싶었다.

하늘눈은 그 옆으로 다가가서 나지막이 입을 열었다.

"나도 알과 남편을 잃었어. 참으로 믿기지 않는 일이었지. 그는 정말 특별했어. 이 세상에서 가장 빠르게 나는 새였어……."

자신이 겪은 그 끔찍한 악몽을 이렇게 빨리 누군가에게 뱉어낼 줄은 몰랐다. 죽을 때까지 가슴속에 응어리로 담고 살아갈 줄 알았다. 아무도 강요하지 않았다. 붉은 구름차일 위에서 흘러내리는 저 노을을 보면서 저도 모르게 마음의 문이 열렸다. 자신의 마음을 열고 싶었다. 말하고 싶었다. 저 낯선 새를 위로하고 싶었다. 하늘눈은 어떻게 상대방을 위로해야 하는지 몰랐으나, 자신의 슬픔을 뱉어내기 시작하면서 묘하게도 마음이 편안해졌고, 상대방의 눈빛이 부드러워지는 걸 느꼈다.

그제야 하늘눈은 알았다. 누군가를 위로한다는 것은, 그럴듯

한 말을 상대에게 건네려는 노력이 아니라 자기 마음속을 그냥 보여주면 된다고. 하늘눈은 끝없이 자기 이야기를 풀어놓았다. 술술 흘러나왔다. 한 번도 멈추지 않았다.

그는 그냥 듣고만 있었으나 가끔씩 빨간 노을이 들어 있는 눈으로 하늘눈을 쳐다보기도 하였다. 노을이 스러지고 나서야 하늘눈의 이야기가 끝났다. 가슴이 후련했다. 하늘눈은 그가 조금이라도 위로받았으면 좋겠다고 중얼거렸다.

"고마워. 오늘 알 품는 낯선 너를 보자 아내 생각이 나서 견딜 수가 없었는데."

수컷은 그 말을 남기고 날개를 펼쳤다. 하늘눈도 따라올랐다. 그는 밭두렁을 지나 이파리가 무성한 찔레덩굴숲으로 들어갔다. 며칠간 이곳에서 밤을 보낸 모양이었다.

하늘눈은 낯선 이의 옆에 앉으면서도 낯설다는 생각을 하지 못했다. 둘은 아픈 과거를 가지고 있었고, 그런 아픔들이 서로의 얼굴에 있는 낯설음을 무디게 해주었다. 주위가 어둑어둑해지자 그는 낮은 목소리로 자신의 삶을 드러냈는데 그 눈빛이 살가웠다.

"난 항상 자신이 있었어. 나는 그 누구보다 부지런하고, 그 누구보다 먹이 사냥을 잘하고, 그 누구보다 지혜롭다고 생각했거든. 그래서 한동안 믿어지지 않았어. 아내랑 나는 행복했어. 우리는 좋은 곳에다 보금자리를 마련했어. 너도 가봤지만 이 세상이

망하기 전에는, 우리들의 집도 망하지 않아. 그런 곳이야. 감히 그 누구도 넘볼 수 없는 곳이지. 나는 다리 밑에서 밤을 새우고, 아내는 알을 품었지. 알 품은 지 사흘째 되던 날이야. 아침에 잠깐 집을 나갔다가 돌아온 아내가 이상했어. 어지러워하고 토하기 시작하더니, 다음 날 오후에, 내 곁을 떠나버렸어. 너무 갑작스러워서 처음에는 믿지 않았다가, 움직이지 않는 아내를 보고는 죽음을 받아들였지. 왜, 왜, 아내가 갑자기 죽었는지 그건 몰라. 다만 뭔가를 잘못 먹은 것 같았어. 내가 알을 품으려고 했지만 이미 알들이 차가워진 뒤라서……."

수컷은 개울가에서 죽은 아내가 익마의 발톱 입으로 들어가는 걸 보았다는 대목에서는 더욱 목소리가 낮아지면서 떨렸다. 하늘눈도 매의 부리에 찢겨지는 번개부리를 떠올렸다. 직접 보지 않았으나 매한테 당했다고 확신하고 있었다. 하늘눈은 날개를 파닥거렸다. 그는 가만히 보고만 있다가 "죽은 뒤에는 고통을 느끼지 못해" 하고 거의 속삭임에 가깝게 덧붙였다.

둘은 더 이상 말이 없었지만, 서로에게 의지하고 싶은 강렬한 충동을 느끼고 있었다. 맨 처음 사랑하고픈 상대를 만났을 때의 설렘하고는 사뭇 다른 감정이었다. 오히려 그때보다 더 서로를 절실하게 요구하였다. 그 누구도 상대에게 사랑이라는 말을 하지 않았으나 이미 그들은 서로 떨어질 수 없다는 사실을 알았다.

아침 해가 떠오르기 전에 수컷이 먼저 날아올랐고, 하늘눈도 그 뒤를 따라서 힘차게 날갯짓을 하였다.

그의 입에서 노을 소리가 흘러나온다

햇볕은 강렬했다. 가끔씩 길눈 밝은 빼꾸기 나그네들이 숲에다 자신의 그림자를 늘어뜨리며 날아다니고 있을 뿐, 다른 새들은 숲 밖으로 나오려고 하지 않았다. 그만큼 햇볕이 뜨거웠다.

그들은 멀리 떠나고 싶은 마음에 허공으로 높이 솟구쳤다가 급하게 방향을 바꾸기도 했는데, 그때마다 꼬리가 펴지면서 황톳빛 무늬가 눈부시게 반짝거렸다.

수컷이 길라잡이를 하였다. 그들은 인간들이 사는 마을도 지나쳤으며, 가끔은 물말이 한 논흙이 질퍽거리는 논두렁에 앉아서 땅강아지를 잡아먹기도 하였다. 이제 서두를 게 없었다. 먹이를 물고 가는 다른 새들을 보아도 마음이 느긋했다. 어차피 서둘러서 될 일이 아님을 그들은 잘 알고 있었다.

저물녘에서야 하늘눈은 골짜기 아래에 펼쳐진 풍경을 보고 입을 크게 벌렸다.

"아, 여기는 내 고향이야. 아, 다시는 못 볼 줄 알았는데."

늦잠꾸러기 고욤나무도 파릇파릇한 잎망울을 깨우고 있었다. 잎망울이 터져 가지가지가 파래지면 그때부터 계절은 여름으로 치닫는다. 자신의 고향인 이 골짜기가 한눈에 들어오자 그리웠던 기억들이 한꺼번에 떠올라서 가슴이 뜨거워졌다.

수컷은 하늘눈이 떠나자고 할 때까지 기다려주었다.

"살기 좋은 곳이군. 칙칙한 덩굴숲이 있고, 계곡이 있고, 인간들이 경작하는 밭이 있고. 우리 딱새들은 이런 곳을 좋아했지, 조상 대대로."

하늘눈은 그의 말을 듣고서야 정말 그렇구나 하고 고개를 끄덕였다. 근처에서 꾀꼬리의 사나운 목소리가 들렸다. 고개를 들어보니 고욤나무 가지에 꾀꼬리들이 앉아 있었다. 그곳에다 집을 짓고 있었다. 하늘눈은 꾀꼬리의 눈에 띄면 좋을 게 없다고 판단했고 그리웠던 기억들을 떨쳐내면서 가지를 차고 날아올랐다.

하늘눈의 생가인 고욤나무 구멍에다 집을 짓고 사는 멧새 허풍쟁이는 작은 구멍으로 바깥을 내다보고 있었다. 하늘눈을 보지는 못했지만 딱새들이 근처에 있다는 걸 알았다. 그래도 허풍쟁이는 집 밖으로 나오지 않았다. 며칠 전에 "우리가 여기에다 집을 짓겠다. 불만 없지?" 하고 들이닥친 꾀꼬리들 때문에 심기가 불편했다. 허풍쟁이가 아침저녁으로 온갖 허풍을 떨면서 위협해도 꾀꼬리들은 들은 체도 하지 않았다. 어제는 직접 꾀꼬리들을 겨냥하고는 작심한 말을 뱉어냈다. "다들 아는 바와 같이 나는 아흔아홉 가지 마법을 부린다는 말씀. 작년에는 까마귀는 물론 꾀꼬리도 두꺼비로 만들어버린 적이 있다는 말씀. 얼마 전에 그 두꺼비들이 나한테 와서 잘못했다고 하면서, 제발 마법을 풀어달라고 하더란 말씀……." 그 말이 끝나기도 전에 꾀꼬리 수컷이 허풍쟁이 쪽으로 날아왔다. "건방지다. 혼내주겠다. 마법을 부려봐라. 난 마법을 안 믿는다. 어서 마법을 부려봐라." 허풍쟁이는 더 이상 말을 하지 못하고 달아났다. 그 뒤로 허풍쟁이는 한마디도 떠들지 못했고, 꾀꼬리들의 눈치를 살피면서 조심조심 집을 드나들었다. 허풍쟁이는 고욤나무 꼭대기에서 떠들지도 못했다. 주위에 사는 새들은 "요새 허풍쟁이 놈이 조용하네. 무슨 일을 당했나?" 하고 고개를 갸우뚱거릴 정도였다. 허풍쟁이는 머지않아 아이들이 집을 떠나게 된다는 것을 알았고, 그때까지만 꾹 참고 지내기로 했다. 그래도 자존심이 상해서 우울증에 걸릴 지경이었다.

해가 질 무렵 허풍쟁이는 슬그머니 바깥으로 나갔다가 깜짝 놀랐다. 황룡이라는 구렁이가 고욤나무 쪽으로 오고 있었다. 허풍쟁이는 저도 모르게 "이 구렁이 놈아, 나는 너를 두꺼비로 만들어버릴 수 있다는 말씀. 그러기 전에 어서 꺼지라는 말씀!" 하고 소리쳤다. 황룡은 긴 혀를 날름거리면서 껄껄껄 웃었다. "네 허풍이라면 신물 나게 들었다. 네놈이 나를 도롱뇽으로 만들었다니, 두꺼비로 만들었다니 하고 내 명예를 더럽히고 다닌다는 것도 알고 있다. 으, 말만 들어도 모욕적이다. 오늘이야말로 네놈을 혼내주겠다" 하고 구멍이 있는 쪽으로 올라왔다. 허풍쟁이는 급하게 아내를 불렀다. 집에서 나온 아내는 더욱 당황했으나 아직 날지 못하는 아이들을 불러낼 수도 없었다. 아내는 "당신 뭐해!" 하고 황룡을 공격했으나 허풍쟁이는 두려워서 벌벌벌 떨고만 있었다. 황룡은 서두르지 않고 올라갔다. 이제 허풍쟁이네 집으로 들어가는 건 시간문제였다. 그때 고욤나무 가지에다 집을 짓고 있던 꾀꼬리 수컷이 날아왔다. 허풍쟁이는 깜짝 놀랐다. 그것은 하늘눈의 남편인 번개부리만큼이나 빠른 속도였다. 꾀꼬리는 날카로운 부리로 황룡의 긴 몸을 공격했다. 황룡은 고통스럽게 몸부림치면서 아래로 떨어졌다. 그리고는 더 이상 올라올 엄두를 내지 못했다. "으, 저놈의 꾀꼬리들만 아니었다면…… 저 허풍쟁이 놈을 혼내줄 수 있었는데……. 원통하다." 그러면서 어디론가 사라졌다. 허풍쟁이는 새삼 꾀꼬리가 고마웠지만 애써 그런 표현을 하지 않았다. 대신 아내한테 이렇게 말했다. "것 보라는 말씀. 내가 걱정하지 말라고 몇 번이나 말했다는 말씀. 내가 꾀꼬리를 이용한 거라는 말씀. 하하하, 내가 이용했다는 말씀." 허풍쟁이의 아내는 눈을 무섭게 뜨면서 "어이구, 속 터져. 내가 저런 놈하고 살다니. 시끄러워요!" 하고 소리쳤다.

하늘눈은 집이 있었던 골짜기 위로 날아가고픈 충동을 가까스로 누르면서 곧장 산마루를 넘어갔다. 어느새 수컷 딱새가 따라잡았다. 해끗해끗 나뭇잎들이 반짝거리는 숲을 얼마나 지나쳤는지 모른다. 띄엄띄엄 인간들 집이 눈에 잡혔다.

그들은 언덕배기에 우뚝 솟아 있는 늙은 감나무 가지에 앉았다. 감나무 아래쪽에는 찔레덩굴이 자신들만의 거대한 왕국을 이루고 있었다. 찔레덩굴은 그들 특유의 단합된 힘으로 그 누구의 도전도 용납하지 않겠다는 기세로 줄기를 가시로 중무장시켰다. 찔레덩굴 아래쪽에는 작은 밭이 있었고, 그 오른쪽에는 하얀 대리석 집이 밤색 나무 집을 마주 보고 있었다.

"우리는 조상 대대로 인간들하고 가깝게 살았어. 인간들 집에는 우리가 집 지을 여백이 참 많지……."

그의 말이 끝나기도 전에 대리석 집 지붕 위에서 "지나가는 나그네들아. 여기는 더 이상 집 지을 곳이 없으니, 어서 해 떨어지기 전에 가던 길을 가거라" 그렇게 노래하는 딱새가 보였다.

그들도 이곳에서 머무르겠다고 눈길을 주고받은 적이 없었다. 다만 쉬어가고 싶었을 뿐이다.

그들은 텃밭 옆 개울가로 내려앉았다. 고운 돌멩이들이 소곤거리는 물속에 둘의 얼굴이 그려졌다. 하늘눈은 맑은 물로 갈증을 달랜 다음 그를 빤히 보고는 “아차, 아직까지 이름도 물어보지 않았네” 하고 쑥스러운 표정을 지었다. 그는 수줍게 웃었다.

“정말 그렇군. 내 이름은 노을소리야. 나는 저물녘에 노래하는 걸 좋아하는데, 다른 새들이 그걸 보고 노을소리라고 불렀어. 내가 노을을 등지고 노래하면 노을 소리가 들리는 것 같다고 하면서. 나는 다른 새들의 목소리를 들으면 그대로 따라서 할 수 있는 재능이 있어. 멧새하고 박새들 노래를 좋아해서 그들의 목소리로 노래를 하기도 해.”

“어쩐지 멧새랑 박새 소리가 같이 들려서 이상하다고 했더니…… 절대음감을 가지고 있구나. 부러워. 노을소리라고? 근사해. 내 이름은 하늘눈이야…….”

하늘눈의 이야기를 들은 노을소리는 무척 특별한 이름이라고 하였다. 하늘눈이 먼저 애기똥풀이랑 씀바귀꽃들이 한통속으로 피어 있는 밭가로 내려앉았다. 땅에서 먹이를 구하는 그들은 탁 트인 밭을 좋아했다. 밭고랑에서 거미들이 무거운 알주머니를 짊어진 채 급하게 흩어졌다. 딱정벌레도 보였다.

하늘눈은 자기 발가락보다 큰 딱정벌레 애벌레 한 마리를 잡아서 밭머리에 있는 보리수나무로 갔다가 "이게 뭐야" 하고 놀라면서 하마터면 떨어뜨릴 뻔했다. 보리수나무 낮은 가지에 죽은 생쥐의 등가죽이 걸쳐져 있었다. 머리는 없고 몸통만 남아 있었다. 노을소리가 와서 확인하기도 전에 "가까이 가지 마. 뭔가 속임수 같아. 가끔씩 고양이가 그런 속임수를 써. 낮은 가지에다 미끼를 걸어두고 새를 잡으려고 하는 거야. 저런 미끼를 쓰는 고양이라면 대단한 놈이야" 하고 말했다. 하늘눈은 노을소리의 신중한 눈빛을 보고는 고개를 끄덕였다. 그런 다음 밤색 나무 집 마당가로 가다가 급하게 방향을 틀어 지붕 위로 날아올랐다. 키가 호리호리한 수컷 인간이 마당에서 하늘눈을 보다가 고개를 돌렸다. 인간이 집으로 들어가자 노을소리가 옆으로 왔다.

"이 집에 사는 인간이야."

"인간들은 이상하게 생겼어. 다리는 왜가리를 닮았고, 몸통은 개를 닮았고, 얼굴은 고양이를 닮은 것 같아. 인간은 새와 개와 고양이가 한 몸이라서 강한가봐."

"그래도 인간들은 새를 가장 부러워해. 그래서 날아다니는 새를 만들어서 타고 다니지만 우리 새들처럼 자유자재로 날지는 못해. 나는 어린 인간들이 노는 걸 많이 보았어. 어린 인간들은 종이로 새를 만들어서 날리는 놀이를 좋아해. 종이 새가 멀리 날면 따라가면서 막 소리치고 웃어대면서 좋아하지. 그만큼 인간들은 날고 싶은 거야. 그만큼 우리 새들을 부러워하는 거야. 오늘은 여기서 자고 가자."

그들은 감나무 뒤쪽 숲으로 날아갔다. 참나무와 쪽동백나무가 치열하게 자리다툼을 하고 있는 숲에서는 바람과 햇살이 늘 공존했다. 지금은 햇살보다 바람의 기세가 더 강해지는 시간이었다. 바람은 숲의 갈피를 넘기면서 새들을 부르고 있었다.

다음 날, 햇발이 쏟아지자 하늘눈은 밤색 나무 집을 염탐하기 시작했다. 노을소리는 그런 하늘눈을 보고는 이곳을 떠나기가 쉽지 않음을 알았다. 하늘눈은 이미 저 나무 집에다 마음을 빼앗긴 상태였다. 보리수나무로 돌아온 하늘눈이 이곳에서 살자고 하자 노을소리는 고개를 흔들지는 않았으나, 집을 지을 만한 곳이 있을지 모르겠다고 걱정스러운 눈길만 보냈다. 노을소리가 얼핏 보기에는 집을 지을 만한 곳이 눈에 띄지 않았다. 바로 앞쪽에 있는 대리석 집은 건성으로 훑어보아도 집을 틀 만한 여백이 많았다. 지하주차장도 있었고, 창고로 보이는 건물이 두 개나 보였으며, 보일러실도 바깥에 있었다. 그에 비해서 밤색 나무 집은 커다란 건물만 덜렁 있었다. 그들은 밤색 나무 집 뒤쪽으로 갔다. 보일러 배기 구멍이 보였다. 그런 곳은 집을 틀 수가 없었다. 보일러실 안으로 들어갈 수 있으면 좋으련만 그곳으로는 들어갈 수가 없었다.

하늘눈은 배수관으로 들어갔다가 나온 뒤에 고개를 흔들었고, 정화조에 앉아서 기웃거려 보았고, 테라스로 날아가서 어디 구멍이 있는지 살폈으나 조금도 틈이 없었다. 테라스 밑에도 들어가 보았고, 마당에 세워진 자동차 밑도 기웃거렸다. 실망한 하늘눈은 나무 대문에 앉았다. 대리석 집 주차장으로 다른 딱새들이 먹이를 물고 들어갔다. 주차장에서 사는 딱새들은 텃세를 부리지 않았다. 밤색 나무 집에는 딱새들이 살 만한 여백이 없음을 그들은 잘 알고 있었고, 굳이 인상을 찌푸리지 않아도 오늘 안으로 이들이 떠나리라고 확신하는 눈치였다. 하늘눈도 그렇게 체념하다가 대문 옆에 있는 빨간 우체통을 보았다. 개집만큼이나 크게 만들어놓은 우체통에는 645-2라는 글자가 까만색으로 찍혀 있었고, 우체통 처마 바로 아래 책 두 권 정도가 한꺼번에 들어갈 수 있을 정도의 구멍이 보였다.

하늘눈이 그 속으로 들어갔다. 우체통 안이 너무 넓어서 처음에는 휑뎅그렁하였으나 다시 들어와서 보니까 바깥하고 완벽하게 차단된 공간이 마음에 들었다. 비바람이 넘볼 수 없을 정도로 깊었고, 홍수가 져도 끄떡하지 않을 정도로 높았다. 하늘눈은 약간 흥분한 표정으로 노을소리를 불렀다. 노을소리도 마음에 들었다. 다만 땅에서 너무 낮았고, 인간들이 다니는 길목이라는 점이 마음에 걸렸다.

"인간들은 자동차라는 괴물을 가지고 있어. 바로 옆에 그 괴물이 있고, 수시로 인간들이 들락거리고, 그게 걱정이 돼."

"인간들이 새한테는 호의적이라고 네가 말했잖아. 나도 예전에 몇 번 인간들하고 마주친 적이 있었는데, 위협하지 않았어."

"하지만 인간의 마음이 언제 변할지 그건 몰라. 우리는 그 누구도 믿어서는 안 돼."

노을소리는 마음속에 남아 있는 불길한 잡념을 떨치려고 애써 목소리를 키웠으며, 이내 밤색 나무 집 지붕 위로 올라갔다. 하늘눈도 따라왔다. 둘은 지붕 위에 앉았다. 노을소리가 신중하게 말했다.

"며칠간 두고 보자. 그런 다음 여기서 살 것인지 결정하자."

그 소리가 끝나기도 전에 앞집 주차장에서 사는 수컷 딱새가 지붕 위로 올라왔다. 수컷 딱새는 자신도 우체통에다 집을 틀려고 했으나 인간들이 쓰는 물건이라 위험해서 포기했다고 말했다. 노을소리는 며칠간 머무르면서 판단하겠다는 말을 되풀이했다. 수컷 딱새는 자신들은 머지않아 이곳을 떠날 거니까 상관하지 않겠지만 자기 말을 명심하라고 다시 충고했다.

인간의 집 그리고 우체통

어슴새벽이었다. 노을소리는 밭가에서 모둠발로 뛰어다니며 딱정벌레를 잡아먹다가 마른 쑥대를 보았다. 자신의 몸보다 열 배는 커 보였다. 노을소리는 그 쑥대를 물어서 잡아당겼다. 쉽게 끌려왔다. 노을소리는 명아줏대 끝을 다시 물고 힘차게 날아올랐다.

하늘눈은 멍하니 노을소리를 바라다보고 있었다.

"설마 벌써 집을 지으려고 하는 건 아니겠지."

"마침 적당한 것이 눈에 띄어서 그래. 천천히 시작해볼까 해."

노을소리는 우체통 안으로 들어가서 긴 쑥대를 끌어당기고 있었다. 쑥대는 오랜 실랑이 끝에 안으로 들어왔다.

"안이 넓어서 나뭇가지가 많이 필요하겠어. 다행히 주위에 나뭇가지들이 많아서 멀리 가지 않아도 돼."

노을소리는 우체통 안을 세심하게 살피면서 얼마만큼 큰 나뭇가지들이 필요한지 눈어림하였다. 머릿속에 집에 대한 밑그림이 그려졌다.

노을소리가 나뭇가지를 물어 나르자 하늘눈은 멍하니 보고만 있었다. 자꾸만 번개부리랑 집을 짓던 묵은 기억이 떠올랐다. 그때는 하늘눈이 먼저 집을 지으려고 서둘렀다. 나뭇가지 하나를 입에 물어도 신이 났고, 다른 새들이 보면 괜히 뻐기고 싶었다. 지금은 그런 기분이 우러나지는 않았으나 자신이 살아가기 위해선 반드시 집을 지어야 한다는 절실한 생각이 맴돌았다. 그래도 일을 서두르지는 않았다. 쉬엄쉬엄 나뭇가지를 물어 날랐는데도 점심나절이 되자 우체통 안에는 나뭇가지들이 십여 개나 들어 있었다.

노을소리는 우체통 안에서 나뭇가지를 놓다가 뭔가 툭 떨어지는 소리에 화들짝 놀랐다. 편지였다. 노을소리는 편지가 들어온 구멍으로 튀어나갔다. 우체부가 깜짝 놀라서 몸을 뒤로 젖혔다가 다시 우체통 안을 들여다보았다. 나뭇가지들이 어지럽게 놓여 있었다. 우체부는 고개를 갸우뚱하면서 오토바이를 타고 사라졌다.

노을소리는 근심스런 표정을 지었다.

"인간들이 이 안에다 이것을 넣어두는 모양인데, 괜찮을지 모르겠어. 예감이 좋지 않아."

"그냥 떠날까. 어쩌지?"

노을소리는 부리를 꾹 다물었다. 하늘눈은 노을소리가 입을 열 때까지 기다렸다. 자동차 소리가 온몸을 흔들었다. 대문 앞에 선 자동차에서 인간 둘이 나왔다. 다 자란 암컷 인간이 어린 암컷 인간의 손을 잡고 밤색 나무 집으로 들어가자 노을소리가 입을 열었다.

"내일 하루만 더 두고 보자. 내일도 인간들이 여기에다 뭘 넣으면 그때는 미련을 버리자."

하늘눈은 노을소리의 말을 따르기로 하였다. 그들은 다시 바깥으로 나가서 집 지을 재료들을 물어왔다. 집을 지어본 경험이 있는 그들은 이미 노련한 목수가 되어 있었다. 그들은 서로에게 어떻게 해야 한다는 식으로 타박하지 않았고, 물이 흐르듯이 자신의 일을 찾아 움직였다. 노을소리는 주로 큰 나뭇가지를 물어왔고, 하늘눈은 작은 나뭇가지를 물어왔다. 나무 이파리도 물어오고 인간들이 버린 종이상자 쪼가리도 물어 왔다.

하늘눈이 혼자 우체통 위에 있을 때였다. 밤색 나무 집에서 키가 큰 수컷 인간이 나왔다. 수컷 인간은 성큼성큼 우체통 앞으로 걸어왔다. 하늘눈은 긴장하면서 지붕 위로 날아갔다. 수컷 인간은 우체통에서 편지를 끄집어내서 집으로 가더니 어린 암컷 인간이랑 같이 나왔다.

"어제 친구들 왔을 때, 누가 우체통에다 막대기 가져다놨니?"

"아빠, 왜? 그런 적 없는데……."

어린 암컷 인간이 우체통을 보더니 누가 그랬지, 하는 표정을 지었다. 수컷 인간이 지붕 위에 있는 하늘눈을 보았다. 어린 암컷 인간도 하늘눈을 보고 뭐라고 중얼거렸다. 인간들은 다시 집으로 사라졌다가 노을소리가 돌아올 즈음 다시 나왔는데 이번에는 세 식구가 함께 나왔다. 그들은 우체통 위에다 뭔가를 붙였다. 인간들 언어로 "우체부 아저씨, 부탁드립니다. 이곳에는 새가 집을 틀었어요. 죄송하지만 당분간 편지를 현관에다 놓아주시면 감사하겠습니다. 꼭 부탁드립니다" 하고 검정 크레파스로 쓰여 있었고, 랩으로 두 벌 덮여 있었다.

딱새들은 우체통으로 돌아와서 꼼꼼하게 주위를 살폈다. 우체부가 떨어뜨린 편지는 보이지 않았고, 그밖에는 달라진 게 없었다. 노을소리는 자신이 물어다놓은 나뭇가지를 바닥에다 나란히 놓았고, 그 사이사이에다 하늘눈이 물어온 작은 나뭇가지를 끼워넣었다. 그런 질서가 흐트러졌는지를 꼼꼼하게 살폈다. 만약 하나라도 나뭇가지가 틀어졌거나 인간의 손을 탄 흔적이 보이면 미련 없이 떠날 작정이었다. 그만큼 노을소리는 세심했다.

"다행히도 인간들이 손댄 것은 없어. 내일 하루만 더 두고 보자. 내일도 인간들이 손대지 않으면 괜찮을 거야."

다음 날 그들은 어제와는 달리 천천히 움직였다. 인간들이 마당으로 나올 때마다 그들은 잔뜩 긴장했다. 인간들은 그들을 의식하지 않았다. 대문을 열고 닫을 때도 그들을 쳐다보지 않았다. 오후에 우체부가 오더니 우체통 위에 적힌 글씨를 보고는 현관으로 걸어가서 우편물을 놓았다. 그들은 해 질 녘에 우체통 안에서 조용히 속삭였다.

"어때, 괜찮을 것 같지? 인간들이 우릴 해칠 맘이 있었으면 벌써 했을 거야."

"그래, 좋은 쪽으로 생각하자."

보리수나무 뒤쪽 계곡은 노랑할미새들의 영역이었다. 인간들이 계곡 양쪽으로 돌담을 쌓아올렸다. 돌담에는 잔구멍이 많아서 새들이 집을 틀기에 좋았다. 할미새도 수국이 편안하게 몸을 늘어뜨린 축대 중간쯤에다 집을 짓고 있었다. 수컷 할미새는 바람을 무척 좋아했다. 바람만 불면 허공으로 솟구쳐서 춤을 추었다. 그는 바람에다 몸을 맡기고 파도처럼 춤을 추면서 날아다녔는데 그 어떤 새도 흉내 낼 수 없는 몸짓이었다. 다른 새들이 그를 '바람춤'이라고 부르는 것은 당연했다. 바람춤은 보름 전에 만난 암컷을 '햇무리'라고 불렀다. 햇무리가 유독 동그랗던 날 만났기 때문이다.

바람춤이랑 햇무리는 새로 이사 온 딱새들이 못마땅했다. 우체통이 자신들의 집하고 멀리 떨어져 있기는 했으나 활동 영역이 거의 비슷해서 족제비나 고양이의 눈에 띌 가능성이 그만큼 많아졌다. 당연히 그들은 하늘눈 부부만 만나면 일부러 텃세를 부렸다. 사실 딱새들이 떠나가기를 바랐다. 하지만 딱새들은 우체통에다 묵묵하게 집을 지었다. 바람춤 부부는 일부러 딱새들을 무시하고 우체통 위까지 날아왔다. 그건 아주 예민한 문제였다. 하늘눈은 당장 그들을 혼내주고 싶은 충동을 가까스로 달랬다.

"참아, 집에 침입한 건 아니니까. 할미새들은 저 아래다 집을 짓고 있으니까, 우리 집을 욕심낼 리도 없어. 조금 지나면 괜찮을 거야."

하늘눈은 노을소리를 이해하려고 했지만 번개부리가 있었다면 할미새들이 얼씬도 못 하게 했을 거라고 아쉬워했다. 지나치게 신중한 그가 왠지 약해 보이는 것 같아서 미덥지 않았다.

하늘눈은 그 할미새 부부가 마음에 들지 않았다. 특히 암컷인 햇무리는 바라다보기만 해도 정신이 없었다. 머리가 아팠다. 햇무리는 말을 하면서도 잠시도 몸을 가만히 두지 않았다. 쉬지 않고 꽁지깃을 위아래로 흔들어댔다. 말을 하지 않고 쉴 때도 계속 머리를 까닥였고, 심지어 날아가면서도 몸을 흔들어댔다.

소나무가 숲 속 모든 것에게 송홧가루를 이바지하는 계절이었다. 조금이라도 송홧가루를 맛보지 않은 풀잎은 없었다. 깨알만 한 잎새조차 송홧가루를 흠뻑 뒤집어쓰고 있었다.

하늘눈과 노을소리는 빠르게 집을 지었다. 큰 나뭇가지가 백여 개, 중간 크기의 나뭇가지와 마른 풀대가 삼백여 개, 마른 나뭇잎이 백여 장, 인간들이 버린 종이상자 조각 십여 개, 인간들이 버린 나무젓가락 다섯 개, 마른 댕댕이덩굴 여섯 개, 판자 쪼가리 일곱 개로 기초공사를 하였고, 그 위에다 고급스러운 바위옷을 구해다가 폭신하게 깔았다.

노을소리가 어치의 깃털을 물고 우체통으로 들어왔다.

"아니, 어치 깃털을 어디에서 구했어?"

하늘눈이 놀란 눈빛을 보이자 노을소리가 어치 깃털을 집에다 깔고는 밖으로 불러냈다.

"나를 따라와. 어치 깃털이 아주 많은 곳을 알아."

노을소리는 숲으로 날아갔다. 숲마루가 파랗게 펼쳐졌다. 위에서 내려다보는 숲은 빛의 입자 하나가 새어들 틈도 없이 빽빽했다. 잣나무숲이었다. 나무의 몸과 몸 사이에 여백이 없어서 그들은 잔가지도 내밀지 못한 채 위로만 솟구쳐오르는 무한경쟁을 하고 있었다. 그런 나무 사이를 빠져나가자 자그마한 골짜기가 나왔다. 졸졸졸 물이 흐르는 골짜기에는 탐스럽고 부드러운 바위옷이 융단처럼 깔려 있었고, 쓰러져 있는 나뭇등걸 옆에 어치 깃털이 수북하게 쌓여 있었다.

"누가 어치를 죽였을까."

노을소리의 말에 하늘눈은 악마의 발톱이라는 고양이나 교활한 목도리라는 족제비였을 거라고 대답했다. 하늘눈은 알록달록한 깃털을 물다가 깜짝 놀랐다. 깃털 속에 어치의 머리가 덮여 있었다. 그건 도토리황제가 분명했다. 머리 꼭대기에 쫑긋 솟은 깃털이 또렷하게 보였다. "맙소사, 도토리황제로군." 하늘눈은 잠시 눈을 감았다가 뜨면서 도토리황제에 대한 이야기를 하였다. 그가 얼마나 황제라는 말을 좋아하는지, 그의 죽음을 여기에서 보게 될 줄은 몰랐다고 낮게 말했다. "결국 우린 황제의 깃털을 가져가게 되었군." 노을소리도 씁쓸한 표정을 지었다. 하늘눈은 다시금 눈을 감았다 뜨면서 고개를 끄덕였다. "그래, 이건 황제의 깃털이야. 이 깃털이 우리를 지켜줄 거야." 하늘눈은 도토리황제의 머리를 깃털로 덮어주었다. 그의 죽음을 애도하면서도 하늘눈은 보물을 얻은 기분이었다. 이 숲에서 도토리황제를 당해낼 존재들은 많지 않다. 황제의 깃털을 건축 재료로 쓴다는 건 상상도 할 수 없는 일이다. 하늘눈은 부리 가득 깃털을 물기 시작했다. 죽은 황제한테는 미안했지만 이 깃털로 아기들의 방을 꾸며야겠다는 생각을 하자 벌써부터 마음이 부풀어올랐다. 하늘눈은 힘차게 날아갔다.

집 짓는 일도 끝나가고 있었다.

"나한테 이런 순간이 다시 올 줄은 정말 몰랐어."

하늘눈은 집에 앉아서 들뜬 목소리를 내뱉었다. 정말 몰랐다. 벌통 속 집이 뒤집혀버렸고 번개부리마저 사라져버렸을 때, 하늘눈은 자신의 삶이 끝났다고 체념했다. 절망 속에서 새로운 남편을 만났고, 이렇게 집을 지었다. 그들은 서로 마주 보고 고개를 까닥이면서 꼬리를 흔들어댔다. 하늘눈은 다시는 이런 행복을 놓치지 않겠다고 다짐했다. 그 무엇이 방해해도, 이번만큼은 이 집을 지켜내고야 말겠다고 부리를 꼭 다물었다.

"네가 나한테 와줘서 고마워. 네가 또 다른 내 살처럼 느껴져."

"그건 내가 할 소리야."

노을소리가 하늘눈을 부드럽게 쳐다보았다.

"네가 아니었으면 지금까지 살아 있을지……. 글쎄 모르겠어. 나 혼자 존재하는 건 의미가 없다는 걸 새삼 깨달았어. 존재한다는 건 단순히 살아가는 게 아니라 희망을 만들어가는 것이라는 사실도 깨달았어. 이제 내가 너를 지켜줄 거야. 그 어떤 일이 있어도. 나만 믿어."

노을소리는 앞으로 우리에게는 밝은 날만 있을 거라고 소리치면서 감나무 뒤쪽 쪽동백나무숲으로 날아갔다. 하얀 등을 은은하게 밝힌 쪽동백나무들이 팔랑팔랑 이파리를 흔들면서 꽃향기를 퍼뜨리고 있었다.

자신의 생살을 펴서 다섯 개의 우주를 만들다

새로운 집을 가졌다는 뿌듯함이 하늘눈을 여유롭게 하였다. 하늘눈은 이파리가 짙게 우거진 숲 속으로 날아다니는 재미에 푹 빠져 있었다. 햇살 한 줌 걸러지지 않는 숲 속을 날아다니다 보면, 하늘 높이 햇살의 바다로 솟아오를 때하고는 또 다르게 신비스러운 느낌이 들었다. 꼭 물속을 날아다니는 듯한 상상 속으로 빠져들었다. 숲 속 가지마다 온갖 애벌레 곡예사들이 줄을 타면서 자신의 생을 만끽하고 있었는데, 하늘눈은 가끔씩 날개로 허공에다 몸을 고정시키고 신기한 눈초리로 그들을 바라다보기도 하였고, 물고기처럼 애벌레들을 낚아채기도 하였다. 그러다가 나무 우듬지에 앉아서 오랫동안 해바라기를 하거나 불쑥 허공으로 높이 솟구치기도 했다. 숲의 안쪽세상과 바깥세상을 자유롭게 만끽하였다. 노을소리는 하늘눈이 보이지 않아도 별로 걱정하지 않았다. 번개부리였다면 상상도 할 수 없는 일이다. 번개부리는 하늘눈이 잠시만 자신의 눈에서 벗어나면 불안에 떨었고, 매들의 영역인 숲 위로 솟구치려고 하면 자살행위라면서 가지 못하게 했다.

"우리 집이 인간들 집 앞에 있으니까, 그 누구도 함부로 넘보지 못해. 할미새들도 오지 않을 것이고, 어치나 까마귀도 오지 않을 것이고……."

번개부리가 노을소리의 말을 들었다면 너무 무책임한 말이라고 비꼬았을지도 모른다.

하늘눈은 요즘 들어 부쩍 번개부리를 떠올렸다. 돌이켜보니 번개부리가 불쌍했다. 번개부리는 자신의 삶을 한 번도 즐겨보지도 못했다.

하늘눈과 노을소리는 어슬막이 되어서야 찔레덩굴숲에다 몸을 맡겼고, 찬란한 햇귀가 함성처럼 동편으로 터져나오면 자벌레들이 줄기마다 매달려서 곡예하고 있는 숲으로 들어갔다. 아까시나무가 수국만큼이나 무게 있는 꽃송이를 흔들면서 향기를 털어냈다. 그들은 아까시꽃에 붙어서 흔들흔들 그네를 타면서 장난을 쳤고, 햇살이 따가워지면 해감내 한 점 풍기지 않는 순결한 물속으로 뛰어내렸다. 물살의 차가움에 놀라 "으, 뼈가 시려,

정말 시원하다" 하고 소리쳤다. 즐거웠다.

물장구치는 맛이 이렇게 고소할 줄 몰랐다. 물의 감촉이란 참으로 신비스러웠다. 단순하게 갈증을 달래려고 목구멍으로 넘겼을 때의 시원함하고 달랐고, 부슬부슬 내리는 비를 온몸으로 맞을 때의 간질임하고도 또 달랐다. 지느러미처럼 날갯짓하면서 멱을 감다보면 물이 살아서 꿈틀거리는 흥이 느껴졌다. 어느 한쪽에서만 일방적으로 맛보는 감정이 아니라 살아 있는 물과 만나서 서로 교감하는 꿈틀거림이었다.

노을소리는 숲 바닥에서 나뭇잎 차일을 올려다보는 놀이를 가장 즐겼다. 숲 바닥에는 어느새 꽃잎을 지우고 열매까지 붉알들게 한 족도리풀들이 햇살을 받아 반짝거리고 있었다. 작년에 해거리했는지라 올해는 단단히 마음을 다잡고 이파리를 살찌우는 참나무 가지 사이로 알알이 쏟아지는 햇살은 더욱 밝았다. 그럴 때의 눈부심이란 저절로 입이 헤벌어지게 하여 스르르 노래가 흘러나오게 하였다. 그들은 심심할 때마다 나무와 나무 사이를 날아다녔으며, 아무도 쳐다보지 않는 곳, 이파리가 우거져서 누군가의 눈길을 가려주는 곳, 그런 곳에서 사랑을 나누었다. 하늘눈은 행복했다. 불행했던 기억들도 조금씩 지워졌다.

노을소리는 솔직하면서도 정열적인 하늘눈이 볼수록 사랑스러웠다. 노을소리는 진정으로 이 하늘눈을 사랑했고, 자신이 행복하다고 소리쳤다. 노을소리의 목소리는 날마다 길어졌다. 드디어 보송보송한 황제의 깃털이 깔린 집에다 하늘눈이 첫 번째 알을 낳았을 때, 노을소리는 전깃줄 위에 앉아서 기쁨에 찬 목소리를 토해냈다.

"드디어 우리의 알이 태어났다. 뽀얗고 둥글둥글한 것. 하늘보다 맑은 것. 그곳에 우리의 아기가 숨 쉬고 있다. 바람아, 해야, 달아, 구름아, 꽃들아, 기도해주렴. 무사히 알을 깨고 나올 수 있도록. 이 세상을 창조하신 생명의 신이시여, 우리 아기들이 무사히 나올 수 있도록 도와주십시오."

며칠 뒤 어스름 새벽빛의 영접을 받으면서 하늘눈이 다섯 번째 알을 낳고 나오자, 대리석 집 주차장에서 살던 딱새들이 집에서 나와 언덕배기 덩굴숲으로 날아가고 있었다. 어린 딱새들은 부모의 신호에 따라 일사분란하게 움직였다. 잘 훈련된 병사 같았다. 아이들은 햇발이 사방으로 퍼지기도 전에 감나무 뒤쪽 쪽동백나무숲까지 날아갔다. 하늘눈은 일부러 아이들 근처까지 날아가서 "잘했어, 훌륭하게 자랐구나!" 자기 아이를 대하듯 칭찬했다. 아이들은 예정된 시간보다 하루를 더 집에서 보냈고, 그만큼 날개가 튼튼해서 딱 두 번만 쉬고도 뒷산 숲까지 날아갈 수 있었다.

하늘눈은 그들을 배웅하고 집으로 돌아왔다. 노을소리가 연붉은 점이 촘촘하게 박혀 있는 알을 내려다보고 있었다. 모두 다섯 개였다. 달포 전에 여섯 개의 알을 낳았고, 그 뒤로도 충분하게 쉬지도 못하고 다시금 알을 낳았으니 아무래도 몸이 힘들었다. 하늘눈의 몸은 노을소리의 절반 정도로 야위었고 깃털도 많이 빠져버렸다. 다섯 개의 알에게 자신의 생살을 다 퍼주고 이제는 껍데기만 남아 있었다. 해산어미인 하늘눈은 번개부리가 보았다면 알아보지 못했을지도 모를 만큼 초췌해져 있었다. 비록 알을 다섯 개밖에 낳지 못해서 아쉬웠으나 미래에 대한 희망으로 부푼 눈동자는 생기가 넘쳤다.

노을소리는 너무도 야윈 하늘눈이 안쓰러웠다. 이제 알품기를 시작할 텐데, 그럼 더욱 제대로 먹을 수 없어서 걱정이었다. 노을소리는 알을 품는 하늘눈 옆으로 가서 날개와 꼬리를 흔들어댔다.

"너무 무리하지 마. 내가 알품기를 도와줄 테니까, 그동안 푹 쉬다가 와."

하늘눈은 그 말을 얼른 알아듣지 못했다. 무슨 말을 하는지 알 수 없었다.

노을소리는 집에 앉아 있는 하늘눈을 부리로 밀어냈다.

"아내가 죽은 뒤로 많이 생각했어. 아내하고 같이 알을 품었더라면 그 알들을 살릴 수도 있었다는 생각이 들었어. 나도 알을 품을 거야. 너한테만 맡겨둘 수 없어. 이건 너만의 일이 아니야.

난 그렇게 생각해. 만약 내가 보고만 있다가는, 아가들이 깨어나기도 전에 네가 말라서 죽을 것 같아. 내 말이 무슨 뜻인지 알지?"

하늘눈은 가슴이 찡했다. 더 묻고 싶지 않았다. 하늘눈이 옆으로 비켜났다. 노을소리가 집에 앉았다. 처음에는 낯설었으나 고개를 돌렸다가 다시 보니까 근사했다. 노을소리는 몸이 커서 알을 푹 덮어줄 수 있었다. 하늘눈이 밖으로 날아가자 언덕배기 찔레덩굴에서 어치들이 요란하게 떠들어댔다. 어치의 아이들이 찔레덩굴 위에 앉아 있다가 어미가 돌아오면 귀청이 터져나가도록 악을 써댔다. 소리를 질러댄다는 것은 그만큼 날아가는 데 자신감이 있다는 뜻이다. 하늘눈은 어치 어미가 부러웠으나, 우리도 머지않아 아가들이 태어날 거라고 중얼거리면서 쪽동백나무숲으로 날아갔다. 하늘눈은 쪽동백나무꽃이 하얗게 쌓인 숲 바닥으로 앙감질하면서 자벌레들을 잡아먹고 집으로 돌아왔다. 노을소리는 예상보다 하늘눈이 빨리 돌아오자 나무라는 눈빛을 지었다.

"왜 이렇게 빨리 왔어. 제발, 나를 믿고 충분히 쉬었다가 와."

하늘눈은 다시 날개를 펼쳤고 자신이 단골 삼은 골짜기로 날아갔다. 한갓진 가지에 앉아서 한참 눈을 부치다가 바람이 건드리면 물비늘이 반짝하는 곳으로 뛰어내렸다. 날개를 파닥거렸다. 물비늘이 부서지면서 알알이 방울이 되었다. 물방울이 등덜미에서 방울방울 미끄러져 내려갔다. 날개를 파닥거릴 때마다 더욱 작아진 물방울이 흩어졌다. 꼬리를 흔들면 더 작아진 물방울들이 사방으로 튀어나갔다. 그런 다음 나무 위로 올라가서 날개를 마구 흔들었다. 바람이 깃털 깊숙한 곳까지 들어와서 물을 닦아주었다. 부리로 날개 속에 배어든 물을 털어내면서 온몸을 흔들어댈 때마다 짜릿짜릿한 쾌감이 온몸을 흔들었다. 하늘눈은 나뭇가지에 앉아서 잠깐 낮잠까지 즐기다가 돌아왔다. 한결 몸이 개운했으며 새 깃털이 빠르게 돋아났다.

소쩍새들의 돌림노래가 저물어가는 숲 속에 가득 차면 노을소리가 집으로 들어와서 같이 알을 품었다. 하늘눈은 너무도 어색하여 노을소리한테 나가라고 했으나, 불편하지 않으면 같이 있어주겠다고 하는 노을소리의 눈빛을 보고 허락하였다.

그들은 나란히 우체통 구멍을 보고 앉아서 밤을 보냈다. 바람이 덜컹덜컹 우체통 문을 흔들 때마다 하늘눈은 화들짝 놀라서 눈을 떴다. 그때마다 노을소리가 안심을 시켰다.

"놀랄 거 없어. 그냥 바람이야."

노을소리의 따스함이 온몸으로 전해졌다. 이렇게 사랑하는 이가 옆에 있어준다는 것이 얼마나 힘이 되는지 새삼 깨달았다. 예전에는 집 속에서 일어나는 모든 일을 혼자 감당해야만 했다. 고양이와 족제비 소리도 간간이 들렸다. 홀로 밤을 보냈다면 더욱 신경이 날카로워지면서 잠을 설쳤을 테고, 몸은 점점 더 야위어 갔을 게 뻔하다. 하늘눈은 든든한 남편이 옆에 있어서 깊은 잠에 빠져들 수 있었다.

한번은 개가 와서 우체통 구멍으로 기웃거렸으나 하늘눈은 잠에 빠져서 알지 못했다. 노을소리는 개가 이 우체통을 부수지 못한다고 확신하였고, 하늘눈을 깨우지도 않았다. 개는 냄새만 킁킁 맡다가 우체통 밑에다 오줌을 갈겨놓고 어둠 속으로 묻혀 버렸다.

야위었던 하늘눈의 몸에도 눈에 띄게 살이 붙었다. 날개에도 힘이 생겼고 눈빛도 맑아졌다. 하늘눈은 남편의 배려가 고마웠고, 그와 인연을 맺게 된 것은 행운이라고 늘 중얼거렸다. 한번은 골짜기에서 물놀이를 하다가 멧새들의 시끄러운 소리를 들었다. 조팝나무 가지마다 어린 멧새들이 한가득 매달렸다.

"어서어서 한눈팔지 말고 따라오라는 말씀. 아빠가 한눈팔면 안 된다고 했다는 말씀. 혹시라도 한눈팔다가 혼자 떨어져도 절대 당황하지 말라는 말씀. 아마 악마의 발톱이라는 고양이가 와서 '아이야, 내가 엄마 아빠를 잘 안다. 자 내려와서 내 등에 타라. 내가 엄마 아빠한테 데려다줄게' 하고 다정하게 말을 할 거라는 말씀. 그래도 절대 그 말을 믿으면 안 된다는 말씀. 알았지? 아빠가 그놈을 생쥐로 만든 적이 있다는 말씀. 해서 그놈이 복수를 하려고 할 거라는 말씀. 그래도 겁먹지 말고 나무 위에 있으라는 말씀. 그럼 이 아빠가 와서 그 고양이 놈을 두꺼비로 만들어버릴 거라는 말씀. 얼마 전에는 우리 집을 공격하려고 하던 황룡이라는 구렁이도 이 아빠가 지렁이로 만들어버렸다는 말씀……."

그 말을 듣자마자 하늘눈은 "히히히, 허풍쟁이군!" 하고 소리쳤다. 허풍쟁이도 하늘눈을 알아보고는 "어, 하늘눈" 하고 반갑게 다가왔다.

"하늘눈아, 네 소식은 들었다는 말씀. 가서 위로할 시간도 없었다는 말씀. 아이들을 키우다보니…… 아이들을 키우다보면 아무것도 못 한다는 말씀……."

하늘눈은 다시 결혼을 했다는 말을 했고, 아이들이 참 귀엽다는 말도 하였다. 허풍쟁이 아내가 멀리서 자꾸만 남편을 불러댔다. 허풍쟁이는 진심으로 축하한다는 말을 하면서 돌아섰다. 하늘눈은 입을 헤벌리고 눈이 초롱초롱한 허풍쟁이 아이들을 바라다보았다. 녀석들이 나뭇가지에 앉아서 입을 벌릴 때도 저도 모르게 먹이를 물어다가 주고 싶은 충동을 느꼈다.

"허풍쟁이 당신의 허풍이 그리워지게 될 줄은 몰랐어요. 잘 가요."

하늘눈은 오른쪽 날개를 들어서 흔들어주었다. 허풍쟁이네 가족을 만나자 기분이 좋았지만 한편으로는 이상하게도 가슴이 허전해졌다. 자꾸만 아픈 기억이 되살아나려고 하였다. 이런 날은 혼자 오래 머무를 수가 없었다. 어서 집으로 날아가서 알을 품어야만 마음이 안정되었다. 알은 그런 힘을 갖고 있었다.

버드나무 홀씨들이 바람에게 품을 얻어서 옆으로 길게 꼬리를 그으며 날아다녔다. 새 이파리로 도배된 숲 속에서 나온 하늘눈은 저도 모르게 "함박눈 같아, 영락없는 눈이야" 하고 탄성을 지르며 쫓아가다가 누군가 비웃는 소리를 듣고는 방향을 바꿨다. 우체통 위에서 할미새 암컷 햇무리가 도도하게 쏘아보고 있었다. 하늘눈은 본능적으로 알을 떠올렸고, 햇무리한테 다른 곳으로 날아가라고 소리쳤다. 햇무리는 들은 체도 하지 않았다. 하늘눈은 화가 나서 날카로운 부리를 겨누고 날아갔다.

"내가 경고했잖아. 왜 우리 집 근처에 와서 만날 소리치는 거야. 어서 가."

햇무리는 여전히 들은 체도 하지 않고 계속 소리쳤다. 하늘눈이 거칠게 날아가서 부리로 쪼려고 하자 날개를 파닥거리면서 매섭게 쏘아보았다.

"내 맘이야. 나는 여기가 좋으니까 날아오는 거야."

"여기에는 우리 집이 있어. 너 때문에 고양이나 족제비가 오면 곤란해. 어서 가."

"싫어, 네가 뭔데 가라 마라 하는 거야!"

하늘눈은 햇무리를 무시하려고 했으나 더 이상은 참을 수가 없었다. 상대에게 자신이 결코 수월내기가 아님을 야무지게 보여주고 싶었다. 더구나 알품기를 시작한 뒤로 하늘눈은 예민해져 있었다. 하늘눈은 번개부리를 떠올렸고, 그와 동시에 암팡지게 햇무리의 옆구리를 물어뜯었다. 부리에 깃털이 한 움큼 물려 있었다.

"네가 감히 나를 공격해. 가만두지 않겠다, 이 건방진 년."

햇무리도 이 순간을 벼르고 있었다. 햇무리는 하늘눈보다 몸이 당당할 뿐만 아니라 날개와 부리가 길었다. 하지만 하늘눈이 햇무리보다 훨씬 빨랐고, 상대를 이곳에서 쫓아내야 한다는 의지가 강했다. 하늘눈은 햇무리의 부리를 두려워하지 않았다. 하늘눈은 무섭게 햇무리를 노려보았고, 당황한 햇무리가 지붕 위로 날아가자 이번에는 밑에서 가슴팍을 공격하였다. 햇무리는 거칠게 날개를 파닥거리면서 공격하였으나 워낙 빠른 하늘눈을 제대로 쪼아대지 못했다. 햇무리는 점점 궁지에 몰리자 다급하게 숲으로 달아났다.

"다시 한 번만 더 우리 집 근처에 얼쩡거리면 가만두지 않을 거야!"

하늘눈은 더 이상 쫓아가지 않았다.

"두고 봐라, 언젠가는 복수할 테니까. 악마의 발톱 놈은 뭐 하누? 뻔한 곳에 있는 딱새 집 하나 발견하지 못하고."

벚나무 꼭대기로 달아난 햇무리가 다시 깝죽거리자 하늘눈은 아까보다 더 빠르게 날아가서 부리로 몸통을 쪼아버렸다. 겁먹은 햇무리가 숲 속으로 몸을 감췄다. 하늘눈은 그래도 분이 풀리지 않아 쌕쌕거렸다. 하늘눈은 집을 비웠다는 생각을 하면서 재빠르게 돌아왔다. 알을 품자 마음이 풀어졌다. 알은 자신의 마음을 달래주는 신비스러운 보물 같았다.

바리바리 한가득 입에 문 개미들의 행렬이 끝없이 이어지고, 청개구리들의 주술적인 기도 소리가 소쩍새들의 돌림노래를 압도했다. 바람이 일어나고 이파리들이 희끄무레하게 뒤집히고 흙비가 떨어지자 비를 예언하는 그들의 기도 소리는 절정으로 치달았다. 생나무들이 뿌리째 뽑혀지면서 비명을 질러댔고 굵게 밑든 빗방울이 들이퍼부었다. 생이파리들이 요절하면서 떨어졌다. 나뭇가지들도 빳빳함을 놓아버렸다. 꺾이고 부러지는 굿이었다.

"요새는 비가 내렸다 하면 무섭게 내리는군. 끔찍한 밤이었어. 세상을 끝장낼 것처럼 퍼부었어."

빗줄기가 뜸 들이는 틈을 타서 바깥에 나갔다가 들어온 노을소리가 몸을 털었다. 아직도 새벽은 멀었다. 다시 빗방울이 굵어지고 숲은 파도가 되어 출렁거렸다. 번갯불이 날름거리고 천둥이 으르렁거릴 때마다 우체통이 심하게 흔들렸다.

"그날 밤에도 이렇게 비가 내렸어. 무서워. 꼭 무슨 일이 일어날 것만 같아."

"아무리 강한 바람이라고 해도 우리의 집은 끄떡없어. 괜찮아."

노을소리는 애써 하늘눈을 안심시켰으나 그의 눈빛도 긴장하고 있었다. 빗방울이 '드드득, 득, 득, 득, 득……' 하고 우체통을 때리면서 들이치려고 하였고, 강한 바람이 구멍으로 쳐들어왔다. 우체통 문이 바스라지도록 흔들렸다. 날이 밝아올 때까지 그들은 한숨도 눈 붙이지 못했다. 한뎃잠을 자면서 찬비 세례를 당한 것처럼 몸이 으슬으슬 춥고 무거웠다. 하늘눈은 남편의 체온을 받으면서 깊은 새벽잠에 빠져들었고, 눈을 뜨자 몸이 가벼워졌다. 햇살이 나고 있었다. 오락가락하는 빗줄기도 이미 기세가 한풀 꺾인 상태였다.

"오, 지독한 바람이었어. 끔찍했지만 우린 끄떡없어."

하늘눈은 우체통 구멍에 앉아서 바깥세상을 바라다보았다. 우체통 앞으로 흙때가 버무려진 황톳물들이 물비린내를 역하게 풍기면서 흘러내렸고, 하얀 개가 무엇인가를 물고 언덕 위에 있는 감나무 뒤로 돌아갔다.

먼저 집을 나간 노을소리는 감나무 위에서 아래를 내려다보았다. 개가 새털을 뽑고 있었다. 어젯밤에 몰아친 비바람을 이겨내지 못하고 죽은 어린 멧새였다. 노을소리는 자꾸만 허풍쟁이의 아이들이 생각이 나서 도리질한 다음 조용히 입을 열었다.

"끔찍한 밤이었어. 무시무시한 밤이었어. 이 세상에 존재하는 바람이란 바람은 다 모여들었을 거야. 그래도 우리 집은 안전했어. 우린 무사해. 아내도 알도 다 무사해. 그 어떤 바람도 우리 집을 해코지하지 못해."

노을소리는 감나무 가지를 박차고 날았다. 머릿속에 맛있는 지렁이들이 떠올랐다. 비가 내리면 땅속에서 사는 지렁이들이 바깥으로 나온다. 지렁이야말로 쉽게 구할 수 없는 특별한 음식이다. 텃밭에는 많은 지렁이들이 나와 있었다. 금세 배가 불렀다. 노을소리는 다시 감나무로 올라가서 깃털을 말리다가 깜짝 놀라고야 말았다.

대문 앞으로 거대한 포클레인이 다가오고 있었다.

"이게 무슨 일이야. 저놈은 또 뭐야. 저런 놈은 처음 봐. 천둥소리를 내뿜는 것 같은데……."

노을소리가 우체통 쪽으로 날아왔다. '드드드드드득……' 하고 땅 파는 소리가 어찌나 크던지 노을소리의 귀가 멍멍해졌다. 그 속에 까만 안경을 쓴 인간이 타고 있었다. 노을소리는 밤새 으르렁거리던 천둥소리를 이놈이 뱉어냈을지도 모른다고 생각하면서 겁을 먹었으나 그렇다고 가만히 보고 있을 수만은 없었다. 집에서 나온 하늘눈은 포클레인을 보고 당황해서 어찌할 바를 모르고 있었다.

“저 괴물이 우리 집을 부숴버릴 것 같은데, 어쩌지, 어쩌지?”

집 밖으로 나온 하늘눈은 포클레인의 진동 소리가 커지자 알을 떠올리고는 급하게 우체통 안으로 들어갔다. 우체통이 흔들리고, 알이 흔들리고, 하늘눈의 몸이 흔들렸다. 간밤에 으르렁거리던 천둥소리보다 더 컸다. 하늘눈은 부리를 꾹 다물고 몸에다 힘을 주었다.

“어림없어. 이번에는 우리 알을 지켜낼 거야. 어젯밤 비바람도 이겨냈어.”

포클레인 소리는 점점 커졌고 급기야 우체통 위로 흙 부스러기가 투두둑 떨어지자 하늘눈은 다시 집을 박차고 밖으로 뛰쳐나왔다. 하늘눈은 포클레인 삽날을 향해 날아가려다가 주춤거렸다. 하늘눈보다 빠르게 노을소리가 포클레인을 향해 날아가고 있었기 때문이다.

“죽어라, 이 괴물아, 사라져버려!”

노을소리는 비록 번개부리만큼 빠르지는 않았으나 용감하게 포클레인 유리를 들이받았다. 노을소리한테는 번개부리만큼 날쌔고 상대방을 교묘하게 물어뜯거나 발로 할퀴고 달아나는 재주가 없었다. 노을소리는 우직하게 상대를 공격했다. 부리가 부서져나간 줄 알았다. 정신을 잃을 뻔했다. 그만큼 충격이 컸다. 머리가 띵했고, 몸이 마비되어 아래로 떨어지다가 가까스로 날아올랐다.

그 모습을 본 하늘눈은 자기도 모르게 노을소리를 부르며 날아갔다. 바람춤이나 햇무리가 집 근처에 얼쩡거려도 그냥 못 본 체하면서 약해 보이던 모습이 아니었다. 솔직히 하늘눈은 전남편과 지금의 남편을 많이 비교하였고, 노을소리가 너무 약하고 겁이 많다고 은근히 걱정하고 있었다. 그런 자신의 생각이 틀렸음을 알았다. 하늘눈이 소리치면서 날아가자 노을소리가 다시 힘차게 날갯짓하였다. 이번에는 노을소리가 포클레인의 삽날 쪽으로 날아갔다.

"아니, 저놈의 새가 왜 저래. 미쳤나? 포클레인한테 덤벼들다니……."

까만 안경을 쓴 인간이 포클레인 운전석 바깥으로 얼굴을 내밀었다. 키가 호리호리한 집주인이 다가왔다. 까만 안경을 쓴 인간이 가래침을 뱉었다.

"저놈의 새들이 왜 저래요?"

"허허허, 참. 딱새 생각은 못 했네. 이야, 포클레인도 두려워하지 않는구나. 지금 우체통에다 알을 낳았거든요. 제 집을 해코지할까봐 그러는 것 같아요. 그렇다고 작업을 안 할 수도 없고. 정화조가 망가졌으니 빨리 고쳐야 하는데……."

까만 안경을 쓴 인간이 다시 가래침을 뭉텅이로 뱉어냈다. 파란 풀잎에 그가 내뱉은 가래침이 착 달라붙어서 민달팽이 흉내를 내고 있었다.

"아이 뭐 저런 걸 신경 쓰십니까? 어서 정화조를 고쳐야지요. 계속 파겠습니다."

다시 포클레인 삽날이 땅을 파갔다. 포클레인에서 나오는 메케한 연기 뭉치가 우체통 구멍 속으로 들어갔다.

딱새 부부는 포클레인 삽날이 우체통 위를 지나갈 때마다 매섭게 날아갔다.

"이 괴물아, 어서 꺼져, 어서 꺼지라고! 어서 꺼져버려, 어서 꺼지라고!"

노을소리의 오른쪽 날개는 피가 날 정도로 상처가 났고, 하늘눈은 발가락이 으스러져나가는 아픔을 맛보았다. 노을소리는 주로 유리창을 들이받았고, 하늘눈은 포클레인 삽날을 공격했다. 까만 안경을 쓴 인간은 "저놈들 봐라, 저놈들 봐!" 하면서 가래침을 뱉어댔고, 다른 일꾼들도 정말 대단한 놈이라고 소리쳤다.

나이 든 일꾼이 안 되겠다고 판단했는지 포클레인 주위에서 삽을 들고 그들을 쫓았다. 그들은 나이 든 인간이 휘두르는 삽 때문에 포클레인에게 다가갈 수 없었다. 화가 난 노을소리가 인간의 얼굴을 조준하고서 날아왔다. 나이 든 인간은 쓰러질 정도로 허리를 수그리면서 간신히 간신히 피했다.

포클레인은 정화조가 있는 곳까지 흙을 파내자 조용해졌다. 그제야 나이 든 인간은 삽을 내려놓았고, 얼굴 가득 흐르는 땀을 닦았다.

그들도 전깃줄에서 숨을 골랐다. 그들은 온몸이 쑤시고 아팠으나 거기에 신경 쓸 겨를이 없었다. 마당에서 일을 하는 인간들이 우체통에서 멀어지자 그제야 하늘눈은 집으로 돌아갔고 노을소리는 특유의 목소리를 뽑아냈다.

"그 누구도 우리의 집을 해코지할 수는 없어. 인간들도 할 수 없어. 저 괴물도 할 수 없어. 비바람도 할 수 없어……."

바람춤의 처절한 선택

습기를 머금은 햇살은 끈석끈적하였다. 족제비 교활한 목도리는 해를 올려다보고는 징글징글하게 덥다고 중얼거리며 텃밭 언덕 우거진 덩굴 속으로 어슬렁거렸다. 어젯밤에는 워낙 비바람의 서슬이 무서워서 굴속에서 뒹굴뒹굴하였다. 교활한 목도리의 배 속은 어제부터 텅 비어 있었다. 교활한 목도리는 하얀 꽃송이로 자신들의 파란 잎을 가린 찔레덩굴 속에서 간신히 들쥐 한 마리를 잡았다. 물에 젖은 들쥐는 햇살이 잘 드는 곳에 나와서 몸을 말리다가 교활한 목도리의 발톱에 걸려들었다. 교활한 목도리는 게걸스럽게 들쥐 한 마리를 다 먹어치웠다. 그제야 여유가 생겼다. 교활한 목도리는 덩굴 속에서 잠깐 얼굴을 들어 밤색 나무 집을 내려다보았다. 포클레인이 일을 마치고 막 돌아간 뒤여서 조용했다. 그래도 노을소리는 긴장을 풀지 않고 전깃줄에 앉아 있었다.

교활한 목도리는 덩굴숲을 나와 텃밭가에 우거진 애기똥풀숲을 지나 보리수나무 아래로 내려갔다. 물살의 기세가 거칠었으나 워낙 계곡의 폭이 넓어서 물길이 닿지 않는 곳으로 걸어다닐 수 있었다. 게다가 인간들이 쌓아올린 돌멩이 축대에는 교활한 목도리가 좋아하는 구멍이 많았다. 그 구멍 속에는 작은 새들이 집을 틀었고, 수많은 쥐들이 살았다. 바닥에는 갈대가 자기네들 세상을 이루어 숨어 있기에도 좋았다. 운이 좋을 때는 왜가리도 잡을 수 있었다. 교활한 목도리는 골짜기 위에서 굴러온 나뭇등걸에 앉아 쉬다가 바람에 흔드렁거리는 수국을 보았다. 워낙 꽃송이가 크고 무거워서 힘들어 보였으나 수국은 가느다란 줄기를 늘어뜨려서 힘을 빼고는 편안하게 흔드렁거림을 즐기고 있었다. 교활한 목도리는 그런 수국덩굴의 지혜에 푹 빠져 있다가 "교활한 목도리가 나타났다, 족제비다!" 하는 소리에 깜짝 놀랐다. 할미새 수컷 바람춤이었다. 교활한 목도리는 이미 배가 부른 상태여서 그 작은 새한테 관심이 없었으나 그놈이 너무 사납게 쏘아대자 짜증이 났다.

"이놈들이 감히 누구를 공격하려고 그래. 이런 건방진 놈들을 봤나."

바람춤이 하얀 꽃송이 옆에 앉아서 요란하게 악을 쓰자, 햇무리가 기습적으로 교활한 목도리를 공격하였다. 교활한 목도리는 어처구니가 없었으나 작은 새들이 하도 그악스럽게 나오자 계곡 바닥에서 몸을 웅크렸다.

"교활한 족제비 놈아, 어서 죽어서 인간의 목도리나 되어라!"

바람춤이 쉴 새 없이 욕 대포를 날리면서 교활한 목도리 머리 위로 날아가서 위협했다. 교활한 목도리는 바람춤이 가까이 오면 갑자기 상체를 일으켜서 앞발을 휘둘렀으나 할미새를 떨어뜨릴 수는 없었다. 바람춤은 교활한 목도리 머리 위를 스치면서 날개나 부리로 공격했다. 교활한 목도리는 화가 나서 몸을 펄쩍펄쩍 뛰었다.

"이 고얀 놈들, 잡히기만 해봐라. 날개부터 으스러뜨려줄 테다."

교활한 목도리는 눈을 크게 뜨고 수국덩굴이 늘어진 돌멩이 벽을 노려보았다. 그렇다. 그놈들이 저렇게 난리를 치는 걸 보면 어딘가에 집이 있다는 뜻이다. 교활한 목도리는 혀를 내밀어서 입을 닦았다. 새알을 먹어본 지도 오래다. 교활한 족제비는 아래쪽으로 가는 척하다가 다시 돌아와서 갈대숲에 숨었다. 그때부터 저녁나절까지 교활한 목도리는 바람춤네 집을 찾으려고 했다. 교활한 목도리는 수국덩굴 밑으로 들어갔다. 수국덩굴 때문에 바람춤네 집을 찾을 수가 없었다.

"두고 보자, 이놈들."

교활한 목도리는 보리수나무가 있는 계곡 위로 올라가서 잠깐 쉬다가 밤색 나무 집 마당가로 기어갔다. 마당가에는 철쭉나무들이 착실하게 살림을 차리고 있어서 교활한 목도리가 눈에 띄지 않았다. 그곳이 교활한 목도리의 길이었다. 한참 걸어가던 교활한 목도리는 악마의 발톱 냄새를 맡았다. 불쾌한 냄새였다. 교활한 목도리는 악마의 발톱을 싫어했다. 악마의 발톱이랑 교활한 목도리는 영역이 비슷했고, 사냥하는 먹잇감도 비슷해서 둘은 사이가 좋지 않았다. 교활한 목도리는 그냥 되돌아섰다. 이번에는 대담하게 몸을 드러내면서 텃밭 고랑으로 들어섰다.

그걸 본 노을소리가 가만히 있을 리 없었다. 다른 때라면 먼저 크게 소리 내지 않고 차분하게 대응했을지도 모른다. 하지만 오늘은 달랐다. 아침부터 거대한 포클레인하고 처절하게 싸웠던 터라 신경이 잔뜩 날 서 있었다.

"족제비다! 그놈이 나타났다!"

노을소리는 여차하면 교활한 목도리를 공격하려고 대문 위에 내려앉았다. 교활한 목도리는 그런 노을소리를 보고서 몸을 돌렸다. 교활한 목도리도 이 근처 어딘가에 딱새들이 살고 있음을 알았으나 정확하게 위치를 알 수 없었다. 교활한 목소리는 노을소리의 행동을 보고는 대문 언저리 어딘가에 집이 있는 게 분명하다고 확신했다. 노을소리는 치명적인 실수를 한 셈이다. 교활한 목도리는 대문 아래부터 냄새를 맡으면서 우체통 밑으로 왔다. 고양이뿐만 아니라 개 냄새까지 역하게 코를 찔렀다. 그 냄새가 교활한 목도리를 당황하게 하였다. 굳이 개나 고양이하고 마주칠 필요가 없었다. 막 노을소리가 교활한 목도리를 향해 날아가려던 찰나였다. 교활한 목도리가 급하게 텃밭으로 달아났다. 그제야 우체통에서 나온 하늘눈이 주위를 두리번거리더니 전깃줄 위에 앉았다.

"저놈은 예전에도 우리 집을 공격한 적이 있어. 그때는 벌통이 구멍이 작고 워낙 튼튼해서 저놈을 물리칠 수 있었지만, 이번에는 우체통 구멍이 너무 커서 걱정이야. 저놈이 우리 집을 알았다면 큰일인데, 큰일인데, 어쩌지, 어쩌지?"

하늘눈은 꼬리를 계속 흔들어댔다. 만약 교활한 목도리가 집을 알게 된다면 그냥 포기하는 수밖에 없었다. 그놈은 몸이 가늘어서 우체통 구멍으로 쉽게 들어올 수 있다. 예전에는 벌통 안에서 녀석을 상대했기에 다치지 않고 물리칠 수 있었다. 이번에는 쉽지 않다. 우체통은 구멍도 클 뿐만 아니라 속이 넓어서 족제비가 자유롭게 몸을 움직일 수 있었다. 그 안에서 녀석하고 맞선다는 것은 불가능한 일이다.

노을소리는 족제비가 사라지고 나서야 입을 열었다.

"아직은 알아채지 못했어. 하지만 그놈은 또 올 거야. 그러니까 조심해야 해."

교활한 목도리는 딱새보다 할미새한테 더 관심이 있었다. 딱새의 집이 있는 대문 근처는 인간들 눈에 띄기가 쉬웠고, 악마의 발톱하고 마주칠 위험이 많았다. 할미새들의 집이 있는 계곡은 그 누구의 눈치를 볼 필요도 없었다. 악마의 발톱이 내려오지 않았다. 교활한 목도리는 다시 갈대밭에 숨어 있다가 수국덩굴 밑으로 기어서 들어갔다. 워낙 느릿느릿 움직여서 바스락거리는 소리도 나지 않았고, 보리수나무에서 주위를 경계하던 할미새 수컷 바람춤의 눈도 피할 수 있었다. 교활한 목도리는 햇무리가 수국덩굴 사이로 날아와서 집이 있는 구멍으로 들어가는 모습을 보았다. 교활한 목도리가 단숨에 뛰어오를 수 있을 정도의 높이였다. 교활한 목도리는 오래 기다린 보람이 있다고 혓바닥으로 입가를 닦은 다음 위로 뛰어올랐다. 햇무리까지 잡아야겠다는 욕심에 서두르게 되었고, 바위옷이 많은 돌멩이가 미끄럽다는 생각을 하지 못했던 게 실수였다. 교활한 목도리는 앞으로 튀어나온 돌멩이를 앞발로 잡았으나 그만 미끄러져버렸다. 놀란 햇무리가 뛰쳐나왔다.

"그놈이다, 교활한 목도리다아!"

햇무리는 수국덩굴 사이로 날아가면서 바람춤을 불렀다. 보리수나무에서 날아온 바람춤은 재빠르게 수국덩굴 밑으로 들어갔다. 교활한 목도리는 계곡 바닥에 앉아서 바람춤을 노려보고 있었다.

"이 도둑놈아, 꺼져, 꺼져. 안 꺼지면 네놈의 눈알을 파버릴 거다. 너는 절대 우리 집을 넘보지 못해."

그 말을 들은 교활한 목도리는 다시금 혀로 입가를 핥아대면서 웃었다. 워낙 수국덩굴이 빽빽해서 바람춤은 교활한 목도리를 마음 놓고 공격할 수도 없었다. 수국덩굴 때문에 날개가 생명인 바람춤은 제대로 날 수가 없었다. 교활한 목도리는 그런 사실을 잘 알고 있었고, 이번에는 실패하지 않겠다고 입술을 앙다물고는 위로 올라가려고 하였다. 바람춤이 재빠르게 집으로 들어갔다. 집에는 알이 세 개 놓여 있었다. 햇무리는 아직 알품기를 시작하지 않았다. 아직도 햇무리의 몸속에는 세 개의 알이 남아 있었기 때문이다.

바람춤은 참담한 표정으로 알을 내려다보았다. 교활한 목도리가 올라오는 소리가 들렸다. 바람춤은 부리로 알을 굴려서 바깥으로 떨어뜨렸다. 그중 하나가 축대를 기어오르던 교활한 목도리의 머리를 때리면서 깨져버렸다. 교활한 목도리는 다시 바닥으로 내려가서 멍하니 위를 올려다보았다. 바람춤은 알을 모두 떨어뜨린 다음 빠져나갔다. 보리수나무에 앉아 있던 햇무리가 슬픈 목소리로 마구 부르짖었다.

"우리들의 알이 이렇게 허무하게 사라지다니, 꼭 그렇게 했어야만 해? 저놈하고 싸워보지도 않고. 당신은 너무 겁쟁이야."

햇무리가 원망하는 눈빛으로 바람춤을 쏘아보더니 무섭게 날아들었다. 바람춤은 피하지 않았다. 햇무리가 남편의 몸을 부리로 물어뜯었다. 바람춤은 하마터면 땅으로 떨어질 뻔했다. 햇무리는 슬픔을 참지 못하고 계곡을 따라 날아가기 시작했다. 바람춤이 뒤따라갔다. 햇무리는 인간들이 사는 집들이 많은 아랫마을까지 날아갔다가 다시 거슬러오고 나서야 지쳤는지 가래나무에 앉았다. 바람춤이 낮게 말하며 꼬리를 흔들었다.

"어쩔 수 없었어. 우리는 교활한 목도리를 당해낼 수 없어. 잘 알잖아?"

햇무리가 날개를 마구 파닥거렸다.

"알아, 안다고. 그래도 이게 최선이었을까. 나라도 죽도록 싸웠어야 하는데."

"이럴 때일수록 냉정해야 해. 나도 싸우고 싶었어. 하지만 우린 교활한 목도리의 털 하나 뽑을 수 없어. 난 그 악마가 우리의 알을 삼키는 것을 볼 수 없었어."

"이제 어쩌지? 아, 이런 일이 일어날 줄은……."

햇무리는 말을 다 맺지 못하고 골짜기 위로 날아갔다.

"배 속에 있는 나머지 알은 어쩌지? 당장 낳아야 할 텐데, 어쩌지, 어쩌란 말이야."

손톱 모양의 달 문양이 서쪽 하늘에 또렷하게 새겨져 있었다.

교활한 목도리가 우체통 근처를 지나간 다음 날부터 하늘눈의 태도가 달라졌다. 하늘눈은 뭔가 깊이 생각에 잠기더니 부리를 꾹 다물고는 눈을 감았다. 밤이 깊어서야 하늘눈은 남편한테 말을 하였다. 낮으면서도 비장함이 서려 있었다.

"나는 교활한 목도리가 들이닥쳐도 도망가지 않을 거야. 난 이미 한 번 실패했어. 또다시 알을 포기하라면 차라리 그놈하고 싸우다가 죽는 쪽을 택할 거야."

노을소리는 한걱정하면서 부정적인 생각을 지피고 있는 아내를 보고는 나쁜 생각은 꺼버려야 한다고 속삭였다. 하늘눈은 교활한 족제비가 무섭다고 길들여진 생각에 반항하듯이 고개를 흔들면서 비장하게 부리를 다물었다. 밤새 둘이서 알을 품다가 새벽이면 하늘눈이 먼저 나갔다가 들어왔으나 오늘은 사뭇 달랐다. 아무리 노을소리가 다그쳐도 하늘눈은 움직이지 않았다. 오히려 하늘눈은 노을소리한테 먼저 나가라고 하였다.

"난 괜찮으니까 나가서 배를 채우고 와."

어쩔 수 없이 노을소리가 바깥으로 날아갔다. 노을소리는 금방 돌아와서 알품기 교대를 하려고 해도 하늘눈은 끄떡도 하지 않았다.

"괜찮아. 배가 고프지 않아."

하늘눈은 단호한 표정을 지었다. 더 이상 이 문제에 대해서 이야기하지 말라는 뜻이었다. 노을소리는 하늘눈의 눈을 똑바로 보면서 몸을 흔들었다.

"알았어. 더 이상 이야기하지 않을 테니까, 어서 배를 채우고 와. 먹어야 아가들이 나올 때까지 알을 품을 수 있어. 먹는 것이 알을 지키는 일이야. 그때까지만 내가 알을 품고 있을 테니까, 어서."

하늘눈은 대꾸하지 않고 눈을 감아버렸다. 노을소리는 아내의 몸이 축날까봐 걱정이 되면서도 더 이상은 뭐라고 말을 할 수가 없었다. 둘은 한동안 말없이 보냈다. 노을소리는 숨이 막혔다. 아내를 위해서 무엇인가를 하고 싶었지만, 지금 이 상황에서는 뾰족한 수가 없었다. 이대로 두었다가는 아내의 몸은 축날 게 뻔하고, 그렇다고 소리쳐서 아내를 내보낼 수도 없었다. 한동안 생각에 잠겨 있던 노을소리가 바깥으로 날아갔다. 노을소리는 금방 자벌레를 물어왔다. 하늘눈은 몇 번이나 거부하다가 "그럼 나도 먹지 않겠어. 여기서 한걸음도 나가지 않을 거야" 하고 비장하게 말하는 남편의 말을 듣고서야 입을 벌렸다. 먹이를 먹자 몸이 한

결 좋아졌다. 노을소리는 아내가 충분하게 배를 채울 수 있을 정도로 먹이를 물어다주었다.

해 질 녘 하늘눈은 몸속에서 밀고 나오는 배설의 본능에 쫓겨서 밖으로 나갔다. 우체통을 나가면서도 그 어느 때보다도 조심스러웠고, 주위에 인간의 기척만 들려도 다시 들어갔다가 나왔으며 아무도 없음을 확인하고서야 감나무 위에 앉아서 똥을 쌌다.

그때 할미새 암컷인 햇무리가 감나무로 숨차게 날아왔다. 부리는 바위옷으로 덮여 있었다. 하늘눈은 몸을 위아래로 흔들어대면서 햇무리를 내려다보았다.

"이상하네, 왜 바위옷을 물고 있을까?"

하늘눈은 햇무리를 보고 말을 걸어보려다가 부리에다 힘을 주면서 참아냈다. 어디선가 바람춤도 날아왔다. 역시 입에는 바위옷이 물려 있었다.

"빨리 서둘러. 안 그러면 알을 포기해야 해."

"이제 거의 다 끝났어. 어서 가자. 저 딱새들하고 마주치는 것도 싫어. 저놈들은 벌써 알품기를 시작했을 텐데."

"불안해, 교활한 목도리 놈이 어디선가 훔쳐보고 있을 것만 같아서."

"이제 걱정 없어. 우리 집은 도저히 찾을 수 없을 거야. 우린 재수가 없었을 뿐이야."

하늘눈은 할미새들의 말을 듣고 나서야 그들한테 무슨 일이 있었음을 알았다. 다시 집을 지어야 할 정도라면……. 순간 하늘눈은 묵혀진 기억을 건져올렸고 저도 모르게 고개를 흔들면서 날아올랐다. 이럴 때는 골짜기로 올라가서 물놀이를 하다보면 머리가 맑아졌다.

할미새들은 대리석 집 뒤란으로 갔다. 잔가지만 무성하여 얌전하게 보이는 향나무 두 그루가 보일러실과 벽돌 벽 사이에서 자라고 있었다. 둘은 향나무에 앉아서 주위를 두리번거리다가 먼저 햇무리가 벽돌 벽 중간쯤에 있는 틈으로 들어갔다. 겉에서 보기에는 햇무리가 들어가기 어려울 정도로 틈이 좁아 보였으나 막상 머리를 들이밀자 고양이 한 마리가 웅크릴 수 있을 정도로 큰 공간이 나타났다. 가장 깊숙한 쪽에 집이 있었다. 작년에 다른 새가 살다간 빈집이었다. 햇무리는 집 안쪽에다 바위옷을 풀어놓으면서, "괜찮아, 맘에 들어. 여기라면 그 누구도 침입하지 못할 거야. 그래도 운이 좋았던 거야" 그렇게 중얼거렸다.

"작년에 딱새들이 살다간 집이 틀림없어."

"그런 것 같아. 이제 됐지?"

"훌륭해. 더 이상 고칠 곳이 없어."

"알이 나올 것 같아. 아, 어제는 정말 죽고 싶었어. 이제 됐어. 다시 시작하면 되니까."

햇무리는 급하게 집에다 알을 낳았다. 어제는 모든 게 끝나버린 줄 알았다가 다시금 알을 보자 살아 있다는 자체가 얼마나 고마웠던지 마구 소리 지를 뻔했다.

햇무리는 소중하게 알을 내려다보았다. 만약 이 집을 찾지 못했더라면 알을 포기했어야 한다. 모든 걸 포기하려고 했을 때 바람춤이 이 집을 찾아냈다. 햇무리는 새삼 남편이 고마웠고, 이 집에서 살다간 전 주인도 고마웠다.

줄탁(啐啄)

하늘눈은 배고픔을 두려워하지 않았다. 먹는 양이 줄어도 하루에 한 번 이상은 배설을 해야 했다. 몸속에서 생겨난 찌꺼기를 바깥으로 버리는 그 본능만큼은 하늘눈도 어찌할 수 없었다. 하늘눈은 배설을 할 때만 잠깐 집을 비웠다. 즐기던 물놀이도 하지 않았다. 노을소리는 밤에만 하늘눈 옆에서 알을 품었고 낮에는 우체통 주위에서 경계를 하면서 교활한 족제비의 행방을 쫓고 있었다. 수국덩굴 밑에서 살던 할미새들은 집을 대리석 집 뒤란으로 옮겼고, 그 일이 교활한 족제비하고 관련이 있음을 알았다. 결코 달가운 일이 아니었다. 이제 교활한 족제비가 자신들의 집을 노릴 수도 있다는 뜻이었다. 노을소리는 더욱 긴장을 하였고, 텃밭 언저리를 벗어나지 않았다. 이상하게도 교활한 목도리는 보이지 않았다. 그럴수록 노을소리는 더욱 불안했다. 하늘눈도 마찬가지였다.

"교활한 그 족제비 놈이 무슨 음모를 꾸미는 모양이야. 아직까지 나타나지 않는 걸 보면."

"정말 이상한 일이군. 그놈이 쉽게 포기할 리는 없는데."

그들은 마주치기만 하면 꼬리를 흔들면서 교활한 목도리에 대한 걱정을 늘어놓았다.

할미새들도 더 이상 우체통 근처로 날아오지도 않았고, 가끔씩 마주쳐도 시비를 걸지 않았다. 할미새들은 항상 긴장하고 있었다. 어쨌든 교활한 목도리는 나타나지 않았고, 가끔씩 호리호리하게 키가 큰 인간이 우체통을 기웃거렸다. 인간이 우체통 안을 들여다볼 때마다 하늘눈은 양 날개에다 힘을 더욱 주면서 알을 지켰다. 전깃줄이나 감나무에서 경계를 하고 있던 노을소리는 인간의 머리 가까이 날아가서 위협했다.

"우리 집을 건드리면 누구든 용서하지 않는다. 어서 물러나. 어서 물러나라고!"

하늘눈은 내일을 생각하지 않았다. 소쩍새들의 노랫소리가 가늘어질 즈음에서야 밤의 깊이를 가늠하면서 "아, 오늘도 무사히 지나가는구나" 하고 안도의 한숨을 내쉴 뿐이었다. 내일을 생각할 정도로 여유가 없었다. 요즘 들어 예정일보다 앞서 나왔다가 죽어간 아기가 자꾸만 떠올랐고, 벌통 바닥으로 떨어져서 깨져버린 알들까지 머릿속을 가득 채웠다. 한 번 실패한 경험이 있었기에 더욱 불안했고, 할미새들이 교활한 목도리의 공격을 받았다는 사실을 알자 더더욱 조바심이 났다. 하늘눈은 집에서 거의 움직이지 않았으나 허공을 자유롭게 날아다닐 때보다 더 힘이 들었다. 하루가 얼마나 긴 시간인지를 새삼 깨달았고, 알이 하나의 생명으로 탄생하기 위해서는 얼마나 많은 고통의 시간을 묵혀내야 하는지도, 가만히 앉아서 알을 품는 일이 얼마나 치열한 삶인지도 알았다.

어쨌든 하늘눈은 지금 이 시간, 알을 품고 있다는 그 자체만 생각하기로 하였다. 그렇게 고통스럽고 긴긴 하루하루가 더디게 흘러가고 있었다. 이미 알 속에서는 어린 생명체들의 영혼이 꿈틀거렸고, 머리와 날개는 물론 다리까지도 모양을 갖춘 새가 자라고 있었다. 알 속의 생명체들은 계속 몸을 꼼지락거리고, 발로 알 껍질을 차댔다. 그들은 어미의 체온으로 바깥세상의 흐름을 감지할 수 있었다. 어미가 불안해하면 그들도 불안함을 느끼면서 마구 발로 알 껍질을 차댔고, 어미가 편안하면 그들도 기분이 좋았다. 그들은 비록 볼 수는 없어도 어미의 감정을 꿰뚫어볼 수 있는 능력을 갖고 있었다. 아기들하고 어미 사이에는 탯줄도 없었지만 그 미세한 알 껍질은 단절의 경계가 아니라 두 생명체를 이어주는 소통의 중계자였다. 알 속의 생명체들은 그렇게 하늘눈의 숨결을 느끼면서 바깥세상으로 나갈 날을 기다리고 있었다.

알 속의 생명체들이 부리로 껍질을 세차게 쪼아대고 있었다. 어느새 알을 품은 지 두 이레가 되어가고 있었다. 하늘눈은 배설을 하기 위해 바깥으로 나갔다가 다른 때보다 서둘러서 돌아왔다. 햇살도 쨍하고 하늘엔 구름 한 점 없는데 소쩍새가 쩌렁쩌렁한 목소리로 노래하고 있었다. 하늘눈은 소쩍새 노랫소리를 들으면서 몸을 위아래로 까불어댔다. 주위를 훑어보는 눈빛이 예리했다. 소쩍새 소리가 멀어지자 까마귀 소리가 커졌다. 하늘눈은 부리나케 지붕 위로 날아가서 경계를 하였고, 까마귀 소리가 사라지자 우체통으로 날아갔다. 하늘눈은 우체통으로 들어가려다가 대리석 집 주차장에서 나오던 까만 악마의 발톱을 보았다. 어찌나 놀랐던지 비명을 지를 뻔했다. 마음속에서 똬리 틀고 있던 악마의 발톱에 대한 악몽이 되살아났다. 언젠가 비닐하우스 속에서 마주쳤던 그놈이었다.

"오 맙소사, 저놈을 다시 마주치다니, 믿을 수가 없어."

하늘눈은 입안에서 목소리가 새어나오지 않게 중얼거렸고, 거의 땅바닥에 날개가 닿을 정도로 낮게 날아서 대리석 집 주차장 뒤에 있는 향나무 가지에 앉았다. 틀림없이 그놈이었다. 악마의 발톱은 긴 꼬리를 땅에 닿도록 늘어뜨리고는 우체통 앞에 펼쳐진 마당을 할금할금 곁눈질하더니 곧장 향나무 쪽으로 기어왔다. 하늘눈은 악마의 발톱하고 마주치지 않으려고 더 높은 가지로 올라갔다.

악마의 발톱은 그런 하늘눈을 보더니 느릿느릿 말을 뱉어냈다.

"오랜만이구나 따악새야. 설마아 나아를 잊지 않았겠지. 그 비닐하우스를 잊지 않았겠지. 아기들이 나올 때가 되었을 텐데. 조만간 찾아갈 테니 손님 대접 좀 자알해라."

하늘눈은 미쳐버리는 줄 알았다. 겁이 나면서도 한편으로는 분노가 솟구쳐올랐다. 능글맞게 비웃으면서 조만간 찾아가겠다는 악마의 발톱의 말이 하늘눈의 몸에 흐르던 피의 흐름을 멈추게 하였다. 저 악마의 발톱이 보이지 않는 먼먼 곳으로 달아나고 싶었으나 현실은 물러날 곳이 없었다. 하늘눈은 냉정해져야 한다고 자신을 얼마나 달랬는지 모른다.

악마의 발톱은 만만한 동물이 아니다. 이 숲에서 살아가는 그 어떤 동물보다도 강하다.

하늘눈은 사뭇 비장해졌다. 악마의 발톱이 사라지자 급하게 집으로 돌아왔다. 알을 품자마자 껍질을 두드리는 울림이 뇌를 흔들었다. 하늘눈은 몸을 들어올리고 알을 내려다보았다. 한가운데 있는 알이 꿈틀거렸다. 이미 자그마한 구멍이 뚫려 있었고 "엄마 힘들어, 엄마아" 하는 목소리가 들렸다.

하늘눈은 부리로 알 구멍 주위를 쪼아주면서 마음속으로 부르짖었다.

"그래 올 테면 와라, 두렵지 않다. 아가들아, 걱정 말고 나오너라. 이 엄마가 지켜줄게. 너희들은 근사한 새가 되어 저 하늘을 마음껏 날아다니게 될 거야. 아무도 막을 수 없어, 그까짓 악마의 발톱이 우리를 막을 수 없어. 두고 봐라, 두고 봐라, 그놈이 들어오면 눈을 파버릴 테니까……."

아기는 온 힘을 모아서 망치질을 하듯이 껍질을 내리쳤다. 섬세한 껍질막이 찢겨져나갔다. 가느다란 껍질이 부서졌다. 하늘눈은 깨진 껍질 틈으로 드러난 아기의 부리를 쪼아주면서 힘을 북돋아주었다. 아기의 얼굴이 보였다. 노란 테두리가 진한 부리와 얼굴 반쪽을 가릴 정도로 크고 까만 눈두덩이 눈에 들어왔다.

하늘눈이 서두르면서 알 껍질을 쪼아대자 구멍은 훨씬 넓어졌다. 아기는 힘이 드는지 한동안 머리를 늘어뜨리고 있었는데, 머리에 비해서 목이 너무 가늘었다. 몸뚱이는 깃털 하나 없어서 저 허공을 자유롭게 가르면서 날아다니는 새라고 믿기 어려울 정도로 우스꽝스러웠다. 그 몸뚱이를 지탱하는 다리도 너무 가늘었다.

이제 충분히 문이 열렸는데도 아기는 나오지 못했다. 다리의 힘이 약해서 몸뚱이를 알 밖으로 밀어내지 못했다. 하늘눈이 알 껍질을 더 쪼아대자 아기는 몸이 약간 기울어진 채로 다리에다 힘을 주었고, 그렇게 몸은 조금씩 알 밖으로 밀려나갔다. 하늘눈이 껍질을 더 쪼아댔다. 아기는 모질음을 쓰면서 바깥세상으로 나왔다.

하늘눈이 우체통 밖으로 나와서 노을소리를 불렀다.

전깃줄에 앉아 있던 노을소리가 들어왔다. 노을소리는 아기를 보자 흥분을 감추지 못했다.

"깨어났군. 건강하지? 어디 오, 드디어 태어났군. 오, 내 아기. 어서 건강하게 자라다오."

하늘눈은 남편이 아기를 보고 기뻐하는 모습을 바라보았다. 행복했다. 힘겹게 알을 깨고 나온 아기는 아비의 목소리를 이내 알아들었고, 가느다란 목에다 힘을 주어 조금 들어올린 다음 노란 테두리가 또렷하게 새겨진 부리를 벌리면서 아비를 불러댔다.

노을소리는 자꾸 꼬리를 내리치면서 아기가 건강한지 살펴보았다.

또 다른 알에서도 껍질을 두드리는 울림이 파장되었다. 하늘눈이 노을소리한테 눈짓했다.

"어서 알 껍질을 치워줘. 또 나오려나봐."

노을소리는 아직도 양수가 묻어 있는 알 껍질을 물고 우체통 바깥으로 사라졌다. 노을소리는 감나무를 지나 수풀이 무성한 곳에다 알 껍질을 떨어뜨리고 돌아와서 나머지 조각을 물었다. 노을소리는 네 번이나 날개 품을 팔아서야 알 껍질을 치웠고, 가장 높이 솟은 감나무 휘추리에 앉아 아기의 탄생을 세상에다 알렸다.

"씨앗에서 새싹이 돋아나듯이 늘 새로운 것이 태어난다. 우리 집에도 새로운 생명이 태어났다. 혼자서 외롭고 긴 세월을 이겨냈다. 알 껍질을 쪼아서 세상으로 나가는 문을 만들고, 건강하고 자랑스러운 몸으로 태어났다. 나는 우리 아기를 지켜낼 것이다. 교활한 목도리도 악마의 발톱도, 아니 그 무엇이 방해해도 나는 굴하지 않을 것이다. 머지않아 이곳에서 우리의 아기들이 멋지게 날아다니면서 아름다운 목소리로 노래할 것이다."

노을소리의 목소리에는 적당히 떨림이 있었고, 적당히 높낮이가 있었으며 때로는 탁탁 끊어지는 맛이 있었고, 감정이 격해질 때는 쉼표 없이 계속 떠들어댔다. 그 어떤 새도 그렇게 노래할 수 없었다. 노을소리는 아침이 올 때까지 노래하고 싶은 충동을 누르면서 다시 집으로 날아갔다.

두 번째 아기가 알에서 나오고 있었다. 끝없는 우주 같았던 양수 속에서 한 점 생명으로 생겨날 때부터 자신을 지켜주었던 알 껍질과의 이별은 너무나도 힘겨웠다. 그 껍질을 안에서 쪼아대면서 끊임없이 조각조각 부수어야만 비로소 한 생명으로 존재할 수 있었다. 그동안 자신을 지켜주었던 알 껍질은 마지막까지도 냉정했다. 알 껍질은 아낌없이 자신을 버렸다. 자신이 안아서 지켜주었던 생명체에게 처절하게 부서지면서 기운을 주었고, 그 생명체는 껍질이라는 경계를 넘어서야만 비로소 세상으로 나갈 수 있었다. 물론 어미가 도와주기는 했으나 주도적인 역할은 아기의 몫이었다. 세상으로 나온 아기의 몸에는 거미줄 모양으로 양수가 묻어 있었다. 아기는 몸을 부르르 떨면서 어미의 품을 찾았다. 알 속에서는 느낄 수 없었던 서늘한 바람이 아기의 살갗을 찔렀다. 그만큼 알 속은 완벽한 우주였다.

어미는 아기를 품어주었다. 아기의 몸은 바깥세상의 공기에 어느 정도 적응하였고, 아비가 올 때마다 부리를 벌리면서 배고픔을 호소하였다. 나갔다가 들어온 아비의 부리에는 애벌레들이 고물거리고 있었다. 아기에게 처음으로 먹이를 준 노을소리는 다시 흥분했으나 소리치지는 않았다.

저녁 늦게까지 다섯 개의 알 속에서 차례로 아기들이 나왔다. 아기들은 자신의 목을 가누지 못한 채 고개를 처박고 있었으나 다른 아기들의 몸에다 턱을 올려놓은 놈들도 있었다. 누군가 있었기에 가능한 일이었다. 혼자였다면 목에 힘이 생기기 전까지는 불가능한 일이었다.

하늘눈은 곯은 알이 하나도 없다는 사실에 만족하였고, 품 안에서 꿈틀거리는 그 생명체들의 경이로움을 온몸으로 맛보았다. 자신이 이 아기들의 어미라는 사실이 자랑스러웠다.

노을소리가 알 껍질을 치웠다. 어찌나 빠르게 집설거지를 하는지 하늘눈이 알 껍질을 신경 쓸 틈도 없었다. 하늘눈은 남편을 위해서 자리를 조금 비켜주었다. 노을소리도 집 안으로 들어왔다. 아기들은 부모의 따스한 체온을 느끼면서 바깥세상으로 나온 첫날밤을 보내고 있었다.

악마의 발톱이 왔다

어둠 속에서 파란 불빛이 제 색깔을 실제보다 크게 부풀렸다. 두눈박이 불빛은 몸을 최대한 낮추고서 우체통 쪽으로 걸어왔다. 자정을 넘겼을까, 지치도록 돌림노래를 불러대던 소쩍새들의 노랫소리도 뜸했다. 두눈박이 불빛은 악마의 발톱이었다. 악마의 발톱은 밤색 나무 집 바라지창으로 새어나오는 불빛이 스러지기를 기다렸다가 덩굴 속에서 기어나왔다. 악마의 발톱은 덩굴 속에서 노을소리가 알 껍질을 물고 날아가는 모습을 보았고, 드디어 자신이 기다리던 때가 왔음을 알았다. 악마의 발톱은 새알보다 갓 세상으로 나온 살이 연한 아기 새들을 더 좋아했다. 생각만 해도 구미가 당기고 기분이 좋았다. 그놈들의 숨통을 끊어서 나란히 늘어놓은 다음 한 마리씩 으적으적 씹어먹는 순간을 떠올렸다. 마음이 급해졌다. 악마의 발톱은 서두르지 말자고, 저놈들은 다 잡은 거나 마찬가지라고 자신을 달랬다. 우체통은 높은 곳에 있지도 않았다. 악마의 발톱은 물 밖에 나온 물고기를 잡아먹는 것보다 더 쉬운 일이라고 가르릉거렸다. '천천히 즐기자.' 악마의 발톱은 우체통을 보고 "문 열어라, 손니임 오셨다. 손니임을 잘 대접해야지 안 그러면 화낸다" 하고 간신히 우체통 안에 있는 새들이 알아들을 수 있을 정도로 말했다.

하늘눈 부부는 악마의 발톱 소리가 고막을 찌르는 순간 몸이 굳어버렸다. '드디어 올 것이 왔구나, 왔어.' 하늘눈은 부리를 꽉 물었다. 자꾸만 몸이 떨렸다. 그 떨림을 아기들한테 들키기 싫어서 몸에다 힘을 주었다.

"괜찮아. 겁먹지 마."

노을소리가 아내의 깃털을 부리로 문질렀다. 결전의 순간을 앞두고 뭔가 각오를 다지는 눈빛이었다.

"만약 악마의 발톱이 침입하면 내가 맡을 테니까, 당신은 여기에 남아서 아기들을 책임져. 내 말대로만 하면 돼."

노을소리는 눈에다 힘을 주면서 속삭였다. 간신히 그들만이 알아들을 수 있을 정도로 작은 속삭임이었다.

'그래, 올 테면 와라. 두렵지 않다.'

노을소리는 하늘눈 앞쪽으로 가서 앉았다.

우체통 속이 너무 조용하다. 악마의 발톱이 예상하지 못했던 일이다.

'내 소리만 듣고도 비명 치고 난리가 날 줄 알았는데, 이상하다. 설마 자고 있는 것은 아니겠지.'

악마의 발톱은 조금 전보다 더 크게 가르릉거렸다.

여전히 우체통 속에서는 아무런 소리가 없었다. 악마의 발톱은 자신의 예감이 빗나가자 은근히 화가 났다.

"이노옴들 봐라."

악마의 발톱은 행동으로 보여줘야겠다고 몸을 웅크렸다. 우체통 구멍이 보였다. 악마의 발톱은 단숨에 우체통 위로 뛰질했다. 날카로운 발톱으로 우체통 지붕을 긁어댔다.

"이놈드을 손님 접대를 이렇게 했겠다아. 후회하게 될 거다. 가만두지 않겠다아!"

이 정도면 놀라서 날개를 파닥거리고 야단이어야 할 텐데 여전히 조용했다. 악마의 발톱은 한동안 멍하니 서 있었다. 믿을 수가 없었다. 자신이 우체통 위로 올라가서 발톱으로 긁어댔는데도 놀라지 않다니, 이건 받아들일 수가 없었다. 악마의 발톱은 더욱 화가 났다. 제자리에서 폴딱폴딱 뛰었다. 쿵쿵 소리가 났다. 최대한 그들을 공포에 떨게 하고 싶었다.

"허, 이게 어떠케에 되엔 것이지. 분명히이 저 안에 있는 것을 봤는데에. 이것들이 나아를 놀리네에."

악마의 발톱은 아무거나 닥치는 대로 물어뜯고 싶을 정도로 화가 나서 우체통 구멍으로 머리를 들이밀었다. 머리가 들어가지 않았다. 맙소사, 그건 생각하지 못했다.

하늘눈은 악마의 발톱이 위협을 할 때마다 날아가서 자신의 결연함을 보여주고 싶었으나 남편이 가로막으며 속삭였다.

"상대는 악마의 발톱이야. 교활한 목도리보다 강한 놈이야. 절대 성급하게 대응해서는 안 돼. 조급한 건 저놈이야. 저놈은 이 안으로 들어올 수 없어."

그래도 하늘눈은 불안했다. 발을 자유롭게 사용하는 악마의 발톱이라면 이 우체통을 단번에 부숴버리고 쳐들어올 거라고 벌벌 떨었는데, 그놈이 아무리 지붕에서 뛰어도 우체통은 끄떡도 하지 않았다. 악마의 발톱은 점점 화를 내기 시작하였고, 드디어 파란 눈이 우체통 구멍에 나타났다. 하늘눈은 다시금 돌진을 하려다가 주춤했다. 교활한 목도리가 벌통을 습격해왔던 밤이 생각났다. 그때도 교활한 목도리는 벌통 구멍으로 들어오지 못했다. 그래서 족제비를 물리칠 수 있었다. 지금도 악마의 발톱은 안으로 들어오지 못했다. 그렇다면 안심해도 된다고 자신을 달랬다.

"이놈드을 내가 물러선다고 생각하면 큰일 난다. 이까지잇 나뭇조각은 발톱으로 금바앙 부숴버린다!"

악마의 발톱은 애써 화를 누르면서 우체통 아래로 내려갔다. 많이 당황하고 있었다. 우체통으로 쳐들어가서 반항하는 놈부터 숨통을 끊어놓겠다는 달콤한 생각만 달궜을 뿐, 정작 구멍이 작아서 들어갈 수 없을 거라는 생각은 하지 못했다. 낭패였다.

악마의 발톱은 다시 우체통 안으로 쳐들어가기 위해서 궁리하기 시작했다. 우선 발톱으로 우체통을 긁어댔다. 화가 나서 몇 번 긁어대기는 했으나 이내 무모한 짓임을 알았다. 판자가 워낙 두꺼워서 밤새도록 긁어대도 구멍 낼 수 없었다. 악마의 발톱은 뒤쪽으로 충분히 물러선 다음, 멧돼지처럼 달려오다가 우체통을 향해 먹이를 덮치듯이 뛰어올랐다. 자신의 몸이 우체통으로 떨어지면서 그 충격으로 우체통이 바스라지기를 바랐다.

이내 악마의 발톱은 비명을 질렀다.

"아이고오 배야, 배가아 터진다!"

악마의 발톱은 떼굴떼굴 굴렀다. 정말 낭패였다. 악마의 발톱은 발톱으로 우체통을 후려쳤다. 오줌도 갈겼다. 입으로 우체통 문도 물어뜯었다. 순간 문이 앞쪽으로 들렸다가 닫혔다. 악마의 발톱이 흥분하지만 않았어도, 그 문을 앞으로 당기기만 했어도 문이 열린다는 사실을 알았을 것이다. 안타깝게도 악마의 발톱은 우체통 문을 머리로 들이받고 발톱으로 할퀴는 것만 알았을 뿐, 그 문을 잡아당겨 보려고 하지 않았다. 성이 날 대로 난 악마의 발톱은 뒷발로 중심을 잡고 서서 우체통을 앞발로 마구 두들겼고, 우체통 위로 뛰어올라 마구 뛰어댔다. 여전히 우체통 안에서는 아무런 소리도 들리지 않았다. 악마의 발톱은 한동안 쌕쌕 숨을 몰아쉬면서 화를 달래다가 자기 머리를 앞발로 툭 쳤다.

"오올치이. 이놈들 맛 좀 봐라."

악마의 발톱은 이번에야말로 끝장내주겠다고 자신만만하게 소리치면서 우체통 구멍이 있는 쪽으로 허리를 굽혔다. 왼발로 우체통 구멍을 짚고 중심을 잡은 다음 오른발을 우체통 안으로 넣었다. 악마의 발톱은 발톱이 발달해서 뭐든 잡히기만 하면 놓치지 않고 끄집어낼 수 있었다.

악마의 발톱의 발이 안으로 들어오리라고는 전혀 예상하지 못했다. 하늘눈이 날아갈 뻔했다. 이번에도 노을소리가 막았다. 악마의 발톱 발이 눈앞으로 휙휙 지나갔다. 악마의 발톱 발은 계속 허탕 치면서 우체통 벽만 내리쳤다. 그때마다 아기들이 깜짝깜짝 놀라서 몸을 떨었고, 하늘눈은 몸에다 힘을 주어 어린것들을 안심시켰다. 악마의 발톱의 발은 집까지 미치지 못했다.

"가만히 있으면 저놈은 제풀에 지쳐서 나가떨어질 거야."

노을소리의 속삭임대로 악마의 발톱의 발은 점점 느려졌다.

어둠의 농도가 옅어지기 시작할 즈음 악마의 발톱은 우체통 앞에서 고개를 떨어뜨렸다.

"저얼대애 포기하지 않는다아, 두고 봐아라아 이놈들아아!"

악마의 발톱은 잔뜩 으르렁거리면서 어둠 속으로 사라져버렸다.

뜬눈으로 밤을 묵혀낸 그들은 우체통으로 스며든 햇살을 가늠하면서 안도의 한숨을 내쉬었다. 악마의 발톱보다 강력한 적이 위협해도 이겨낼 수 있다는 자신감이 몸속에 뿌리를 내렸다. 그들은 이겨냈다.

하늘눈은 노을소리의 등살을 부리로 쪼아주었다. 알과 자신을 지켜주어서 고맙다는 뜻이었다. 혼자였다면 버티어내지 못했으리라. 심장이 터져버렸거나 악마의 발톱하고 부딪혀서 죽음을 택했을지도 모른다. 둘이었기에 버틸 수 있었다. 노을소리의 냉정한 판단이 옳았다. 남편이 아니었다면 이 근사한 아침을 맞이하지 못했을 거다. 하늘눈은 남편을 보면서 한없이 미더운 눈길을 보냈다.

'때로는 냉정하게 참아내는 것이, 몸을 던지면서 싸우는 것보다 더 현명할 수 있다는 걸 알았어. 몸을 던져 싸운 것만이 치열한 게 아니야. 바로 그거야.'

하늘눈은 가슴에서 꼼지락거리는 아기들의 체온을 느끼면서 입을 열었다.

"당신이 아니었으면 우리는 지금 존재하지 않아. 지금처럼 당신이 확실하게 보인 적이 없어. 이제 당신만 믿을게."

목소리는 가늘었으나 힘이 실려 있었다. 노을소리는 오히려 아내가 옆에 있었기에 가능한 일이었다고 하면서, 악마의 발톱은 다시 올 테니 더욱 조심해야 한다고 덧붙였다. 하늘눈은 겁나지 않다고 대거리했다.

햇살두루마리가 우체통에 걸쳤다. 인간들의 기척 소리가 들리자 그제야 하늘눈이 조심스럽게 움직였다. 노을소리는 우체통 위로 올라가서 밤새도록 악마의 발톱이 으르렁거리다가 간 현장을 살펴보았다. 별다른 변화가 없었다. 노을소리는 이 우체통이 한없이 고마웠다. 노을소리는 앞으로 넉넉잡고 보름 정도만 새끼들을 지켜달라고 우체통한테 속삭이면서 날갯짓을 하였다.

노을소리는 곧장 숲 속으로 날아가려다가 방향을 틀어서 악마의 발톱이 사라진 보리수나무 가지에 앉았다. 소름 끼치도록 무서웠던 밤을 이겨냈으니, 숲 속 어딘가에 웅크리고 있을 악마의 발톱한테 한마디 해주고 싶었다. 노을소리는 보리수나무 가장 높은 가지에 앉아서 우렁찬 목청을 뽑아냈다.

"이 세상에서 가장 멍청한 고양이는 악마의 발톱이다. 혼자서 잘난 체하고 영악한 체하지만 그건 착각이다. 그놈의 발톱은 죽은 쥐의 가죽을 벗길 때나 쓸모 있을 뿐이고, 그놈의 이빨은 썩은 생선이나 씹어먹을 때 쓸모 있다. 악마의 발톱은 날지도 못한다. 절대 새들을 잡을 수 없다. 우리에겐 날개가 있고, 악마의 발톱 눈을 멀게 할 수 있는 날카로운 부리가 있고, 악마의 발톱 눈을 파낼 수 있는 발톱이 있다. 나는 악마의 발톱을 두려워하지 않는다."

악마의 발톱은 보리수나무에서 그리 멀지 않은 조팝나무 밑에서 그 소리를 들었고, 도저히 참을 수 없어서 살금살금 그 밑으로 기어갔다. 지금까지 살아오면서 이렇게 모멸적인 말을 들어본 적이 없었다. 새가 감히 고양이를 놀리다니, 한마디로 있을 수 없는 일이 눈앞에서 벌어지고 있었다. 악마의 발톱은 다람쥐나 청설모를 잡을 때처럼 발소리를 죽이면서 보리수나무 밑으로 간 다음, 지난여름 나무 위에서 노래하는 매미를 세 마리나 잡았던 기억을 떠올리고는 숨을 골랐다. 보리수나무 꼭대기에 앉아 있는 노을소리가 보였다. 너무 먼 거리였으나 지금은 그런 걸 따질 만큼 악마의 발톱은 냉정할 수가 없었다. 악마의 발톱은 "이 노오오오옴!" 하고 분노를 폭발시키면서 보리수나무 위로 뛰어올랐다. 지난여름 매미를 잡았을 때보다 더 민첩했다.

노을소리는 악마의 발톱이 바로 밑까지 올라와서야 알아챘지만 그리 서두르지도 않고 피할 수 있었고, 너 잘 걸렸다는 식으로 소리치면서 악마의 발톱을 공격하기 시작했다. 어젯밤에 우체통 안에서 잔뜩 웅크리고 있을 때하고는 너무 다른 모습이었다.

"고양이란 족속은 원래 비겁하지. 그래서 살금살금 기어가서 뒤에서 덮치고, 당당하게 정면으로 부딪치지 않지. 이 비겁한 놈아, 어젯밤에는 내가 참았지만 이제는 못 참는다. 어디 해보자. 네놈의 눈알을 뽑아버릴 테다."

노을소리는 나뭇가지에 엉거주춤 있는 악마의 발톱을 향해 무서운 속도로 내려오면서 날개로 까만 얼굴을 내리치고는 다시 날아올랐으며, 악마의 발톱이 고개를 돌리면 어느새 내려와서 발로 상대의 등허리를 할퀴고 날아갔다. 악마의 발톱은 쩔쩔매면서 나무를 내려오더니 개한테 쫓길 때처럼 숲으로 달아나버렸다.

아기들은 황제의 깃털이 푹신하게 깔린 집에다 고개를 처박고 있다가 부모가 돌아오는 소리만 들리면 힘차게 고개를 들었다. 소리치지는 않았지만 노란색 부리를 최대한 크게 벌려서 강렬하게 먹이 타령을 하였다. 아무리 배가 고파도 소리쳐서는 안 된다는 강렬한 본능이 아기들 뇌리에 심어져 있었다. 가끔씩 바람이 우체통 문을 들썩들썩 흔들기만 하여도 아기들은 고개를 들고 부리를 쩍 벌렸다. 한꺼번에 부리를 벌리면 다섯 송이의 노란 꽃이 되었다.

아기들의 식탐은 끝이 없었다. 벌어진 부리 속에다 아무리 먹이를 떨어뜨려도 바닥이 보이지 않았다. 아기들 중에서 먼저 태어난 두 녀석이 눈에 띄게 컸으며 당연히 그들은 부모가 가져오는 먹이 중 절반 이상을 먹어치웠다. 그러고도 양이 차지 않아 부모들이 먹이를 물어오면 다른 형제들 위에서 부리를 쳐들고 맹렬하게 밥 타령을 하였다. 그런 아기들 앞에서 부모들은 먹이를 골고루 먹여야 한다는 원칙을 종종 잊어버렸다. 막내 무녀리가 가장 부실했다. 다른 형제들 등쌀에 주눅이 들어 고개조차 제대로 세울 수가 없었으며, 어쩌다가 고개를 들고 부리를 벌려도 다른 형제들 입으로 먹이가 들어갔다. 무녀리는 죽지 않을 정도의 먹이만 받아먹었다. 아기들은 눈도 뜨지 않았지만 부모의 입을 겨냥하여 똥을 눴다. 부모들은 아기들의 똥을 한 점도 떨어뜨리지 않고 물어다가 멀리멀리 버렸다.

악마의 발톱은 어김없이 나타났다.

하늘눈 부부는 밤이 두려웠으나 하루하루 해를 맞이할 때마다 그만큼 자신감이 우러났고, 나흘 밤이 지난 뒤로는 악마의 발톱의 위협에는 콧방귀도 뀌지 않았다. 그들은 악마의 발톱이 우체통을 긁어대거나 우체통 안으로 발을 넣어 위협을 하면 몸에다 힘을 주고 가만히 있었다. 동요하지 않고 가만히 참아내는 것, 그래야만 이길 수 있음을 그들은 잘 알았다.

"어빠바보, 어빠바보, 어빠바보……."

자정이 넘도록 검은등뻐꾸기들의 노랫소리가 숲을 흔들어대고 있었다.

"저어놈들은 잠도 안 자나아. 지겨워 죽겠어."

악마의 발톱은 짜증스런 표정을 지으면서 대문 앞으로 걸어오다가 우체통을 보고는 머리로 들이받을 뻔했다. 악마의 발톱은 자신이 짜낼 수 있는 묘안을 다 끄집어내서 하늘눈 부부를 괴롭혔으나 아무런 성과가 없었다. 낮에는 보리수나무에다 지렁이를 잡아서 매달아놓고 하늘눈 부부가 나타나기를 기다리기도 했지만 녀석들은 얄밉게 알아채고는 얼씬도 하지 않았다. 자존심이 처절하게 무너진 악마의 발톱은 발톱이 빠지도록 우체통을 긁어댔다. 악마의 발톱은 우체통 안으로 오줌을 갈겨주려고 했으나 그것도 여의치 않았고, 긴 막대기를 물고 와서 우체통 구멍에 넣은 다음 앞발로 쥐고 마구 휘저어주려고 했는데 막대기를 구멍 속으로 넣지 못했다. 그렇다고 이대로 물러나고 싶지는 않았다. 악마의 발톱은 밤색 나무 집 뒤꼍에서 쥐 냄새를 맡았고, 늘 하던 대로 몸을 낮추고 숨어서 기다렸다가 쥐가 다가오자 폴

짝 뛰면서 덮쳤다. 너무도 간단했다.

"딱새애 놈들을 이렇게 잡을 수만 있다면, 이노오옴드을!"

맛있는 고기를 앞두고도 입맛이 돌지 않았다. 그래도 악마의 발톱은 눈앞에 축 늘어져 있는 것이 쥐가 아니라 딱새라고 중얼거리면서 머리 가죽을 벗겨내다가 문득 이런 생각을 하였다.

"그래애 딱새 놈들은 쥐도 무서워하지……."

악마의 발톱은 앞발로 입가에 묻은 피를 닦아내고는 오랜만에 환하게 웃었다. 쥐와 딱새는 천적 관계라고는 볼 수 없지만 때때로 쥐가 딱새집을 습격하기도 한다는 사실을 악마의 발톱은 알고 있었다. 굶주린 쥐들은 어린 새를 잡아먹기도 한다. 드물기는 해도 종종 일어나는 일이다. 당연히 딱새들은 쥐를 두려워한다. 악마의 발톱은 자신이 왜 이 생각을 하지 못했을까 하고 자기 머리를 툭툭 치다가 쥐를 물고 걸어갔다. 딱새 놈들이 쥐를 보고 놀라서 아우성치는 순간을 상상하니까 벌써부터 흥분이 되었고, 우체통 위에서 기다리고 있다가 밖으로 나오는 놈들을 발로 후려쳐야겠다고 전략을 짜니까 그동안 답답했던 가슴이 뻥 뚫렸다. 악마의 발톱은 우체통 위로 올라가서 몸을 아래로 구부리고 쥐의 시체를 안으로 휙 던졌다.

"이노오옴들아, 네놈들이 손니임 접대를 하지 않아서 내가 네놈들한테에 맛있는 쥐 선물을 준비했다아…… <u>흐흐흐흐흐</u>."

하늘눈 부부는 뭐가 툭 떨어지는 소리를 듣고 깜짝 놀랐다.

"쥐다, 쥐가 들어왔다!"

하늘눈은 벌떡 일어서면서 날개를 펼쳤다. 날개가 우체통에 닿아 요란한 소리가 났고, 아기들이 놀라서 몸을 뒤틀었다. 하늘눈은 집 앞에 떨어진 쥐를 향해 공격을 하려다가 뭔가 날개를 후려치는 바람에, 그 충격으로 우체통 벽에 부딪혔다. 그와 동시에 노을소리가 소리쳤다.

"속임수야. 어서 집으로 돌아와!"

하늘눈이 집이 있는 쪽으로 뒷걸음질 쳤다. 악마의 발톱은 우체통 바닥에 떨어진 하늘눈을 잡아내려고 발로 더듬었다. 악마의 발톱은 마구 몸을 흔들어대면서 공포감을 조장하였고, 이제 자신이 들여보낸 쥐가 아기들 심장을 파먹을 거라고 위협하였다. 하지만 그들은 더 이상 동요하지 않았다. 노을소리가 살금살금 집 아래로 내려가서 쥐를 살피면서 이미 시체가 되었음을 알았고, 그 뒤로는 한마디도 대거리하지 않았다. 하늘눈은 자신이 경솔했음을 깨달았으며, 다시금 남편의 지혜에 탄복하였다.

악마의 발톱은 만족스럽지는 않아도 이 정도면 성공한 셈이라고 중얼거리고는 밭으로 가다가 다른 냄새를 맡았다. 근처에서 교활한 목도리의 강한 노린내가 풍겼다. 워낙 그 냄새가 강해서 쉽게 알 수 있었다. 교활한 목도리가 우체통 쪽으로 다가가고 있었다. 순간 악마의 발톱은 우체통에다 넣어둔 쥐를 떠올리고 수염을 바르르 떨었다.

"저러언 얌체 같은 노오옴 봐라. 가마안두지 않겠다."

악마의 발톱은 몸을 틀었다. 교활한 목도리는 늘 기분 나쁜 놈이다. 작년 겨울에는 교활한 목도리 때문에 한동안 쥐고기를 맛보지 못했다. 그때 악마의 발톱은 화가 나서 교활한 목도리하고 마주치기만 하면 무섭게 노려보았고, 다시 한 번 자신의 영역으로 들어오면 가만두지 않겠다고 경고했다. 봄이 되고 나서는 교활한 목도리의 영역이 더욱 넓어졌고, 한동안 둘은 부딪히지 않았다. 악마의 발톱은 이번 참에 저 녀석을 혼내줘야겠다고 작정했다. 어쩌면 하늘눈 부부한테 농락당해서 불편한 마음을 교활한 목도리한테 화풀이하고 싶었는지도 모른다. 명분은 충분했다. 교활한 목도리가 자신의 영역으로 들어왔다는 그 자체만으로도 견딜 수 없었고, 더구나 지금 악마의 발톱의 심기는 아주 불편했다. 악마의 발톱은 살금살금 따라갔다.

교활한 목도리는 수국덩굴 속에 있는 할미새들의 집을 습격했다가 낭패를 당했다. 할미새가 알을 굴려버렸고, 알은 모두 자신의 머리를 가격하면서 깨져버렸다. 다 잡은 고기를 놓친 셈이다. 그날 이후로 교활한 목도리는 한동안 숲 속 깊은 곳을 돌아다니다가 어젯밤에 돌아왔다. 사실 어젯밤에도 이 근처를 얼쩡거렸으나 악마의 발톱 때문에 가까이 가지 못했다. 교활한 목도리는 대문 아래에서 냄새를 맡았다. 쥐 냄새가 났다. 쥐 냄새라면 사족을 못 쓰는 교활한 목도리는 코를 앞세우고 우체통 앞으로 갔다. 아무리 보아도 쥐가 보이지 않았다. 족제비는 뒷발로 중심을 잡고 일어섰다. 우체통 구멍이 보였다. 교활한 목도리는 구멍만 보면 들어가고 싶은 충동이 들었다. 거의 본능적인 행동이었다. 교활한 목도리가 몸을 웅크렸다가 우체통 구멍을 향해 뛰어오려고 하는 찰나였다.

대문 뒤에서 악마의 발톱이 교활한 목도리의 등을 내리쳤다. 기습 공격을 당한 교활한 목도리는 등이 갈라지는 아픔을 느꼈으나 특유의 순발력으로 몸을 굴리면서 악마의 발톱의 다음 공격을 피했다. 악마의 발톱이 다시 이를 드러내면서 물어뜯으려고 하는 순간 교활한 목도리도 날카로운 송곳니를 드러내면서 방어했다. 그 송곳니에 물리면 악마의 발톱도 치명적인 상처를 입을 수 있다. 악마의 발톱은 움찔 물러났다가 앞발을 들었다.

"이노옴, 감히이 여기가 어디라고 와서 내 먹이를 훔쳐 가려고 하느냐!"

더 이상 몰아세울 필요가 없었다. 무리하게 교활한 목도리하고 싸워봤자 얻는 것보다 잃는 게 많을 수 있음을 악마의 발톱은 잘 알았다. 게다가 악마의 발톱은 교활한 목도리 고기를 먹지도 않는다. 지금 교활한 목도리는 등에 큰 상처를 입었다. 이 정도로 혼내줬으면 다시는 이 근처에 얼쩡거리지 못할 거라고 판단했다. 교활한 목도리도 악마의 발톱이 더 이상 공격하지 않자 슬쩍 몸을 돌리면서 어둠 속으로 달아났다. 악마의 발톱은 달아나는 교활한 목도리를 보자 그동안 딱새들 때문에 받은 스트레스가 확 풀렸다. 악마의 발톱은 일부러 크게 소리쳤다.

"누구라도 나를 건드리이면 가마안두지 않는다."

우체통 안에 있는 딱새들은 바깥에서 무슨 일이 벌어지고 있다는 것을 알면서도 조금도 움직이지 않았다. 그들은 악마의 발톱과 교활한 목도리가 싸우든 악마의 발톱과 누렁이하고 싸우든 관심 없었다. 중요한 것은 가족이 안전하다는 사실이다. 이 우체통이 자신들을 완벽하게 지켜줄 거라는 믿음뿐이다. 그래도 그들은 악마의 발톱의 소리가 사라진 뒤로도 쉽게 잠을 이루지 못했다.

삶과 죽음의 차이

다음 날 밤색 나무 집 바라지창에 불이 꺼지자 악마의 발톱이 우체통 앞으로 걸어왔다. 입에는 청설모가 늘어져 있었다. 악마의 발톱은 이 심술쟁이라는 청설모가 새들의 집에 들어가서 괜히 해코지를 해댄다는 것을 잘 알고 있었다. 그래서 하루 종일 녀석을 찾아다녔고, 드디어 예전 하늘눈이 살았던 바로 그 벼랑 아래서 녀석을 붙잡았다. 악마의 발톱은 창자가 등가죽에 달라붙었으나 하늘눈 부부를 기절시킬 만한 강력한 무기로 쓰기 위해서 조금도 뜯어먹지 않았다. 이 청설모는 새알을 먹기도 하고 심심풀이로 새집을 침입하여 부수고 어린 새들을 잡아먹기도 했다. 딱새들에게는 청설모도 무서운 존재다. 악마의 발톱은 그렇게 달콤한 상상을 하면서 기습적으로 청설모를 우체통 안으로 던졌다. 당장 난리가 났어야 했다. 하지만 조용했다. 혹시 그놈들이 벌써 이곳을 떠나버렸나 하는 의구심이 차오를 정도였다. 악마의 발톱은 우체통 구멍으로 안을 보았다. 딱새들은 집에 가만히 앉아 있었다.

"아아아아, 내가 네 이놈들을 잡아서 심자앙을 물어뜯지 못한다면 여기이를 떠날 것이다. 네 이놈드을!"

악마의 발톱은 자신의 마음을 자제할 수가 없었고, 마구 우체통 구멍을 이로 갉아대다가 아래로 떨어지고야 말았다. 물론 특유의 순발력이 있어서 다친 곳은 없었으나 이번에도 딱새들한테 낭패를 당하고야 말았으니 너무너무 괴로웠다.

악마의 발톱은 다시 냉정해졌다. 자신이 저 작은 새를 잡을 수 없다는 한계를 아프게 받아들였고 더 이상 소모적인 싸움은 의미가 없음을 알았다. 악마의 발톱은 밤이 되어도 더 이상 우체통 근처에 오지 않았다. 악마의 발톱한테 공격을 받은 교활한 목도리도 나타나지 않았다.

우체통 안은 더 이상 조용하지 않았다. 죽은 심술쟁이 청설모와 쥐 냄새를 맡고 수많은 곤충들이 날아들었다. 쉬파리, 금파리, 집파리뿐만 아니라 작은 말벌이며 송장벌레들도 이런 기회를 놓치지 않았다. 세상과 소통하기 위해서 뚫려 있었던 시체의 구멍마다 살아 있는 생명체들이 침투했다. 파리들이 득시글거리자 노을소리는 아예 우체통 안에서 사냥을 하였다. 노을소리는 파리 사냥 전문가였다. 가만히 있다가 썩은 시체로 내려앉는 파리를 잽싸게 낚아챘다. 파리들은 끝없이 모여들었다. 알에서 깨어난 구더기들이 시체의 살 속으로 파고들었으나 잠깐이라도 모습을 드러내기만 하면 노을소리가 낚아챘다. 악마의 발톱은 딱새들에게 좋은 선물을 주고 간 셈이었다. 더구나 딱새들이 좋아하는 송장벌레까지 잡을 수 있었다.

한낮에는 뜨거운 햇살에 풀들이 숨을 죽이면서 축 늘어졌다. 악마의 발톱도 축 늘어졌다. 악마의 발톱은 멀리서 우체통을 보면서 숨을 죽였고, 밤이 되어도 우체통 근처에 가지 않았다.

하늘눈이랑 노을소리는 이상하게도 마음이 더 불안했다. 악마의 발톱만 사라지면 편안할 줄 알았는데, 막상 눈에 보이지 않자 녀석의 예측할 수 없는 꿍꿍이속이 더 두려웠다. 게다가 아기들이 자라면서 집이 꽉 차버리자 더 이상 이곳에 머무를 수가 없었다. 아기들은 머리와 등에 갈색 깃털이 돋아났으며 머리도 자유롭게 가눌 수 있었다. 아직도 눈을 뜨지 못했지만 이제는 여러 가지 소리를 제대로 가려낼 수 있었다.

가령 부모가 먹이를 물고 들어오면서 우체통 문을 흔들어대는 소리와 바람이 우체통 문을 흔들어대는 소리의 차이를 알았다. 고양이 소리와 가끔씩 들려오는 까마귀 소리는 물론 파리들이 윙윙거리는 소리도 구별해냈다. 아기들은 고양이 소리가 들리기만 하면 집 속에서 자신의 몸을 최대한 낮추고, 다른 형제들의 체온을 느끼면서 그 힘으로 버티어냈다.

아기들의 눈꺼풀이 씨앗처럼 약간 열리기 시작하던 오후였다. 전깃줄에 앉아 있던 하늘눈은 옆에 있는 노을소리를 보면서 아기들이 많이 자랐다고 입을 열었다.

"이제 우리가 없어도 아기들이 얼어 죽지는 않을 것 같아. 황제의 깃털이 아기들을 보호해주고 있고, 게다가 악마의 발톱도 오지 않으니까 아기들이랑 같이 자지 않아도 될 것 같아."

"그렇기는 하지만 다시 악마의 발톱이 나타나면 아기들이 무서워할 텐데."

"아기들이 커서 우리가 있을 자리가 없잖아?"

그건 사실이었다. 이제 아기들한테는 부모의 살부빔이 더 이상 필요하지 않았다. 아기들은 자신들끼리 몸을 비벼대면서 체온을 지켜낼 수가 있었다. 게다가 집이 너무 꽉 차서 부모가 앉아 있을 만한 여백이 없었다. 우체통 구석에 쪼그려 있을 수는 있으나 큰 의미가 없었다. 그들은 써늘해지는 밤기운으로부터 아기들을 지켜내려고 집에서 밤을 지새우는 것이었다. 이 악마의 발톱만 나타나지 않는다면 굳이 우체통 안에서 지새울 필요가 없었다. 그들은 오늘 하룻밤만 더 지켜보고서 결정을 내리기로 하였다.

밤이 깊어가도 악마의 발톱이나 교활한 목도리가 나타나지 않았다. 그놈들이 쉽게 포기한다는 것을 받아들이기 힘들었으나 며칠간 얼씬도 하지 않았으니까 믿지 않을 수도 없었다. 아기들이 알에서 깨어난 뒤로 다시 물놀이를 즐기던 하늘눈은, 그다음 날 오후에 자신이 물놀이하는 골짜기에서 악마의 발톱하고 마주쳤다. 악마의 발톱은 하늘눈을 보았으나 예전하고는 달리 슬쩍 고개를 돌렸다. 애써 못 본 체했다. 하늘눈은 겁이 나서 물가로 내려앉지 못했다. 악마의 발톱은 하늘눈이 날마다 찾아오는 물가를 지나쳐서 위로 올라갔다. 그제야 하늘눈은 물가로 내려앉아서 물놀이를 하였다. 그다음 날도 마주쳤으나 이번에도 악마의 발톱은 '더 이상 너 같은 것한테는 관심이 없다'는 눈빛이었다.

물론 악마의 발톱이 포기한 건 아니었다. 포기한 척 연극을 하고 있었을 뿐이다. 악마의 발톱은 일부러 하늘눈 앞에 나타나서 어슬렁거렸고, 더 이상 너한테 관심이 없는 척했다. 악마의 발톱은 우체통 안에 있는 어린 새들은 잊어버렸다. 대신 날마다 물에서 멱을 감는 하늘눈을 목표로 정했다.

악마의 발톱은 하늘눈이 물놀이하러 오는 골짜기의 물웅덩이 주위에다 사흘간이나 나뭇잎을 물어다가 쌓아두었다. 하늘눈이 느끼지 못하도록 조금씩 쌓아나갔다. 때로는 앞발로 나뭇잎을 밀고 오기도 하였다. 악마의 발톱은 그 나뭇잎 속에다 자신의 몸을 숨기고 하늘눈을 기다렸다.

"이노오옴들, 내가아 포기할 줄 알았지. 두고 봐라, 이노옴드을."

악마의 발톱은 분을 삭이면서 결정적인 기회를 노렸다.

드디어 하늘눈이 골짜기로 날아왔다. 조금만 주의 깊게 보면 알 수 있을 정도로 악마의 발톱이 숨어 있는 나뭇잎들이 봉긋하게 솟아 있었다. 하늘눈도 뭔가 이상해서 망설였으나 물웅덩이 건너편에 눈 시리게 피어난 하얀 노린재꽃을 보고는 "어느새 저 꽃이 피었네" 하면서 그쪽으로 날아갔다. 노린재나무에는 알록달록한 애벌레들이 많았다. 하늘눈은 애벌레를 부리로 쪼아 삼키고는 물소리가 부르는 유혹을 떨치지 못하고 풍덩 뛰어들었다.

악마의 발톱은 나뭇잎 사이로 하늘눈을 노려보았다. 바로 앞이었다. 덮칠 수 있는 사정거리였는데도 꾹 참았다. 더 결정적인 순간이 올 때까지 참아야 한다고 자신을 달랬다.

다음 날 날아온 하늘눈은 전날보다 더 긴장을 풀었고, 그다음 날 날아왔을 때는 아예 주위를 두리번거리지도 않았다. 하늘눈은 물에 들어가서 물똥을 튀기면서 놀았다. 날개는 지느러미가 되었다. 파닥파닥 물이 전해주는 차갑고 짜릿한 감촉을 만끽하였다. 모는 걱정을 다 놓아버렸다. 그리고 나뭇잎이 봉긋이 솟아오른 물가로 나와서 부리로 깃털을 고를 때였다. 하늘눈의 부리가 왼쪽 날개 깃털 속으로 들어가자마자 악마의 발톱이 솟구치면서 덮쳤다.

완벽한 기습이었다. 노련한 악마의 발톱은 그 정도 거리에서는 사냥감을 놓쳐본 적이 없었다. 악마의 발톱의 발톱이 무시무시하게 펴지면서 하늘눈의 몸을 덮쳤다.

"잡았다아아, 이노오옴, 잡았다아!"

하늘눈은 비명을 지르면서 파닥거렸다. 몸이 떠오르지 않았다. 악마의 발톱의 왼쪽 발이 하늘눈의 꼬리 깃털을 누르고 있었다. 그건 행운이었다. 악마의 발톱은 당연히 몸통을 움켜쥔 줄 알았다가 약간 실망하였다.

"내애 솜씨가 녹슬었군. 벌써어 늙었군!"

악마의 발톱은 재빠르게 다른 발을 들어서 내리쳤다. 하지만 아무것도 걸리지 않았다. 하늘눈은 자신의 몸에 흐르는 모든 힘을 모아서 모질음 썼고, 악마의 발톱의 오른발이 내려오는 순간 꼬리 깃털이 빠지면서 몸이 앞으로 튕겨나갔다.

하늘눈은 건너편 노린재나무에다 머리를 들이받았으나 이내 중심을 잡고서 날아올랐다. 악마의 발톱은 하늘눈의 꼬리 깃털만 움켜쥐고는 허탈하게 바라보았다.

"아, 또 실패로구나!"

악마의 발톱은 덤벙덤벙 계곡물을 지나서 한동안 그냥 걷기만 했다. 살아오면서 무엇인가를 사냥하기 위해서 이렇게 최선을 다해본 적이 없었다. 겨우 한 줌도 안 되는 딱새 때문에 이런 치욕을 겪다니, 악마의 발톱은 딱새가 미웠다. 보기도 싫었다.

"내가 경솔했어. 너무 악마의 발톱을 쉽게 생각했어. 내 잘못이야."

하늘눈은 감나무 가지에 앉았으나 하마터면 앞으로 떨어질 뻔했다. 딱새들은 꼬리를 부채꼴로 펼치고 날개를 천천히 흔들면서 내려앉았으나 하늘눈은 꼬리가 없어서 중력을 조절할 수가 없었다. 악마의 발톱만 떠올리면 몸서리쳐졌으나 어쨌든 한고비를 넘겼다는 사실이 기뻤다. 그때부터 하늘눈은 먹이 사냥을 하기 위해서 땅에 내려앉을 때에도 무척 조심하였다. 한곳에 오래 머무르지 않았다. 하늘눈은 자신의 눈이 얼마나 많은 한계가 있는지를 깨달았다. 노을소리도 비슷한 말을 하였다.

"우리에겐 날개가 있지만 악마의 발톱한테는 무시무시한 발톱이 있고, 어둠 속에서도 누군가를 알아볼 수 있는 예민한 코와 귀가 있어. 악마의 발톱은 절대 눈을 믿지 않아. 코와 귀를 믿지. 우리도 그걸 배워야 해. 하지만 우린 냄새를 잘 맡지 못해. 그게 우리한테 치명적인 약점이 될 수가 있어."

노을소리는 또다시 악마의 발톱이 그런 실수를 하지 않을 테니까 조심해야 한다고 덧붙였다. 하늘눈한테 다시 태어났다는 마음가짐으로 살아야 한다는 말도 하였다. 유독 뒷맵시가 아름다웠던 하늘눈은 말없이 몸을 위아래로 흔들었다. 뒷자락을 잃어버린 그 모습은 너무나도 초라했다. '따닥, 딱, 딱' 하고 딱새 특유의 경고음을 내는 것도 서툴렀으나 살아 있다는 그 자체가 새로운 뚝심을 불러일으켰다.

그날 이후로 하늘눈은 먹이를 주면서도 아기들을 빤히 바라다보는 버릇이 생겼다. 삶과 죽음이 너무나도 한순간이라는 사실을 알았기에 아기들이 더욱 소중하게 느껴졌다.

어린 새들은 아기 티를 벗었다. 우선 몸이 부모만큼이나 커졌고, 온몸이 깃털로 뒤덮여서 하늘을 날아다니는 새의 자태가 드러나고 있었다. 그중 두 녀석은, 그러니까 다른 형제들보다 일찍 태어나서 먹이를 먼저 받아먹는 기득권을 누린 첫째와 둘째는 유독 몸이 컸다. 그 녀석들은 좁은 집에서 나와 다른 형제들 등을 밟고 있다가 가장 우렁찬 목소리로 자신의 존재를 드러내면서 먹이를 받아먹었다. 막내인 무녀리는 살아 있음이 기적이라고 느껴질 정도로 작고 약했다. 가장 큰 형제하고 비교하면 절반 정도의 크기였고 몸에도 까칠까칠한 털이 듬성듬성 돋아나 있었다.

"이제 사흘 정도면 집을 떠날 수 있겠어. 안심해도 돼."

노을소리가 그렇게 말했지만 하늘눈은 아직도 안심이 되지 않았다.

"제발 우리 아이들이 집을 떠날 때까지만 아무런 일이 일어나지 않아야 할 텐데, 아 불안해. 초조해. 악마의 발톱이 또 무슨 짓을 할지 모르겠어."

"악마의 발톱도 이젠 어쩔 수 없을 거야. 며칠만 참아. 상황을 봐서 모레쯤 아이들을 데리고 나가도 되니까. 너무 걱정하지 마."

"하루하루가 너무 길어. 막내만 날 수 있으면 내일이라도 집을 떠나고 싶어."

그것이 하늘눈의 솔직한 마음이었다. 하늘눈은 아이들이 어느 정도 날 수만 있으면 집을 떠날 작정이었다. 그러니까 이제 하루나 이틀 정도만 버티면 악마의 발톱의 위협으로부터 벗어날 수 있으리라고 조심스럽게 판단을 하였다.

우체통 안에 있던 청설모와 쥐 시체는 가죽 속에다 뼈만 달랑 남기고 말랑말랑한 속살은 감쪽같이 사라져버렸다. 그들의 놀라운 식욕에 노을소리와 하늘눈은 고개를 흔들어버렸으나 수많은 구더기들은 아이들 입으로 들어가서 살이 되었다. 아이들은 닥치는 대로 먹었다. 나비부터 나방, 지렁이, 거미, 딱정벌레, 애벌레까지, 먹어도 먹어도 배고프다고 입을 벌려댔다. 아직 꼬리는 나지 않았으나 자잘한 황토색 깃털이 수북하게 돋아나 있었다. 부리에는 노란색 테두리가 또렷했고, 머리에는 삐쭉삐쭉 깃털이 우스꽝스럽게 뻗쳐 있었다. 첫째하고 둘째는 집 바깥으로 나와서 날개를 파닥거리기도 하였다. 하늘을 날고 싶은 새의 본능이 점점 강해지고 있었다.

하늘눈은 아이들을 하나씩 눈여겨보았다. 첫째는 부리가 크고, 둘째는 몸집이 크고, 셋째는 눈이 맑아 보이고, 넷째는 다리가 길어 보이고, 막내 무녀리는…… 너무 부실해서 살아남을 수 있을지 아직도 걱정이다. 하늘눈은 그제야 무녀리한테 너무 신경 쓰지 않았다고 반성을 하면서 종일 무녀리 배 속에다 먹이를 채워주었다.

인간의 작은 호기심이 새들의 생을 흔들다

오후부터 가랑가랑 빗방울이 떨어졌다. 십여 마리의 어치들이 날궂이라도 하는지 언덕 위 감나무에 모여서 "이런 날은 맛있는 거 먹고 싶다!" "개구리 뒷다리가 생각난다!" 하고 소리치면서 보리수나무 쪽으로 우르르 몰려들었다가 다시 감나무 쪽으로 날아갔다. 심심해서 미치겠다는 표정으로 요란하게 소리를 질러댈수록 빗방울은 굵어졌고, 어둠이 깔리자 깃털을 내리치는 빗방울이 차가워졌다. 어치들은 어둠이 깊어지도록 악다구니를 쓰다가 잠잠해졌고, 우체통 속에 있는 아이들은 서로의 몸을 비비면서 추위를 달랬다. 황제의 깃털이 폭신하게 깔린 집은 아이들 몸이 식어버리지 않도록 그들을 꼭 안아주었다. 도토리황제는 죽었어도 그의 깃털은 어린 새들을 따뜻하게 보호해주고 있었다.

아랫마을까지 마실 갔던 악마의 발톱은 몸이 흠뻑 젖어서 돌아왔다. 악마의 발톱은 자신의 보금자리인 비닐하우스 근처에 있는 숲 속 바위 밑까지 갈 생각을 하니까 너무도 아득했다. 악마의 발톱은 우체통이 보기도 싫었으나 주위를 얼쩡거리면서 냄새를 맡았다. 새 냄새는 나지 않았으나 아직도 새들이 그 안에 있음을 알 수 있었다. 악마의 발톱은 혹시나 하고 우체통 위로 올라가서 구멍 속으로 팔을 넣고 휘저어보았다. 어린 새들은 악마의 발톱 소리에 놀라서 서로의 살과 살 사이에다 부리를 감췄다. 아무도 무섭다고 소리치지 않았다. 아무도 어미 아비를 부르면서 울지 않았다. 그들은 그저 가만히 웅크리고 있는 것이 최선의 방법임을 알았다. 악마의 발톱은 어린것들만 있음을 확인하고는 우체통을 발톱으로 긁어도 보고, 위협적으로 으르렁거리기도 하였다. 우체통 뒤쪽 벽을 마구 긁어대기도 했으나 그들은 동요하지 않았다. 한 녀석만이라도 놀라서 밖으로 뛰쳐나오기를 바랐으나 그놈들은 꼼짝도 하지 않았다. 악마의 발톱은 몸을 털면서 앞집 주차장으로 들어갔다.

빨간 우산 노란 우산을 쓴 어린 인간 둘이 우체통 앞으로 걸어왔다. 빨간 우산을 쓴 암컷 인간은 이 집에 사는 아이였다. 노란 우산을 쓴 암컷 인간은 빨간 우산을 쓴 인간의 친구였다. 빨간 우산을 쓴 인간이 우산을 뱅글뱅글 돌리다가 우체통 앞에 섰다.

"저 안에 새가 새끼를 깠다."

"정말! 한번 보면 안 돼?"

노란 우산을 쓴 인간이 허리를 숙이고 우체통 구멍을 보았지만 보이지 않았다.

"핸폰으로 찍어서 짝한테 보여주고 싶어. 나 걔 좋아하거든. 걔도 딱새 새끼는 보지 못했을 거야. 이거 찍어가면 대박 날 것 같은데……."

"안 돼. 우체통 열면 딱새들이 와서 막 쪼아대."

"지금 밤인데도 그래?"

"저번에 포클레인이 공사했는데, 포클레인한테도 날아들었어."

빨간 우산을 쓴 인간이 고개를 흔들자 노란 우산을 쓴 인간은 입술을 뾰로통하게 모으면서 실망스런 표정을 지었다.

거실에서는 어른 인간들이 술을 마시고 있었다. 노란 우산을 쓰고 온 어린 인간의 부모도 있었다. 여섯 명의 인간들은 요란하게 목소리를 높이기도 하였고, 때로는 노래를 부르기도 하였다. 어린 인간들은 이 층으로 올라가서 잠잠하더니, 얼마쯤 시간이 흐른 뒤에 노란 우산을 쓰고 왔던 인간이 혼자 내려왔다. 볼이 유독 통통한 그 어린 인간은 누군가 말을 걸었지만 모른 체하고 밖으로 나갔다. 손에는 휴대전화가 들려 있었다.

— 진짜로 딱새가 새끼를 까여? 나두 졸라 보고 싶당.

— 핸폰으로 찍어서 보여주까아?

— 기대하그따앙.

어린 인간은 노란 우산을 쓰고 마당으로 걸어갔다. 빗방울이 우산을 때렸다. 어린 인간은 우체통 앞으로 살금살금 가서 뒤돌아보았다. 아무도 보지 않았다. 어린 인간은 휴대전화를 끄집어내서 불을 켰다. 가느다란 불빛이 우체통 구멍을 통해 들어갔다.

어린 새들이 보였다. 책이나 텔레비전에서 봤던 모습보다 훨씬 귀엽고 신기했다. 집 바깥에 있는 놈들은 당황하면서 집 속으로 파고들어 가려고 했으나 자리가 없었고 결국은 그 자리에 쪼그려 앉으면서 턱을 다른 형제들 몸에다 기댔다. 집 안에 있는 놈들은 얼굴만 보일 정도로 몸을 웅크렸다.

어린 인간은 우체통 구멍으로 어린 새들을 찍으려고 했으나 잘 되지 않았다. 어린 인간은 쪼그려 앉아서 우체통 문을 손으로 잡아당겼다. 문이 열렸다. 그와 동시에 수많은 곤충들이 살만 발라먹고 남겨진 청설모 뼈가 손에 잡혔고, 아이는 "엄마야!" 하고 비명을 질러버렸다. 어찌나 놀랐던지 들고 있던 휴대전화도 떨어뜨렸고 뒤로 엉덩방아를 찧고야 말았다. 집에 있던 새들도 놀랐고, 그중 가장 먼저 세상으로 나온 첫째 아이가 우체통 밖으로 날아가버렸다. 어린 인간은 겁먹은 눈빛으로 부들부들 떨고만 있었다. 곧이어 형제들 중에서 몸이 가장 큰 둘째도 밖으로 날아갔다. 나머지 아이들도 날아가려고 우체통 안에서 파닥거렸다.

빗방울이 휴대폰을 사정없이 내리쳤다.

빗방울은 새벽녘에 가늘어졌다. 골짜기 어느 구멍 속에서 짙은 안개가 비밀스럽게 흘러나왔다. 안개는 연기처럼 흘러서 삽시간에 세상을 점령하였다. 바람이 강하지 않았으나 기온은 싸늘했다. 하늘눈은 어둠이 걷히기도 전에 우체통으로 날아갔다. 대문 위에 앉아서 몸을 위아래로 흔들었는데 꼬리가 없어서 우스꽝스러웠으나 눈빛은 예리했다. 하늘눈의 기척을 들은 셋째가 용감하게 날아서 우체통 구멍에 앉았다.

하늘눈은 깜짝 놀랐다. 자신이 부르기 전에 아이들이 나올 리가 없었다.

"엄마, 너무너무 무서웠어. 어젯밤에 저 집에 사는 인간이 우리를 괴롭혔어."

셋째가 급하게 소리쳤다. 하늘눈이 우체통 구멍 속으로 들어갔다. 셋째도 따라왔다. 아이들은 집이 아니라 우체통 구석 모서리에 웅크리고 있었다. 밤새 얼마나 불안에 떨었는지 하늘눈을 보자마자 달려들었다. 하늘눈은 아이들을 진정시키면서 날개로 감싸주었다.

그때 노을소리도 들어왔다. 하늘눈은 자신의 날개 밑에 다섯 형제가 다 모여 있는 줄 알았다가 뭔가 이상하다는 남편의 말을 듣고서야 날개를 들었다. 내려다보니 셋밖에 없었다. 첫째와 둘째가 보이지 않았다. 하늘눈은 눈앞이 캄캄했다. 가슴이 요동쳤다. 당장 날아가서 사라진 아이들을 불러야겠다고 몸을 움직이는데 남편이 가로막았다.

"진정해. 일단 아이들을 밖으로 내보내자. 그런 다음 나머지 아이들을 찾아보자."

하늘눈은 노을소리의 말이 맞다고 생각했다. 다행히도 밖에는 안개가 짙어서 아이들을 데리고 나가기에 딱 좋은 날씨였다. 문제는 아이들의 날개가 다 자라지 않아서 얼마나 날 수 있을지 그게 걱정이었다. 앞으로 이틀 정도는 더 있어야 안전하게 집을 떠날 수 있다고 생각했는데 이렇게 빨라질 줄은 몰랐다. 게다가 첫째와 둘째가 이미 집을 떠나버렸으니 더 이상 망설일 수가 없었다.

"당신이 아이들을 밖으로 불러내. 그다음은 내가 맡을게. 나는 밖에서 다른 녀석들도 찾아볼 테니까, 어서 불러내."

노을소리가 먼저 우체통을 나갔고, 하늘눈은 아이들을 보면서 이제 집을 떠나야 한다고 말했다. 어젯밤에는 다들 겁을 먹고 집을 떠나려고 했던 아이들은 막상 하늘눈이 나타나자 바깥세상이 두려워졌고, 이대로 엄마 품에 머물고 싶었다. 하늘눈이 아무리 말해도 아이들은 움직일 기미를 보이지 않았다. 우체통 구멍까지 날아갔었던 셋째도 도무지 움직이지 않았다. 하늘눈은 냉정하게 아이들을 밀어내면서 밖으로 날아갔다가 먹이를 물고 돌아왔다. 나비였다. 하늘눈은 우체통 입구에 앉아 몸을 위아래로 흔들어대면서 부리에 문 먹이를 이리저리 흔들어댔다.

"자, 얘들아. 어서 이거 먹으렴."

하늘눈은 앞쪽으로 부리를 내밀면서 아이들을 유혹했다. 한참 동안 부리를 벌리고 소리쳐도 하늘눈이 먹이를 주지 않자 넷째가 날개를 떨면서 우체통 구멍으로 날아왔다. 하늘눈은 그놈에게 먹이를 준 다음 땅바닥에 앉아서 우체통 바깥으로 끌어내려고 애를 썼다.

"어서 엄마 옆으로 내려와. 너는 할 수 있어. 이제 집을 떠나야 할 시간이야. 악마의 발톱이 올지도 모르니까 어서 내려와."

아무리 하늘눈이 소리쳐도 우체통 구멍에 걸터앉은 넷째는 움직이지 않았다. 집에 있던 셋째도 날아서 우체통 구멍에 나란히 앉았으나 역시 그뿐이었다. 이제 한 녀석만 우체통 안에 남았다. 막내 무녀리였다. 다른 형제들에 비해서 작은 무녀리도 집 바깥으로 나와서 날개를 펼쳤으나 우체통 구멍을 발로 잡지 못하고 떨어졌다. 그곳은 좁은 공간이라서 날개를 적절하게 이용하는 것도 중요하지만, 그것보다는 다리의 힘이 더 중요했다. 무녀리는 우체통 바닥에서 다른 형제들이 앉아 있는 구멍으로 뛰어올랐으나 번번이 미끄러졌다. 다른 형제들이 없었다면 쉽게 앉았을지도 모른다. 이미 다른 형제들이 구멍의 절반 이상을 막고 있었고, 나머지 좁은 자리로 올라가야 했기에 더욱 어려웠다. 무녀리는 계속 날개를 파닥거리면서 구멍으로 뛰어올랐으나 우체통 바닥으로 떨어졌다.

하늘눈은 우체통 아래에 앉아서 날개를 파닥거려도 보고, 몸을 위아래로 흔들어도 보고, 날아가는 흉내를 내보기도 하고, 우체통 구멍 가까이 날아갔다가 다시 땅으로 내려앉아도 보고, 크게 소리도 쳐보고, 달래도 보았으나 셋째와 넷째는 엄마가 혼자 하는 연극을 재미있다는 표정으로 내려다볼 뿐이다. 하늘눈은 안 되겠다고 판단하고는 먹이 사냥을 하러 날아갔다.

노을소리는 이미 집을 나간 첫째와 둘째가 날아갔음 직한 곳으로 가서 큰 목소리로 불러대기 시작했다. 안개가 하도 짙어서 아무리 눈이 좋아도 아이들을 찾아낼 재간이 없었다. 노을소리는 계속 "얘들아, 얘들아, 얘들아 어딨니?" 하고 불러댔으나 아직까지는 아이들의 목소리가 고막에 잡히지 않았다.

첫째와 둘째는 아비의 목소리를 들었다. 그들은 밤새도록 비를 맞고 지쳐서 거의 탈진한 상태였는지라 아무리 크게 외쳐대도 그 울림이 아비한테 전달되지 않았다.

첫째는 밤에 우체통을 뛰쳐나오자마자 목이 쉬도록 어미와 아비를 불러대면서 마당에 앉았다. 첫째는 날개뿐만 아니라 꼬리도 제법 꼴을 갖추고 있어서 환한 대낮이었다면 제대로 방향을 잡으면서 날 수 있었다. 한 번에 십여 미터쯤은 거뜬했으니까 어둡지만 않았다면 근처에 있는 나무 위로 무사히 피할 수가 있었다. 안타깝게도 세상은 비까지 내리고 있었고 끔찍하게 어두웠다. 첫째는 혼자서 판단할 수밖에 없었다. 이럴 때는 어디로 날아가야 하는지, 어디로 숨어야 하는지 알 수 없었다. 그저 무작정 날았다가 추락하기를 되풀이할 뿐이었다. 결국 첫째는 할미새들의 옛집이 있는 수국덩굴 아래로 떨어지고야 말았다. 다행히도 물에 빠지지는 않았고 갈대숲에 웅크린 채 밤을 보냈다. 비가 뜸해지자 첫째는 다시 소리치면서 날았으나 계곡 위로 솟구치지는 못했다. 날개의 동력은 점점 닳았고, 아비가 애타게 아이들을 불러댈 즈음에는 조금도 꼼지락거릴 수 없었다. 물바람이 깃털을 흔들어도 움직임이 없었다.

까치 한 마리가 수국덩굴 아래쪽에 있는 아까시나무로 날아왔다. 엄청난 비바람에 집을 잃어버린 뒤 군부대 울타리에 있는 소나무에다 다시 집을 짓고 살던 까치 고물상이었다. 고물상은 아이들 먹이가 부족하자 골짜기 아래까지 와서 계곡을 기웃거리다가 어린 딱새를 발견했다. 위협을 느낀 첫째가 몸을 웅크렸다.

"이야, 오늘은 우리 아이들한테 딱새 고기를 갖다줘야겠구나."

고물상이 첫째를 정확하게 조준하면서 내려왔다. 첫째가 날개를 파닥거리면서 달아나려고 했으나 이미 머리를 가누지도 못했다. 고물상은 첫째의 목을 물고 이리저리 세차게 후려쳤다. 이내 첫째의 머리가 축 늘어졌다. 고물상은 부리로 축 늘어진 첫째를 물고 날아올랐다.

어젯밤에 둘째는 놀라서 엉겁결에 우체통 바깥으로 날아갔다가 텃밭으로 추락했다. 둘째는 본능적으로 나무를 찾았다. 캄캄한 밤이라서 나무가 보이지 않았다. 둘째는 우체통에서 나올 때보다 더 날개에다 힘을 주면서 나무가 있음 직한 까만 허공 속으로 힘차게 날아올랐다. 대문보다 훨씬 높이 날아서 밭을 가로질렀으나 보리수나무 앞에서 추락했다. 캄캄했고 비까지 내리고 있어서 보리수나무조차 어둠으로 보였다. 둘째는 잠깐 쉰 다음 다시 날갯짓을 하였는데 이번에는 더 높이 더 멀리 날았다. 보리수나무를 그대로 지나쳐서 풀밭에 떨어졌다. 둘째는 강한 풀 비린내를 맡으면서 고개를 숙였고 본능적으로 숨을 곳을 찾다가 다시 날았다.

비를 맞을수록 몸은 차가워졌고 날개가 젖었다. 한 번씩 날았다가 떨어질 때마다 힘이 부쩍 떨어졌다. 여섯 번째 날았다가 찔레덩굴 속으로 추락한 둘째는 옆으로 쓰러진 채 한동안 숨을 급하게 몰아쉬었다. 더 이상 날 수 없었다. 둘째는 찔레덩굴 위로 기어올랐다. 발을 이용하니까 날갯짓할 때보다 훨씬 힘이 들지 않았다. 빽빽하게 우거진 찔레 순들이 비를 가려주었다. 다만 혼자라는 사실이 겁이 났다. 같이 살을 비비던 형제들이 떠올랐고, 아늑한 집이 떠올랐다.

비가 그치자 둘째는 찔레덩굴 위로 기어나왔다. 그때부터 계속 소리치면서 어미와 아비를 불렀으나 너무 멀리 떨어져 있었다. 만약 둘째가 찔레 이파리를 갉아먹고 살아가는 애벌레를 사냥할 줄만 알았다면 혼자서도 살아남았을 것이다. 둘째는 아직 먹이 잡는 요령을 터득하지 못했다. 배가 고팠다. 둘째는 작은 새들이 근처로 날아가기만 하면 노란 부리를 열어서 도움을 청했으나 아무도 눈길을 주지 않았다.

지칠 대로 지쳐버린 둘째가 찔레덩굴 아래로 떨어지려고 할 찰나였다. 붉은머리오목눈이들이 찔레덩굴 위로 날아왔다. 나무모심이랑 거미모심이 길러낸 아이들이었다. 갈대밭에서 까마귀한테 처절하게 당한 나무모심 부부는 골짜기 아래쪽으로 산딸기

나무에다 다시 집을 지었고, 이번에는 무사히 아이들을 키워냈다. 나무모심네 아이들은 부모를 따라서 물이 흐르듯이 움직였다. 아이들은 스스로 먹이를 낚아챌 수 있을 정도로 자라 있었다.

둘째는 저도 모르게 오목눈이 아이들 속으로 묻어들었다. 어디서 그런 힘이 솟아났는지 모른다. 처음 십여 미터 정도는 잘 따라갔으나 찔레덩굴을 벗어나 야트막한 개복숭아나무로 날아갈 때 처지고야 말았다. 둘째는 개복숭아나무까지 날 수 없었다. 풀 속으로 떨어진 둘째는 야속하게 멀어져가는 오목눈이 아이들을 바라다보았고, 마지막으로 온 힘을 다해 입을 열고서 어미와 아비를 불러댔다. 둘째의 목소리는 점점 작아졌고, 한낮인데도 쩌렁쩌렁 울려퍼지는 소쩍새들의 소리에 묻혔다. 둘째는 옆으로 쓰러졌다.

개미들이 가장 먼저 알고 둘째의 부리 속으로 기어들었다. 제 힘으로 삼키기만 하면 살이 되고 힘이 되어줄 수 있는 개미들이 오히려 어린 새의 살을 뜯어내기 시작했다. 처음에는 부리를 흔들었으나 더 많은 개미들이 몰려들자 아예 체념하고는 가만히 있었다. 개미들은 입속으로, 콧구멍 속으로 들어갔다. 개미들이 심장을 점령하기도 전에 맑은 어린 새의 눈이 정지했다. 개미들은 새의 눈으로 몰려들었다.

안개 속의 추격자

노을소리는 아무리 불러도 첫째와 둘째의 목소리가 들려오지 않자 가슴이 아프도록 눈물이 터져나오려고 하였다. 도대체 어디서 무엇이 잘못되었는지 알 수가 없었다. 노을소리는 슬픔을 달래려고 숲 속 깊숙한 곳으로 날아갔다가 이내 돌아왔다. 나머지 아이들이 떠올랐다. 노을소리는 하늘눈한테 첫째와 둘째의 행방에 대해서는 말을 하지 않았다. 하늘눈도 우체통에 남아 있는 아이들한테만 정신이 팔려 있었다.

해가 떠올랐으나 안개 속에 갇혀버려 그 위세를 찾아볼 수가 없었다. 어둠이 걷혔어도 어둠이 깔렸을 때만큼 어두웠다. 우체통 구멍에서 내려다보면 땅에서 뒹구는 돌멩이들이 희미하게 보일 정도였다.

하늘눈은 안개가 자신들에게 유리하다고 판단했으나 결코 그렇지 않았다. 악마의 발톱이 우체통에서 그리 멀지 않은 풀밭에 웅크리고 있다는 사실을 몰랐다. 악마의 발톱은 우연히 지나가다가 딱새 소리를 들었고, 이 짙은 안개를 틈타 어린 새들을 집에서 불러내려 한다는 사실을 알았다.

악마의 발톱은 오늘만을 기다리면서 살아왔다. '이놈들 어서어 나오기만 해봐라. 그동안 내가아 당한 수모오를 다아 갚아주마.' 악마의 발톱은 짙은 안개가 자신한테 더 유리하다고 판단했다. 악마의 발톱은 눈보다는 코와 귀를 더 신뢰한다. 아무리 짙은 안개가 눈을 가려도 코와 귀로 사냥을 할 수가 있다.

악마의 발톱은 초조하게 기다렸다.

하늘눈 부부는 아이들을 불러낸 다음 인간들이 사는 마당을 지나 이 밭을 지나 언덕배기에 있는 찔레덩굴이나 계곡 가에 있는 보리수나무로 데리고 갈 가능성이 아주 높다. 대리석 집 건너편 숲으로 갈 수도 있으나 그럴 가능성은 낮다. 그곳까지 가려면 나무가 없는 콘크리트 길을 오십여 미터나 지나쳐야 하기 때문이다. 자신이 딱새 부모라면 절대로 그쪽을 택하지 않을 거라고 악마의 발톱은 중얼거렸다.

아직도 무녀리는 우체통 구멍으로 올라앉지 못했다. 하늘눈은 안타까운 나머지 무녀리를 크게 불러댔을 뿐 마땅히 도와줄 방법이 없었다. 하늘눈은 먹이를 물어와서 우체통에 앉아 있는 셋째와 넷째 앞까지 갔다가 재빠르게 방향을 돌리면서 땅으로 내려앉았다. 그들은 먹이를 받아먹으려고 부리를 열고 몸을 앞으로 내밀었다가 부리를 앞으로 길게 뺀 넷째가 먼저 중심을 잃으면서 날갯짓을 하여 땅으로 내려왔다. 자신의 의지보다는 실수였으나 어쨌든 땅으로 내려온 셈이다. 하늘눈이 와서 잘했다는 뜻으로 먹이를 주었다. 노을소리가 부리나케 넷째 앞으로 왔다.

"어서 아빠를 따라오너라. 서둘러야 해. 언제 악마의 발톱이 나타날지 모르거든. 안개가 짙으니까 나는 것보다 뛰는 게 더 낫단다, 이렇게."

하늘눈은 두 발로 뛰어가는 시범을 보였다. 처음에는 어찌할 바를 모르고 있던 넷째가 아비를 따라서 뛰기 시작했다. 뛰다가 걷다가 뛰다가 걷다가 지치면 그 자리에 웅크리고 앉았다.

노을소리는 마당을 지나 밭으로 가면서 땅바닥에서 기어다니는 딱정벌레를 낚아챘고, 앉아 있는 넷째 앞으로 가면서 "아빠 있는 데까지 오면 맛있는 거 줄게" 하고 끊임없이 유혹했다. 넷째는 아비의 입에 있는 먹이를 보면서 뛰어갔고, 그때마다 노을소리는 슬그머니 뒷걸음질 치면서 그만큼 넷째를 끌고 갔다.

안개 속에 숨어 있던 악마의 발톱은 갈등하기 시작했다. 대충 딱새가 어디쯤에 있는지 가늠할 수 있었다. 마음만 먹으면 공격할 수도 있었다. 악마의 발톱은 좀 더 신중하기로 했다. 괜히 섣부르게 공격했다가 실패하면 다 놓치게 된다. 오늘이 딱새를 사냥할 수 있는 마지막 기회다. 악마의 발톱은 좀 더 완벽하게 사냥하기 위해서 우체통하고의 거리를 좁혔다.

노을소리는 땅에서 잡은 먹이로 넷째를 달래면서 보리수나무까지 가는 데 성공했다. 노을소리가 보리수나무 밑가지로 날아가자 넷째도 날아올랐다. 밑가지라지만 이파리가 워낙 수북하게 우거져 있어서 안심이 되었다. 넷째도 땅에 있을 때와는 다르게 마음이 편해졌다. 마치 집에 앉아 있는 기분이었다. 이런 기분을 느끼리라고는 전혀 예상하지 못했다. 넷째는 나뭇가지에 앉아서 깃털을 골랐다.

노을소리가 우체통으로 날아갔을 때는 셋째가 마당으로 나와 있었다. 하늘눈은 막내인 무녀리를 불러내기 위해서 우체통으로 날아갔고, 노을소리는 마당에 앉아 있는 셋째를 데리고 보리수나무 쪽으로 뛰어갔다. 악마의 발톱은 코와 귀로 딱새의 위치를 가늠하면서 차츰차츰 결전의 순간을 기다렸다. 노을소리의 목소리가 바로 앞에서 들렸다. 셋째가 애기똥풀이 우거진 풀밭을 지나 상추밭으로 접어들었다.

악마의 발톱 눈에 셋째가 흐릿하게 잡혔다. 악마의 발톱은 몸을 낮게 웅크렸다가 활처럼 쭉 펴면서 셋째를 향해 날렸으나, 땅에서 도약을 하는 순간 땅이 미끄러워서 약간 방향이 틀어지고야 말았다. 당연히 셋째를 앞발로 내리치지 못했다. 악마의 발톱은 다시 앞발로 셋째를 내리치려고 했다. 노을소리가 악마의 발톱보다 더 빨랐다.

"끝까지 우리를 괴롭히는구나. 이 악마야, 네 눈을 파버릴 테다!"

노을소리가 악마의 발톱 얼굴로 날아들었다. 노을소리의 날개가 악마의 발톱 얼굴을 내리쳤다. 악마의 발톱은 다시 중심을 잃었다. 그때 셋째는 본능적으로 날았다. 운 좋게도 보리수나무 밑에 떨어졌다. 먼저 나무에 앉아 있던 넷째가 소리쳤다. 땅에 있던 셋째는 보리수나무 위로 날아올랐다. 먼저 앉아 있는 넷째보다 높은 곳이었다.

넷째까지는 무사히 피신을 하였지만 우체통에 남아 있는 무녀리가 문제였다.

다급해진 하늘눈은 우체통 안으로 들어갔다. 우체통 바닥에 황제의 깃털이 어지럽게 떨어져 있었다. 무녀리는 청설모의 뼈 옆에서 체념한 눈빛으로 웅크리고 있다가 하늘눈을 보고는 부리부터 벌렸다. 하늘눈은 물어온 먹이를 먹이고 싶은 충동을 냉정하게 물리치면서 우체통 구멍 위로 날아올랐다. 무녀리는 하늘눈의 입에 물려 있는 먹이를 보고는 힘을 얻었고, 두 다리로 우체통 바닥을 박차고 뛰어오르면서 날개를 파닥거렸다. 한 마리 나방이 유리창에 붙어서 파닥거리는 몸짓하고 똑같았다. 무녀리는 가까스로 우체통 구멍에 올라왔으나 한동안 중심을 잡지 못하고 날개를 파닥거렸다. 하늘눈은 그런 무녀리의 몸을 부리로 밀어냈다. 무녀리는 아래로 떨어지면서 날갯짓을 하였다. 다른 형제들보다 몸이 작았을 뿐이지 날개 깃털은 거의 다 돋아나 있었고, 오히려 가벼운 몸이 나는 데 도움이 되었다. 무녀리는 다른 형제들보다 더 멀리 날아서 떨어졌다.

악마의 발톱은 노을소리를 상대하고 있을 수 없다고 판단했다. 악마의 발톱은 날아드는 노을소리를 앞발로 후려치는 척하다가 재빠르게 방향을 틀어 마당으로 뛰어갔다. 이제는 굳이 몸을 감출 필요도 없었다. 안개 때문에 어린 새들도 잘 보이지 않았다. 급하게 움직이다보니 냄새도 정확하게 맡을 수 없었고, 노을소리와 하늘눈이 하도 요란하게 소리치는 통에 어린 새의 위치를 가늠할 수가 없었다.

악마의 발톱은 보리수나무 쪽으로 가는 길을 차단하였다. 하늘눈은 당황했다. 노을소리가 악마의 발톱을 공격하면서 다른 곳으로 끌고 가려고 하였다. 땅에 내려앉아 다리를 다친 척하면서 비틀거리기도 하였으나 악마의 발톱은 속아 넘어가지 않았다. 할 수 없이 하늘눈은 무녀리를 대리석 집 쪽으로 불러댔다.

무녀리는 땅에 내리자마자 사태를 파악하고는 민첩하게 움직였다. 짙은 안개 속에서 들려오는 어미와 아비의 소리에 따라서 빠르게 뛰기도 하고, 몸을 웅크리기도 하였다. 하늘눈은 대리석 집 정원에 있는 소나무 앞에서 무녀리를 불렀다. 악마의 발톱은 그럴 줄 알았다는 듯이 대리석 집 정원으로 뛰어가서 무녀리가 오는 길목을 지켰다.

노을소리가 뒤쪽에서 무녀리한테 소리쳤다. 무녀리는 재빠르게 방향을 바꿨다. 악마의 발톱은 빠르게 노을소리가 소리치는 쪽으로 향하다가 무녀리를 발로 채고 갔으나 전혀 알아채지 못했다. 악마의 발톱은 세 번이나 무녀리 옆을 스쳐갔다.

짙은 안개 속에서 무녀리의 목숨을 걸고 악마의 발톱과 딱새들이 치열하게 머리싸움을 하고 있었다. 무녀리는 소리로 조종당하는 로봇이나 다름없었다. 그 로봇을 추적하는 악마의 발톱도 만만치 않았다. 무녀리는 마당을 다섯 번이나 들락거렸고, 결국은 다시 우체통 앞으로 돌아왔다가 날개를 펼치면서 대리석 집 정원으로 날아갔다. 고양이 걸음으로 열 걸음쯤 날다가 떨어졌다. 그곳에는 등골이 휜 소나무가 인간들의 수발을 받으면서 귀하게 모셔져 있었다. 무녀리는 소나무 밑에 있다가 악마의 발톱 소리가 멀어지자 다시 날았다.

악마의 발톱은 점점 화가 났다. 부녀리는 생쥐보다 더 빨랐다. 게다가 움직이지 않으면 전혀 알 수가 없었다. 악마의 발톱은 어서 안개가 그치기만을 바랐다. 안개만 없었다면 벌써 자신이 승리했을 거라고 투덜거리면서 무녀리를 쫓았다. 하늘눈 부부는 악마의 발톱 앞과 뒤에서 소리치다가 어느새 다른 곳으로 사라지기도 하였고, 악마의 발톱이 무녀리하고 거리를 좁히면 둘이서 한꺼번에 달려들기도 하였다. 이미 그들은 죽음을 두려워하지 않았다. 그들이 한꺼번에 달려들 때는 악마의 발톱도 움찔하고 물러났다. 그러지 않으려고 해도 은연중에 몸이 뒷걸음질 치고 있었다. 죽음을 두려워하지 않고 자식들을 지키려고 하는 어미와 아비의 눈빛이 먹이를 사냥하려고 하는 눈빛보다 더 강했다. 더 무서웠다. 더 날카로웠다. 악마의 발톱은 저도 모르게 그런 사실을 인정하였다. 그러나 이내 냉정한 눈빛을 되찾으면서 무녀리를 추격하였다.

무녀리는 대리석 집 뒤꼍으로 달아났다. 뒤꼍에는 키가 큰 향나무가 서 있었다. 노을소리가 향나무에서 불렀다. 무녀리는 노을소리가 부르는 쪽을 향해서 날아갔다. 날아오르기는 했으나 잔가지가 빽빽해서 향나무 속으로 파고들지 못하고, 작은 가지를 간신히 붙들고서 날개를 파닥거렸다.

그 향나무 뒤쪽, 벽돌로 쌓여 있는 담 틈에는 할미새들의 집이 있었다.

할미새 수컷인 바람춤이 갑작스러운 딱새들 소리에 놀라서 뛰쳐나왔고, 햇무리는 엿새 전에 부화한 새끼들을 품고 있었다.

"이게 무슨 일이야. 왜 남의 집 앞에서 난리를 치는 거야. 어서 꺼지지 못해!"

바람춤은 안개가 짙어서 정확한 상황을 파악할 수가 없었다. 다만 급하게 소리치는 딱새들 소리를 들었고, 나중에는 악마의 발톱 소리까지 듣자 덩달아 흥분했다.

"어서 꺼져. 우리 집 앞에서 꺼지라고. 왜 우리 집으로 악마의 발톱을 끌고 오는 거야. 제발 부탁하니까, 딱새들아 가줘. 만약 악마의 발톱이 우리 아기들을 해코지하면, 너희들을 지옥까지 따라가서라도 가만두지 않을 테다!"

노을소리와 하늘눈은 바람춤하고 대거리할 여유가 없었다.

향나무 밑으로 온 악마의 발톱이 무녀리를 올려다보았다. 향나무는 악마의 발톱이 기어오르기에 까다로웠다. 끝이 날카로운 이파리로 중무장한 잔가지가 워낙 빽빽하게 붙어 있어서 오를 수가 없었다. 악마의 발톱은 두리번거렸다. 보일러실이 앞에 있었다. 악마의 발톱은 금세 보일러실 지붕으로 올라갔다. 악마의 발톱이 향나무를 향해 펄쩍 뛰었다.

무녀리는 놀라면서 날았다. 아니, 날았다기보다 악마의 발톱이 향나무를 덮칠 때 생긴 나무의 반동으로 튕겨져나갔고, 허공에 떠서야 날갯짓을 하면서 무엇인가를 붙잡으려고 했다. 땅으로 내려서면 절대 안 된다고 뇌가 소리쳤다. 무녀리의 날개는 아직 약했고, 눈앞에는 벽돌밖에 보이지 않았다. 무녀리의 몸은 점점 아래로 내려갔고, 악마의 발톱은 이미 땅에 내려선 상태였다. 무녀리는 확실하지는 않으나 벽돌담 중간쯤에 구멍 같은 것이 보이자 본능적으로 방향을 바꿨다.

순식간에 일어난 일이었다. 악마의 발톱이 보일러실에서 향나무로 뛰어내리고, 무녀리가 튕겨져나갔는데 어디론가 증발을 해버렸다. 악마의 발톱은 멍하니 향나무만 올려다보았으나, 노을소리는 벽돌 사이로 무녀리가 사라지는 걸 보았다. 노을소리가 벽돌 사이로 내려앉기도 전에 바람춤이 뒤에서 물어뜯었다. 바람춤의 부리가 노을소리의 몸을 깊숙이 파고들었다. 노을소리는 비명을 지르면서 지붕 위로 날아올랐다.

싸움은 엉뚱하게 할미새와 딱새의 대결로 번지고야 말았다.

"이 건방진 놈아, 왜 남의 집에 침입하는 거야. 어디 맛 좀 봐라!"

기습을 당하기는 했으나 노을소리도 호락호락 당하지 않았다.

그는 바람춤의 공격을 피하면서 공중으로 날아올랐다가 내려오면서 부리로 상대를 쪼아댔다. 노을소리도 지금 제정신이 아니었다. 바람춤한테 지금 상황을 설명할 겨를이 없었다. 오직 자신의 피붙이인 무녀리가 바람춤네 집 속으로 사라졌다는 사실만이 중요했다. 바람춤네 집으로 사라졌다는 것은, 결과적으로 보면 바람춤이 무녀리를 가로챈 것이나 다름없었다. 노을소리는 오히려 바람춤한테 무녀리를 내놓으라고 소리쳤다. 바람춤은 어처구니가 없었고, 얼마 전 교활한 목도리한테 당한 일을 떠올리면서 이번에는 절대로 물러서지 않겠다고 결의를 다지면서 공격했다.

벽돌담 틈으로 기어든 무녀리는 무작정 집 속으로 기어들었다. 집이 보였다. 무녀리는 그것이 자신의 집이라고 확신해버렸다. 햇무리가 잔뜩 긴장한 눈빛으로 들어오는 무녀리를 보고는 "너는 누구냐!" 하고 소리쳤으나, 상대는 대답도 하지 않고 무작정 자신의 배 밑으로 파고들었다. 워낙 빨라서 어찌할 겨를도 없었다. 햇무리는 멍했다. 분명히 누군가 들어왔다. 부리로 공격을 하려고 했으나 이상하게도 그럴 수 없었다. 가슴 밑에서 아기들이 꼼지락거렸다. 햇무리는 일어서려다가 다시 앉았다. 그뿐이었다. 아무런 일도 일어나지 않았다. 햇무리는 한동안 멍하니 있다가 몸을 일으켜서 아래를 내려다보았다. 낯선 새가 꿈틀거렸으나 햇무리는 구별이 되지 않았다. 무녀리는 햇무리의 아기들보다 조금 더 컸을 뿐 아직은 크게 다르지 않았다. 무녀리는 노란 부리를 벌려서 먹이를 달라고 소리쳤고, 햇무리는 조금만 참으라고 무녀리의 부리를 자신의 부리로 문질러주었다. 햇무리는 다시금 집에 앉아서 주위를 두리번거렸다. 아무도 없다. 분명히 누군가 침입했건만 흔적도 없이 사라져버렸다. 집이 가득 찼다. 왠지 마음이 뿌듯해졌다. 밖에서 무슨 일이 일어나고 있는지 알 수 없으나 햇무리는 이곳만은 안전하다고 중얼거렸다.

잠시 뒤 하늘눈이 굴속으로 들이닥쳤다. 햇무리는 그제야 침입자를 찾았다는 듯이 눈을 크게 뜨면서 "이 도둑아, 여기가 어디라고 감히 들어오느냐! 어서 꺼져!" 하고 자신이 내지를 수 있는 가장 큰 목소리로 소리치면서 날개에다 힘을 주었다. 하늘눈은 무녀리를 찾으려고 들어오기는 했으나 햇무리의 기세에 눌려 뒷걸음질 쳤다.

햇무리가 뒤따라나오면서 하늘눈의 등을 쪼았다. 하늘눈은 땅에 거의 닿을락 말락 포록포록 날갯짓을 하면서 이리저리 피하다가 갑자기 방향을 바꿔서 공격을 하였다. 바람춤은 노을소리를 맹렬하게 공격하고 있었다. 노을소리는 감나무와 지붕 사이를 오가면서 피했다. 양쪽의 싸움은 더욱 격렬해졌다. 양쪽 다 절박했다. 한쪽은 아직 어린 자식들을 지켜야 했고, 한쪽은 악마의 발톱한테 쫓기다가 사라져버린 무녀리를 찾아야 했다. 하지만 시간이 지날수록 할미새들의 기세는 더욱 강해졌다. 자식을 찾는 쪽보다 자식들을 지켜야 한다는 쪽의 눈빛이 더 강했다. 결국 딱새들은 할미새들에게 쫓겨서 보리수나무로 돌아왔다. 그제야 그들은 셋째와 넷째를 떠올렸다.

악마의 발톱은 딱새와 할미새가 싸우자 슬그머니 돌아섰다. 그들의 싸움에는 관심이 없었다. 이제 다른 수를 내야만 했다. 아직도 안개는 물러나지 않았다. 이렇게 안개가 싫었던 적도 없다. 악마의 발톱은 원망하는 눈초리로 안개를 보면서 우체통으로 걸어갔다. 혹시나 하고 우체통 위에 올라가서 안을 들여다보았다. 집은 텅 비어 있었다. 악마의 발톱은 바닥으로 내려와서 고개를 갸웃거리다가 발톱으로 우체통 문을 잡아당겼다. 너무도 쉽게 문이 열렸다. 악마의 발톱은 하도 어처구니가 없어서 한동안 문을 바라다보기만 하였다. 악마의 발톱은 마치 이 우체통한테 사기를 당한 기분이 들었다. 이렇게 잡아당기기만 하면 간단하게 열리는 문을 열지 못했다. 악마의 발톱은 너무도 화가 나서 발톱으로 문을 박박 긁어댔고, 우체통 아래다 오줌을 갈긴 다음 보리수나무 쪽으로 걸어갔다.

어린 딱새 형제가 나란히 가지에 앉아 있었다. 악마의 발톱이 쉽게 올라갈 수 있는 높이였다. 문제는 보리수나무가 가늘다는 점이었다. 악마의 발톱은 이제 더 이상 물러날 곳이 없었다. 일단 어린 딱새들을 땅으로 떨어뜨려야 한다.

악마의 발톱은 혀를 내밀어서 입가를 문지른 다음 보리수나무를 향해서 솟구쳐올랐다. 얼마 전 노을소리를 공격할 때보다 더 빠르게 올랐다. 아슬아슬하게 넷째가 악마의 발톱 발을 피했으나 아래로 떨어졌다. 날갯짓을 하였는데 다시 나무로 오르지 못하고 계곡으로 추락했다. 셋째는 더 높은 가지로 기어서 올라갔다.

날고 싶다

노을소리와 하늘눈은 보리수나무로 돌아왔다. 노을소리가 악마의 발톱을 보자마자 매섭게 날아갔고, 하늘눈은 가지 끝에 위태롭게 앉아 있는 셋째를 달래면서 더 높은 가지에서 불러댔다. 노을소리는 자신의 모든 무게를 부리에다 실어서 악마의 발톱 등에 내리꽂았다. 악마의 발톱은 허리뼈가 으스러지는 아픔을 느꼈고 하마터면 아래로 떨어내릴 뻔했다. 여기서 내려갈 수는 없었다. 악마의 발톱은 엉거주춤 앞발을 들어 방어를 하면서 조금씩 위로 올라갔다. 악마의 발톱은 네 발을 써야만 위로 올라갈 수 있었다.

계곡으로 떨어진 넷째는 갈대숲에 처박힌 채 한동안 가만히 있었다. 이렇게 숨어 있는 편이 낫다고 판단하였다. 악마의 발톱만 물러가면 어미랑 아비가 올 것이다. 그때까지 기다리면 된다고 생각했다.

여진히 안개는 물러나지 않았다. 아니, 더 농도가 짙어졌다. 그 안개 속에서 또 다른 눈동자가 다가오고 있었다. 교활한 목도리였다. 악마의 발톱의 서슬에 눌려 우체통 근처에는 얼쩡거리지 않았지만 이 계곡이야말로 교활한 목도리가 자유롭게 텃세부리는 땅이었다. 만약 이곳으로 악마의 발톱이 내려온다면 그때는 그놈을 혼내줄 자신이 있었다. 이곳은 크고 작은 바위들이 많았고 갈대도 많았다. 교활한 목도리는 그런 지형지물을 잘 이용할 줄 알았다.

교활한 목도리는 산에서 배를 채우고 내려오다가 새 냄새를 맡았다. 순간 교활한 목도리는 흥분하기 시작했다. 보리수나무 근처에서는 딱새들이 요란하게 소리치고 있었다. 악마의 발톱 냄새도 났다. 그제야 교활한 목도리는 사태를 파악하였다. 교활한 목도리는 위로 올라갈까 하다가 곧장 갈대숲으로 기어갔다. 냄새가 더 강해졌다. 살금살금…… 교활한 목도리의 눈에 어린새가 보였다. 믿을 수 없었다. 다시 눈을 감았다가 떠보았다.

넷째는 가만히 웅크리고 있었다.

교활한 목도리는 이미 배가 불렀지만 자신이 가장 좋아하는 새를 보는 순간 마음이 달라졌다. 교활한 목도리는 힘 하나 안

들이고 넷째를 덮쳤다. 정확하게 새의 급소인 목을 물었다. 넷째는 딱 한 번 파닥거렸을 뿐이다. 소리조차 내지르지 못한 죽음이었다. 교활한 목도리는 넷째를 물고 어디론가 부리나케 사라졌다. 더 이상 이곳에 있을 필요가 없었다.

어미와 아비는 넷째가 교활한 목도리의 밥이 되었다는 사실도 몰랐다. 그저 눈앞에 보이는 어린 자식을 살려내야 한다는 절박한 마음뿐이었다. 보리수나무는 가늘었으나 줄기가 단단해서 악마의 발톱의 무게를 거뜬히 이겨냈다. 그들은 보리수나무가 미웠다. 악마의 발톱의 무게를 견디지 못하고 꺾어지거나 휘어지기를 바랐다. 그들의 마음을 아는지 모르는지 보리수나무는 위로 올라오는 악마의 발톱을 잘 받쳐주었고, 악마의 발톱은 가지와 가지를 딛고 셋째가 있는 곳으로 갔다. 더 이상 달아날 곳이 없을 정도였다. 노을소리가 아무리 악마의 발톱을 위협해도 악마의 발톱을 내쫓을 수는 없었다. 노을소리도 그걸 잘 알고 있었다.

그들은 결정을 내릴 수밖에 없었다. 여기서 셋째를 다른 곳으로 끌고 가야 하는데, 계곡을 건너가기에는 너무 멀었고, 밭을 지나 언덕배기로 날아가기에도 무리였다. 그렇다고 여기에서 버틸 수도 없었다. 노을소리가 결정을 내렸다.

“어쩔 수 없어. 계곡으로 피하자. 악마의 발톱도 거기는 쉽게 오지 못할 거야.”

하늘눈도 반대하지 않았다. 계곡물이 사나워져 있어서 걱정이 되기는 했지만 물길이 닿지 않는 갈대숲이나 바위로 피하면 된다고 생각했다. 이 악마의 발톱은 계곡을 별로 좋아하지 않았다. 하늘눈이 먼저 계곡으로 내려갔다.

“얘야, 이리 내려오너라. 악마의 발톱이 이곳으로는 못 온단다. 어서 내려와.”

악마의 발톱은 더 다급해졌다. 굳이 계곡 아래로 내려가지 못할 이유는 없으나 악마의 발톱은 물이 흐르는 그곳을 별로 좋아하지 않았다. 돌멩이로 쌓인 양쪽 둑은 가파르고 높아서 뛰어내리기에도 무리가 있었다. 처음에는 그런 이유로 계곡을 꺼렸으나 나중에는 교활한 목도리 놈이 신경 쓰여서 내려가기가 싫었다. 그곳에서 교활한 목도리하고 마주치면 아주 곤란한 일이 생길 수도 있었다. 게다가 족제비 몇 마리가 한꺼번에 덤벼들면 더 곤란해진다.

악마의 발톱은 이곳에서 끝장을 내야 한다고 생각하면서 가지 끝에 있는 셋째를 앞발로 후려치다가 “으으아아악!” 하고 보리수나무에서 떨어지고야 말았다. 다행히도 계곡으로 떨어지지는 않았으나 인간들이 낫으로 보리수나무를 베어낸 날카로운 등결에 허벅지를 찔리고야 말았다. 악마의 발톱은 원통하다는 듯이 아래를 내려다보다가 피를 흘리면서 절뚝절뚝 안개 속으로 사라졌다.

보리수나무를 떠난 셋째는 불행하게도 계곡물로 떨어지고야 말았다. 셋째는 물가로 나오려고 날개를 파닥거렸으나 팽글팽글 소용돌이치는 물살이 놔주질 않았다. 하늘눈이 자식을 구하려고 물에 뛰어들었다가 얼른 날아올랐다. 하늘눈은 물놀이를 좋아하지만 발이 닿는 곳에서만 놀았을 뿐, 이렇게 물심이 세고 깊은 곳은 처음이었다. 물갈퀴가 없는 새가 물에서 자유로울 수는 없었다. 하늘눈은 다시 셋째 옆으로 내려앉았다가 급하게 날개를 파닥거렸다. 물이 원망스러웠다. 자신이 물을 원망하게 될 줄은 꿈에도 몰랐다. 물에 뛰어든 하늘눈은 머리까지 가라앉을 즈음에서야 간신히 날아올랐고, 노을소리는 셋째의 머리 위에서 정지비행을 하면서 부리로 죽어가는 자식을 건져보려고 하였다.

셋째는 점점 지쳐갔다. 물은 셋째를 점점 아래쪽으로 데리고 가더니 작은 폭포 아래로 떨어뜨렸다. 셋째는 물속 깊숙이 사라졌다가 떠올랐는데 이미 목이 축 늘어져 있었다. 노을소리가 부리로 셋째의 날개를 물어서 들어올리려고 했으나 어린 새는 다시 물속으로 사라지고야 말았다. 더 이상 떠오르지 않았다.

"안 돼, 안 돼애애애, 안 돼애애애애~!"

하늘눈이 비명에 가까운 소리를 지르면서 물속으로 뛰어들었으나 셋째는 떠오르지 않았다. 노을소리도 물속으로 몇 번이나 뛰어들었다. 파닥파닥, 허우적허우적, 그들은 통곡을 하면서 물속으로 뛰어들었다가, 갑자기 하늘 한복판이 터지면서 한꺼번에 우르르 쏟아지는 햇빛을 쬐고는 멍하니 물가에 앉아 있었다.

삽시간에 햇무리가 커지더니 그 많던 안개들이 어디론가 쫓겨 갔다. 그들은 귀가 멍했다. 어딘가에 갇혀 있다가 나온 기분이었다. 아니, 자신들이 살고 있는 세상에서 다른 세상으로 빠져나온 기분이었는데, 갑자기 텅 비어버린 느낌이었다. 두리번두리번하다가 아이들을 불렀다. 꿈이었으면 좋겠다는 생각으로 하늘눈이 먼저 날아올랐고, 곧바로 우체통으로 날아갔다. 하늘눈은 첫째부터 하나씩 아이들을 부르면서 구멍으로 들어갔다. 텅 비어 있었다. 황제의 깃털만이 바닥에 흩어져 있었다. 하늘눈은 모든 것이 끝났음을 알았다. 그것이 현실이었다.

"왜 나한테 이런 가혹한 운명이, 왜 나한테만 찾아오는 거지. 아아, 이럴 수는 없어. 이건 뭔가 잘못된 거야."

하늘눈의 목소리는 통곡으로 변했다. 하늘눈은 우체통이 바스라지도록 머리로 들이받았다. 하늘눈은 땅에 떨어져서 한동안 멍하니 있다가 이글거리는 해를 보고는 솟구쳐 올랐다. 날개가 날고 싶어 했다. 저 무한한 허공으로, 새의 심장이 허락하는 곳까지, 그 한계를 넘어서고 싶었다. 아니, 이 세계를 벗어나고 싶었다. 하늘눈은 허공의 정수리를 향해, 허공의 심장을 향해, 이글이글 불타는 눈으로 날아갔다.

에필로그

굵은 장맛비가 아침부터 하염없이 쏟아지고 있었다. 지금까지 버텨온 세월을 되짚어보는 것조차 버거울 정도로 늙은 암컷 인간이 방문을 열고 나왔다. 손잡이에 녹이 슨 컨테이너 문이었다. 비녀에다 하얀 생머리를 단정하게 옭아맨 인간은 문 앞으로 뚝뚝뚝 떨어지는 물을 바라다보았다. 이미 땅은 깊숙이 패 있었다. 인간은 오른손을 들어 입술을 만지작거리더니 파란색 양동이 하나를 가져다가 떨어지는 물을 받았다. 빗줄기를 그대로 받아내고 있는 판자 지붕이 두두두두 소리를 내면서 흔들렸다. 이 집은 교묘하게 지붕과 벽을 판자때기로 덮어서 판잣집으로 보였으나, 실은 자그마한 컨테이너 집이었다.

인간은 비옷으로 갈아입다가 이상한 기척을 느꼈다. 살아오면서 더러 이런 감정에 젖어들 때가 있었는데, 오늘만큼 누군가 자신을 훔쳐보고 있다는 느낌을 강렬하게 받아본 적도 없었다. 인간은 천천히 고개를 돌리다가 방문 뒤쪽에 세워둔 신발장 끝에 앉아 있는 작은 새하고 마주쳤다. 무슨 새인지는 알 수 없으나 눈에 익었다. 새의 눈이 깊어 보였다. 꼬리가 빠진 새였다. 인간은 따스한 웃음을 지어냈다.

"새는 앉는 곳마다 깃이 떨어진다고 했는데, 너를 두고 하는 말이구나. 너도 팔자가 아주 사나웠나보구나. 새나 인간이나 그런 운명이 있는 법인데……."

인간은 자신이 내뱉은 말을 갈무리하지 못하고는 노란 비옷 속에다 자신의 깡마른 몸을 꾸역꾸역 밀어넣었다. 비옷은 등허리 쪽에 제법 큰 구멍이 두 개나 뚫려 있어서 벌써 쓰레기통에 처박히거나 불꽃의 밥이 되었어야 할 운명이었으나 어쩌자고 지금까지 살아서 저 위태위태한 인간을 지키려고 하는지 알 수 없었다. 인간은 비옷 속에다 자신의 몸을 밀어넣고는 만족한 웃음을 짓다가 또 한 마리의 새하고 마주쳤다.

꼬리가 없는 새 바로 아래쪽에 있었다. 황색 뱃가죽이 눈에 꽉 찼다. 수컷임을 알 수 있었다. 수컷의 입에는 작은 나뭇가지가 들려 있었다.

인간은 당황했다. 새들이 신발장에다 집을 지으려고 한다는 사실을 알았기 때문이다. 엄밀하게 말하자면 신발장이 아니라 책장이었으나, 누군가에게 버림을 받은 그놈을 한나절이나 씨름하여서 이곳으로 모셔다가 신발장으로 쓰고 있었다. 아래쪽은 씨앗이 든 봉투며 호미, 모종삽 따위를 넣어두는 다용도실이었고, 중간쯤부터는 신발을 쟁여두었다. 인간은 새들한테 뭐라고 한마디 할까 하다가 고개를 흔들었으나, "기왕에 신발 속에다 집을 지으려면 그중에서 가장 예쁜 것을 골라서 짓거라" 그 말을 해주고 싶었다. 특히 그녀가 한 번도 신어보지 않은 굽 높은 신발 쪽으로 눈길을 주었다.

새들은 위에서 두 번째 칸으로 들어갔다. 털신 한 짝과 흰 고무신 한 켤레가 있었다. 새들은 거미줄이 쳐진 털신 옆에다 나뭇가지를 쌓았다. 집 짓기를 시작한 지 며칠이 되었는지 제법 나뭇가지가 쌓여 있었다. 그 옆에는 세련되고 날렵하게 생긴 굽 높은 구두가 두 켤레나 나란히 있었다. 그 아래쪽에는 검정 고무신도 두 켤레 보였고, 슬리퍼가 네 짝, 노란 장화가 세 켤레, 색깔이 다른 운동화가 네 짝, 군인들이 신고 다니는 군화도 한 켤레가 보였다. 새들은 그 많은 신발 중에서 털신을 골랐다.

"왜 많고 많은 신발 중에서 터진 털신을 골랐누? 예쁘고 좋은 신발을 골라야지 팔자가 사납지 않은 법인데……."

쭈글쭈글한 인간은 거기까지 말을 하고는 밖으로 나갔다. 인간이 빗방울 세례를 온몸으로 받아냈다. 빗소리가 점점 커지더니 이내 아무런 소리도 들리지 않았다. 빗방울이 자신의 소리를 삼키고 있었다. 인간은 눈을 감은 채 허공을 올려다보았다. 빗물이 몸으로 스며들었다. 허리가 많이 굽은 인간은 지금 모종하려고 하는 오이덩굴이 자신의 등에서 덩굴을 뻗치고 나오는 상상을 하였다. 비가 몸으로 스며들수록 인간의 몸은 가벼워졌다. 신발을 벗었다. 몸과 흙의 경계였던 신발이 사라졌다. 인간은 서둘러 호미질을 하였다. 오이순을 묻었다. 자신의 발도 묻혔다. 그러자 비로소 나무가 되어 편안해지는 느낌을 받았다. 새들이 나뭇가지를 물고 날아오는 게 보였다. 기뻤다. 당신의 곁을 떠나간 일곱 자식들의 얼굴이 아련하게 떠올랐다.

발문

그 달리기의 힘

김지은(문학평론가)

1. 아무것도 부르짖지 않는 경고

여름을 기다리는 일이 두렵고 겨울을 견디는 일이 부쩍 걱정스러워진 것은 요즘의 일이다. 겨울 혹한을 지나오면서 우리는 헤아릴 수 없이 많은 땅의 생명을 깊이 파묻었다. 여름 장마가 찾아오기도 전에 우리는 물의 생명이 헤엄치는 길을 굴삭기로 갈아엎었다. '나는 너와 연결되어 있다'는 자연의 섭리를 차갑게 거부했다. 자신이 어디에서 왔는지도 모르는 사람의 손은 소와 돼지의 목숨을 끊는 일에 주저함이 없었다. '살아야겠다'고 생존의 비명을 지르는 동물들에게 '우리는 잘살아야겠다'며 철퇴를 내리쳤다. 수십억 년을 스스로 흘러온 강조차 흐르는 대로 놓아두지 않은 우리는 삶 자체가 어디로 흘러가는지 전혀 알지 못하는 처지가 되었다. 애당초 인생은 알 수 없는 것이었다는 반박은 옳지 않다. 끝은 몰라도 어디를 거쳐서 가야 하는지만큼은 알았고 알고자 애썼던 것이 인간이다.

이제 장맛비가 무엇을 부룩부룩 토해내고 땅이 거칠게 썩은 숨으로 우리를 덮치는 일이 남았다. 이 맹랑한 지구의 거주자들에게 경고란 무의미한 것임을 이미 자연은 깨달았다. 짐작하지 못한 천재지변은 빠른 속도로 늘어났다. 영원히 사라지는 동식물들은 아무것도 부르짖지 않고 무섭게 자취를 감춘다. 가장 강력한 충격음은 인간이 지은 것에서 나왔다. 아침 해가 뜬다는 동쪽에서 녹아내리고 있는 네 개의 원자로는 가장 잔잔하다는 태평양 바다 밑으로 예고된 재앙을 유출하느라 여념이 없다.

우리는 왜 생명을 소중하게 생각하는 것일까. 환경을 지키려고 애쓰는 것일까. '빌려 쓰는 지구'라는 말이 있다. 생명은 다른 생명에 힘입어 살아간다. 누구도 다른 생명을 소유하지 못한다. 자신도 자신의 생명을 소유하지 못한다. 지구라는 터전을 함께 빌려 쓰고 있는 우리는 나의 생명조차 빌려 쓰다가 떠나는 셈이다. 우리는 과정이자 일부에 불과하다. 다 쓰지 못한 긴 생명의 고리를 이어가는 것은 어리고 약한 다음 세대들이다. 그들이 살아갈 수 있도록 고스란히 간직하여 돌려주는 것은 '부분'인 자들의 당연한 도리이다. 그러나 지금의 인간은 자신이 '전체'라고 믿는다. 나아가 '전체를 가졌다'는 오만한 판단을 서슴지 않는다.

소설 『하늘을 달리다』는 이런 인간의 행태를 처절한 언어로 저지하는 몹시 문학적인 경고다. 자연조차 더 이상 우리에게 경고의 사인을 보내지 않는 막막한 포기의 시대에 인간 자신의 경고마저 없다면 어찌할까. 작가는 딱새, 붉은머리오목눈이, 어치의 힘을 빌어 '갈 때 가더라도 우리 최소한 어디어디를 거쳐서는 살아가야 하지 않겠느냐'는 그림을 펼친다. 염치가 사라진 시대에 문학은 마지막 한 끝의 수치심을 되찾아준다. 읽는 이는 이 작품의 결을 쓰다듬으면서 내내 거슬리고 따갑고 부끄럽다.

주인공인 딱새 '하늘눈'은 아기 딱새의 탄생을 위해 자신의 목숨을 건다. 그는 과정이자 일부로서 살아가는 삶을 온몸으로 안다. '내 삶'이라고 따로 챙기려 들었으면 결코 하지 않았을 크고 작은 모험과 도전이 딱새의 하루하루며 순간순간이다. 비단 딱새만 그러한 것이 아니다. 작품에 등장하는 수십 마리의, 이름을 가진 새들은 너를 위해 미래를 위해 먹이를 물고 둥지를 짓는다. 피치 못할 싸움이나 죽음은 다른 삶과 새로운 평화로 이어진다. 부분적으로만 보았을 때 자연은 다소 불안정하고 거칠다. 그러나 책을 덮으면서 느끼게 되는 것은 고요한 평안이다. 그 여린 딱새들의 멈추지 않는 날갯짓과 몸짓은 다른 생명과 삶의 기회를 더불어 나눈다. 평안은 이와 같은 상호작용과 교환의 원리에서 온다.

이 법칙을 어기려드는 유일한 존재가 인간이다. 앞서 말했듯이 『하늘을 달리다』에는 자기 이름을 지닌 새와 고양이, 족제비, 구렁이가 등장한다. 이름이 있다는 것은 어디로 가야 할지 생각한다는 뜻이기도 하다. 그에 비해 작품에 등장하는 사람들은 이름이 없다. '어른 인간', '어린 인간', '여자 인간', '남자 인간'이 있을 뿐이다. 동물에게는 하나하나 이름을 주고 사람에게는 전혀 이름을 주지 않은 작가의 태도는 '생각하는 동물'과 '생각 없는 인간'의 대비를 선명하게 보여준다. 동물들이 자신의 이름을 걸고 '삶의 길'을 찾고 있다면 인간은 이름마저 버리고 '죽음의 늪'으로 들어가고 있는 2011년 현실의 의미심장한 비유이기도 하다.

이 작품은 무엇도 섣부르게 부르짖지 않는다. 새들의 목적 있는 비행을 통해 무목적의 삶을 사는 우리가 직면한 문제를 조용히 견주어보게 만든다. 그 묵언의 자취를 짚어본다.

2. 성실한 목숨들이 남긴 투쟁 기록

'하늘눈'은 암컷 딱새다. 눈이 푸른 하늘처럼 맑아서 이름이

'하늘눈'이다. 그는 '누구의 방해도 받지 않고 햇살과 한통속이 되어 날아다니는 것'이 그저 좋았다. 이러한 하늘눈을 사로잡아 시선을 멈추게 만든 것은 수컷 딱새 '번개부리'다. 하늘눈은 번개부리도 좋고, 번개부리가 발견한 벌통 집터도 다 마음에 들었다. 번개부리는 산골짜기 바위틈에서 태어나 일찍 부모 형제를 잃은 채 홀로 자라난 야무진 딱새였다. 둘은 부부의 연을 맺고 함께 살기로 한다. 눈 밝고 날쌘 둘이서 힘을 모으니 둥지 짓기가 착착 진행되었다.

둥지를 짓는 것은 하늘눈과 번개부리만이 아니었다. 붉은머리오목눈이 '나무모심'과 '거미모심' 부부도, 멧새 허풍쟁이도, 수컷까치 고물상도 둥지가 될 만한 것을 주워 담느라 분주하다. 새는 모두 자기 집을 짓는다. 그리고 나무에 기대어 산다. 나무는 날갯짓에 지친 새를 받아주고 둥지에 얹을 나뭇가지를 아낌없이 내어주지만 어느 순간이면 '유언은 세월에 맡기고' 쿵 쓰러진다. 드러누운 나무의 몸은 서서히 흙살이 되어간다.

하늘눈와 번개부리 부부를 위협하는 것은 세월이 아니다. 이들은 세월을 이겨보겠다고 과한 욕심을 부린 적이 없다. 하루하루 먹이를 구하고 집을 짓는 이 성실한 목숨을 호시탐탐 노리는 것은 따로 있다. 산 너머 비닐하우스에 사는 고양이 '악마의 발톱'이거나 어슬렁대며 알이 가득 찬 둥지를 노리는 족제비 '교활한 목도리'나 현자를 자처하는 힘센 까마귀 '지혜의 샘' 같은 이들이다. '심술쟁이' 청설모나 사나운 들쥐도 이들 앞에서는 벌벌 떤다. 그것이 숲의 이치이기도 하다. 때때로 천둥이나 소낙비, 지진 같은 천재지변이 이들의 전진을 가로막는다. 천재지변 앞에는 그 누구도 장사가 없다.

이 작품에 나오는 새들은 특정하여 거론되는 것만 수십 마리에 이른다. 그들은 제각기 이름을 지녔을 뿐 아니라 독특한 성격을 가졌다. 우리가 새를 부를 때 '딱새', '박새'라고 부르기는커녕 통틀어서 '새'라고 부르는 것은 새의 입장에서 보면 자존심 상하는 얘기다. 어치 중에서도 '도토리황제'는 으스대는 기질이 있고 노랑할미새 중에서도 '바람춤'은 유난히 겁이 많다. 그들은 각기 개성이 다르지만, 너도나도 알을 낳고 알을 빼앗기지 않으려 애쓰며 새끼의 탄생을 기다린다. 작가는 새 한 마리 한 마리의 삶이 지니는 특수성과 보편성을 촘촘히 짜넣어 새들의 세상을 실감나게 그렸다.

용맹한 번개부리와 하늘눈의 삶은 다른 약한 동물들의 야생생활이 그렇듯 평탄치 않았다. 알을 노리는 이름 모를 침입자의 공격을 겨우 막아내고 나자 족제비와 까마귀가 연달아 둥지를 급습한다. 하늘눈은 '심장의 동력을 유지할 수 있을 정도로 최소한의 먹이만' 입에 넣으며 알을 지킨다. 그러나 비바람에 굴러떨어진 바위에 알은 흔적도 없이 사라지고 매의 습격에 남편 번개부리마저 세상을 떠나고 만다.

만약 여기에서 이야기가 끝났더라면 이 소설은 딱새 '하늘눈'을 둘러싼 냉엄한 자연의 현실을 보여주는 데 그쳤을 것이다. 그러나 하늘눈의 삶은 다른 국면으로 이어진다. 이제 자신의 삶은 완전히 끝났다고 믿는 하늘눈에게 또 다른 수컷 딱새가 날아와 정 깊은 위로를 안겨주는 것이다. 그는 '노을소리'라는 낭만적인 이름을 가진 '절대음감'의 감성이 풍부한 딱새다. 텅 비고 쓰라린 마음을 달랠 길 없던 하늘눈은 노을소리를 통해서 큰 위안을 얻는다. 하늘눈과 노을소리의 새로운 인연은 지난 슬픔을 딛고 다시 알을 낳아 함께 품으면서 잔잔히 이어진다. 자연의 공습으로 사랑하는 자식과 남편을 한꺼번에 잃은 적이 있는 하늘눈으로서는 어디든 안전한 곳을 찾아야 했다. 그들은 자신들을 노리는 숲속의 적보다는 '사람이 더 낫지 않을까'라는 짐작을 해본다. 그리고 사람의 집 앞 우체통 안에 새끼를 키울 둥지를 짓는다.

'사람을 한번 믿어보자'는 하늘눈과 노을소리의 결정은 현명한 것이었을까. 물론 그들이 인간을 전혀 의심하지 않은 것은 아니다.

"인간들은 자동차라는 괴물을 가지고 있어. 바로 옆에 그 괴물이 있고, 수시로 인간들이 들락거리고, 그게 걱정이 돼."

"인간들이 새한테는 호의적이라고 네가 말했잖아. 나도 예전에 몇 번 인간들하고 마주친 적이 있었는데, 위협하지 않았어."

"하지만 인간의 마음이 언제 변할지 그건 몰라. 우리는 그 누구도 믿어서는 안 돼." (본문 145쪽)

사람도 사람을 믿지 않는 세상이다. 하지만 노을소리와 하늘눈은 자신들을 향해 닥쳐오는 먹이사슬의 공포가 두려운 나머지 사람을 믿고 의지한다. 사람이 그동안 동물들에게 행한 일을 생각한다면 새들의 이런 순진한 신뢰가 얼마나 미안하고 부끄럽고 고마운지 모를 일이다.

실제로 우체통 속에서 노을소리와 하늘눈의 알을 발견한 사람들은 섣부르게 해코지를 하지 못한다. 우체통 속에 딱새의 알이 있는 걸 미처 몰랐던 굴삭기 운전수가 무턱대고 삽질을 시작하려 하자 노을소리는 목숨을 걸고 그 거대한 기계에 맞서 필사적으로 저항한다.

"아니, 저놈의 새가 왜 저래. 미쳤나? 포클레인한테 덤벼들다니……."

까만 안경을 쓴 인간이 포클레인 운전석 바깥으로 얼굴을 내밀었다. 키가 호리호리한 집주인이 다가왔다. 까만 안경을 쓴 인간이 가래침을 뱉었다.

"저놈의 새들이 왜 저래요?"

"허허허, 참. 딱새 생각은 못 했네. 이야 포클레인도 두려워하지 않는구나. 지금 우체통에다 알을 낳았거든요. 제 집을 해코지할까봐 그러는 것 같아요." (본문 171쪽)

마침내 하늘눈의 알이 부화하는 순간은 하늘눈의 파란만장한 고된 삶이 하나의 정점에 이르는 순간이다. 자식의 삶과 어미의 삶을 맞바꾸는 찬란한 죽음의 시간이다. 뭇 생명의 어머니란 그런 것이다. 온 힘을 기울여 나날을 살고 죽음을 각오하고 자식을 낳고 자식을 낳음으로써 자신은 완전히 죽는다.

그러나 알에서 갓 태어난 아기 딱새들에게 세상은 더욱 잔혹하다. 고양이 악마의 발톱은 집요한 공격의 끈을 늦추지 않고 눈도 제대로 뜨지 못한 아기 새들은 그런 시련을 스스로 이겨내며 자라야 한다. 아기 새들이 날갯짓을 할 수 있을 때까지만이라도 버텨야 한다는 하늘눈의 간절한 바람은 작은 생명이 이 거대한 생명의 사슬 속에서 살아남는다는 것이 얼마나 비장하고 힘겨운 일인가를 보여준다.

그 수많은 고비를 넘어서며 살아남은 아기 새들을 죽음의 길로 내몬 것은 역시 사람이었다. 핸드폰으로 아기 새 사진을 찍겠다고 덤벼드는 어린사람들의 생각 없는 손길 때문에 아기 새들은 벼랑에 내몰린다. 극도의 불안에 휩싸인다. 그 와중에 하늘눈은 첫째, 둘째, 셋째, 넷째 아기 새를 연달아 잃는다. 다섯째 무녀리는 실종된다. 어미 새의 보호를 벗어난 아기 새의 운명이란 가냘프기 짝이 없는 것이었다. 더 약한 목숨을 할퀴는 강한 목숨의 발톱은 곳곳에 도사리고 있다. 어린 사람의 장난질이 불러온 혼란은 우체통을 둘러싼 일대의 먹이사슬을 발칵 흔들어놓는다. 물고 뜯기는 격렬한 혈투가 일어난다.

물론 엉겁결에 박새 햇무리의 둥지로 숨어든 다섯째 아기 새 무녀리가 딱새인지 박새인지 모르는 채로 한 가닥 생을 끈질기게 이어갔을 것으로 믿는다. 하지만 어미 새 하늘눈의 눈앞에서는 다섯 마리 아기 새가 한 마리도 남김없이 사라졌다. 하늘눈은 고통을 딛고 이 처절한 삶의 투쟁을 계속해나갈 수 있을까.

저 무한한 허공으로, 새의 심장이 허락하는 곳까지, 그 한계를 넘어서고 싶었다. 아니, 이 세계를 벗어나고 싶었다. 하늘눈은 허공의 정수리를 향해, 허공의 심장을 향해, 이글이글 불타는 눈으로 날아갔다. (본문 257쪽)

자식을 모두 잃은 하늘눈의 슬픔과 분노가 다시 생의 의지로 타오르는 장면이다. 목숨이란 그런 것이다. 에필로그에 따르면 하늘눈은 아마도 일곱 명의 자식을 키워 떠나보낸 어느 할머니 댁의 털신에 새 둥지를 튼 것으로 보인다. 그는 오늘도 나뭇가지를 주워 나르며 다시 새 생명을 키우기 위해 여념이 없을 것이다. 운명이라는 것이 있다면 참으로 박복한 어미 새의 처지이건만 하늘눈은 아랑곳하지 않는다. 이 작품은 딱새 하늘눈의 지칠 줄 모르는 투쟁 기록이다. 투쟁은 오늘도 되풀이되고 그치지 않는다. 그것이 삶이다.

3. 살려는 의지는 누구에게나

'모든 생명체에게는 살려는 의지가 있다'는 이 작품의 주제다. 작가는 이 주제를 때로는 기운 생동하는 산수화나 화조도처럼, 때로는 털끝까지 곤두서는 세밀화처럼 보여준다. 살려는 의지를 지닌 생명체는 필연적으로 죽음의 위기를 피할 수 없다. 삶과 관계 맺는 가운데에만 죽음이 있고 죽음 없이는 새로운 삶의 탄생을 이해할 수 없다. 그동안 많은 문학작품과 철학작품에서는 이러한 생명의 의미를 성찰하고 인식할 줄 아는 것은 인간밖에 없다고 여겨왔다. 존재의 의미를 복잡한 사유로만 찾을 수 있다면 그것은 인간의 일일 것이다.

그러나 하늘눈의 삶을 보면 자연에 머무는 모든 목숨들이 어떻게 자신의 방식으로 살려는 의지를 분출하고 있는지 생생히 알 수 있다. 비단 하늘눈뿐만이 아니다. 이 작품에 등장하는 숲 속의 이름들, '번개부리, 노을소리, 도토리형제, 침입자, 지혜의 샘, 황룡, 고물상, 심술쟁이, 속임수, 허풍쟁이, 바람춤, 햇무리, 나무모심, 거미모심, 악마의 발톱, 교활한 목도리'는 모두 살려는 의지로 충만하다. 이름을 받지 못한 개미들이라고 예외는 아니다.

개미들이 가장 먼저 알고 둘째의 부리 속으로 기어들었다. 제 힘으로 삼키기만 하면 살이 되고 힘이 되어줄 수 있는 개미들이 오히려 어린 새의 살을 뜯어내기 시작했다. (본문 236쪽)

다른 생명의 죽음을 딛고 자신의 생명을 이어나가는 것은 가혹하지만 자연의 이치다. 그러나 이 작품은 그 이치의 냉혹함을 보여주는 데 목표를 두는 것 같지 않다. 오히려 냉혹한 이치 속에서도 가녀린 목숨을 이어나가며 단 한 마리 아기 새를 남기기 위해 분투하는 작은 딱새를 주인공으로 삼았다. 어느 누가 그 삶의 의지를 짓밟을 수 있겠느냐는 항변이 이 작품이 다가가고자 하는 바일 것이다.

옛 성현인 공자는 '인(仁)은 천지가 만물을 낳는 마음'이라고 하였다. 새로운 생명을 낳고자 하는 힘은 만물, 존재하는 모든 것에 깃들어 있다는 뜻이다. 오늘날 생태계의 위기는 사람이 만물에 대해서 어떤 마음을 가지고 있느냐와 관계가 깊다. 사람은 다른 존재가 생명을 낳고자 한다는 사실을 외면하고 무시하고 짓밟는다. 땅에서 울려퍼지던 포클레인 소리가 강을 가로질러 물길 속으로 들어간다. 금수를 죽이고 초목을 베어내는 일로도 모자라 손가락보다 작은 물고기의 삶터마저 파헤친다.

지금 시점에서 이 작품이 큰 울림을 주는 것은 바로 짓밟히는 생명의 소리를 가감 없이 전달하고 있기 때문이다. 작가는 작품 어디에서도 이들이 '사라진다'고 경고하지 않는다. '짓밟혔으니 살려주라'고 시혜적 태도를 요구하지도 않는다. 오롯이 딱새의 투쟁만을 전한다. 딱새 하늘눈의 삶에서 우리는 '사라진다'는 슬픔보다는 '살아진다', '살아남는다'는 선언의 의미를 훨씬 더 강하게 읽는다. 그들은 우리가 무슨 짓을 해도 '살려는 의지'를 갖고 '살아남는'다. 자연에 부리는 인간의 패악에 대해 말할 때 이보다 더 강력한 메시지가 있을 수 있을까.

그 밖에도 작가는 새들의 삶을 통해서 인간의 여러 모습을 돌아보도록 이끈다. 용맹하기만 한 아버지 새 '번개부리'가 알을 지켜내는 데 실패했다면 다정한 배려의 마음을 갖춘 아버지 새 '노을소리'는 알을 지키고 부화시킬 수 있었다. 딱새 부부의 삶을 통해서 성 평등이 이루어진 가정의 모습을 나타내고자 한 것이라고 보인다. 알을 품은 아내 새 하늘눈의 불안에 찬 마음을 알고 아이들의 미래를 함께 준비하는 노을소리는 어떤 사람의 이야기에 등장하는 아버지 모습보다 진보적이다. 의인화라는 장치가 이런 섬세한 표현을 가능하게 했겠지만 독자는 이것이 의인화된 내용이라는 것을 의식하면서 읽기 어렵다. 그냥 어느 헌신적이고 지혜로운 아버지의 이야기로 받아들인다. 새들의 삶을 사람의 삶 못지않은 사실적 내용으로 재현한 작가의 노력 덕분이다.

4. 삼만 년, 삼천 년, 삼백 년의 삶

2세기 무렵에 쓰여 진 중국의 『태평경』에는 '승부(承負)'라는 말이 나온다. '승(承)'은 앞 사람이 천심을 이어받아 행위를 하는 것이다. 그런데 그것을 조금씩 상실하고 스스로 알지 못한 채로 오래 쌓여 모이는 바가 많아지면 뒤에 태어나는 사람이 무고하게 허물을 입는다. '부(負)'는 재앙이 한 사람의 다스림으로 일어나지 않고 뒷사람까지 미치는 것을 뜻한다. 앞사람은 뒷사람에게 재앙을 감당한 부담을 지운다. 인간이 저지르고 있는 자연파괴의 행위는 '승부'의 반복이라고 할 수 있다. 『태평경』에서는

'승부가 잦아지면 자연적인 기가 무너져내리며 그 영향은 삼만 년, 삼천 년, 적어도 삼백 년을 간다'고 말한다. 시간의 영향이 이러한데 공간의 영향은 또 얼마나 광범위할 것인가.

자연의 역사에서는 매머드의 멸종과 같은 거대한 규모의 멸종이 다섯 번이나 있었다. 어떤 학자들은 이를 거론하면서 자연은 스스로 파괴되고 멸종되는 것이 조금도 이상할 것이 없다고 주장한다. 예를 들어 과학자 바이에르츠는 인간이 핵으로 지구를 파괴한다면 그것조차 자연적인 일이라고 주장한다. 생명 친화적인 노력이라는 것은 자연을 붙잡는 데 한계가 있다는 얘기다.

그러나 우리가 매머드를 기억하는 이유는 그것이 거대해서가 아니라 영원히 사라져버렸기 때문이다. 우리가 매머드를 두려워하는 이유는 그것이 사라져버렸기 때문이 아니라 지나치게 거대하기 때문이다. 이 책을 읽은 독자라면 이러한 마음에 더욱 깊게 공감할 것이다. 『하늘을 달리다』를 통해 만난 딱새와 박새와 멧새와 어치와 노랑할미새와 붉은머리오목눈이는 잊으려고 해도 잊기 힘든 존재들이다. 그들이 하얗게 사라져가는 것을 똑똑히 보았기 때문이다. 뿐만 아니라 독자는 두렵다. 딱새와 박새와 멧새와 어치와 노랑할미새와 붉은머리오목눈이가 없는 숲과 하늘이 얼마나 거대한 공허의 세계인지 작품을 통해 느낄 수 있었기 때문이다. 우리가 파헤치고 난도질한 구덩이의 크기를 짐작하기

어렵다는 것은 우리가 가진 두려움의 크기를 스스로 알기 어렵다는 말이기도 하다.

작가 이상권은 이 기억과 두려움에 대해서 말한다. 한 마리 딱새 '하늘눈'의 몇 달은 삼백 년 속의, 삼천 년 속의, 삼만 년 속의 삶임을 기억하게 한다. 사라진 뒤에 기억하기보다는 살아 있을 때 두려워하게 한다. 그의 작품이 생생한 에너지를 가지는 것은 바로 이런 대목이다. 그의 글은 아무것도 부르짖지 않는다. 다만 고스란히 불러들여 보여준다. 그런 점에서 그의 소설은 자연을 닮았다. 부르짖지 않은 이 경고의 위력은 우리가 책을 덮는 순간부터 발생한다. 책을 덮는 순간 우리는 하늘눈이 된다. 번개부리가 된다. 노을소리가 되어 무녀리가 되어 하늘을 달린다.

작가의 말

인간이 인간들 이야기를 쓰기도 힘들거늘 인간하고 전혀 다른 생명체들의 이야기를 글로 쓴다는 건 더욱 힘든 일이다. 이런 한계를 극복하기 위해서는 인간들은 수많은 관찰과 상상력을 동원한다. 나도 이 글을 쓰기 위해서 수많은 새를 만났다. 운 좋게도 서울을 떠나 산그늘이 시원한 산골마을로 이사를 하면서 날마다 새들을 만날 수 있었다. 나는 자신들만의 집을 갖고 살아가는 새들이 늘 부러웠다. 부동산 열풍에 시달리면서 한 평생 집 한 칸 장만하기 위해 아등바등하는 인간들보다 그들은 행복했다. 그들은 자신들이 살아가는 방식에 알맞게 집을 지었다. 단 두 식구가 살아가면서도 백 평이 넘는 집을 짓고 낭비하는 인간들에 비해 그들은 절대 사치를 하지 않았다. 절대 순리를 거스르지 않았다. 그들에게 집이란 부의 상징이 아니다. 새들은 집이 있어야만 자신들의 유전자를 대물림할 수가 있다. 그래서 새들은 집을 짓는 데 자신들의 삶을 건다. 사소한 바람이나 햇볕까지도 신경을 쓰면서 집 지을 장소를 물색하고, 집을 지을 때 쓰이는 작은 나뭇가지나 풀, 흙 한 점까지도 함부로 쓰지 않는다. 집 짓는 그들의 모습을 보면 숙연해진다. 새들에게 집이란 신과 같다. 나는 집 짓는 새들을 보고 얼마나 부러웠는지 모른다. 나는 살아 있는 생명체라면 자기만의 집을 지을 줄 알아야 한다고 생각하는 사람이다. 하지만 나는 자그마한 집 한 채도 지을 수 없다. 그런 내 자신이 새보다 작게 느껴질 때가 많았다.

나는 수많은 새의 언어를 기록하였다. 새들의 구강구조는 인간하고 달리 이가 없다. 그래서 새들이 인간보다 다양한 소리를 낼 수 없다고 말하는 과학자들이 많지만 내 생각은 다르다. 새들의 입은 가장 이상적인 악기다. 그들은 인간이 낼 수 없는 온갖 신비한 소리를 토해낸다. 우리는 참새가 "짹짹" 하고 소리를 낸다고 배워왔다. 왜 우리는 그렇게 가르쳐왔는지 모르겠다. 참새를 관찰하다보니 짹짹이라는 말은 참새의 입에서 나오는 말 중 일부일 뿐이다. 참새는 백 가지도 넘는 말을 한다. 혼자 있을 때, 친구랑 있을 때, 여자 친구랑 있을 때, 근처에 까치가 있을 때, 비가 올 때, 바람 불 때, 먹이를 구할 때…… 다 다르다. 똑같은 말이라도 상황에 따라서 높낮이가 다르고 악센트가 다르다. 어치라는 새도 수백 가지 언어를 구사한다. 제법 사납게 생긴 녀석이 애교 섞인 말을 하는가 하면 가끔씩은 까마귀나 까치 혹은 매의 소리도 흉내 낸다. 게다가 노래를 얼마나 잘하는지. 다만 문자로 기록되지 않을 뿐이다. 흰배지빠귀라는 새가 있다. 이놈들은 수백 아니 수천 가지의 말을 하는데, 이것도 인간인 내 생각이니까 실제로는 수만 가지 혹은 그 이상의 언어를 구사할지도 모른다.

이 소설은 인간의 언어로 쓰였지만 새들의 눈으로 보고 느낀 감정을 쓰려고 하였다. 나는 새들이 행동할 때마다 그들이 어떻게 반응하는지 관찰하였고, 그런 느낌을 잃지 않으려고 애를 썼다. 이 소설에 나오는 새들의 모습을 사실적으로 묘사하려고 하였고, 등장하는 모든 배우는 실제 내가 만났던 새들이다. 소설의 재미를 위해서 허풍쟁이로 묘사한 노랑턱멧새는 그 숲에서 유명한 허풍쟁이 떠버리였고, 나무모심이라는 특별한 이름으로 등장하는 붉은머리오목눈이는 대자연의 순리를 가장 잘 알고 있는 새였고, 주인공인 하늘눈은 말수가 적고 늘 깊은 생각에 잠겨 있는 새였다. 그러니까 이 글에 나오는 배우들은 내가 상상만으로 만들어낸 캐릭터가 아니라는 사실을 꼭 밝히고 싶다. 인간이나 새나 생김새만 다를 뿐이지 살아가는 모양새는 비슷하다.

나는 몇 년 전에 『애벌레를 위하여』라는 소설을 썼다. 독자들은 거의 말을 하지 않는 애벌레들의 이야기를 읽어내는 일이 너무 힘들었다고 말하였다. 공감하는 바이다. 긴 소설을 대사 하나 없이 끌어간다는 것은 작가나 독자나 다 힘들기 마련이다. 그에 비해서 새들은 수다쟁이니까 훨씬 쉽게 글을 쓸 수 있을 거라고 생각했는데, 막상 글을 쓰다보니 애벌레들의 이야기를 쓸 때보다 오히려 더 어려웠다. 애벌레는 거의 말을 하지 않기 때문에 내 나름대로 상상하여 그 감정을 처리할 수 있지만 새들은 정확하게, 순간순간 자신의 감정을 표현하기 때문에 내 상상대로 표현할 수가 없었다. 너무너무 감정 표현이 풍부한 새들의 감정을 다 포착하기란 불가능한 일이었다.

애초에 이 글의 대사는 새들의 언어로 묘사되어 있었다. 새들의 언어를 다양하게 묘사하고, 인간의 언어를 그 밑에다 달았다. 안타깝게도 이 책을 보는 독자는 인간들이지 새가 아니다. 이런 모순 때문에 나는 새들의 언어를 뺄 수밖에 없었다. 인간의 언어로 표현된 새들의 언어를 인간들이 읽기에는 너무 난해하기 때문이다.

꾀꼬리 : 휘이요~ 오 휘요오로우~ 꾀리악. (해가 쨍쨍한데 까마귀 놈들이 왜 저러지?)

흰배지빠귀 : 끼역끼역 꼬리직 피여~ 끼여국 핑이요 치리요. (해 지고 곧 비가 온다. 오늘밤에 많은 비가 온다.)

노랑턱 멧새 : 짝지리 짝지라 빼배 짹짹짹 지리지리이루 우입찌리 비리집 삐리삐리비리~. (우리는 집을 다 지었다. 이 세상에서 가장 근사한 집이다.)

딱새 : 비리리리~ 비릿, 비릿, 으치삐리비리리 (살아 있는 모든 것아, 살아 있음을 즐겨라.)

나는 새들의 언어를 묘사한 초고를 놓고 오랫동안 고민하였고, 결국은 벗들의 의견을 존중하여 새들의 언어를 뺄 수밖에 없었다. 그것 역시 내 한계다.

이 글은 여러 벗들이 읽고 진지하게 조언을 해주었으며, 『자음과 모음R』에 4회에 걸쳐 연재가 되는 행운까지 누렸다. 모두에게 감사드린다.

2011년 7월

이상권

새로운 세대와 소통하는 자음과모음 청소년문학

이야기의 힘을 믿는 우리 시대 청소년들과
문학을 통한 재미와 감동, 사색의 시간을 함께 나눕니다!

성인식 | 이상권 소설집

소년은 어느 순간에 청년이 되고 어른이 되는 걸까. 마지막으로 소년 혹은 소녀였던 때를 기억하지 못하는 사람들과 현재 성장기 한가운데를 통과하고 있는 청소년들에게, 아동청소년 문학의 대표작가 이상권이 들려주는 다섯 편의 성장기.

남쪽에서 보낸 일년 | 안토니오 콜리나스 장편소설

스페인 평단에서 '미학 교육을 위한 소설'이라는 평가를 받았으며, 예술과 삶, 사랑에 관한 모든 테마를 깊이 있게 살펴볼 수 있는 성장소설이자 미학소설. 고등학생 하노의 한 학년 동안의 삶을 케텔비의 음악, 만테냐의 그림, 릴케의 시 등 여러 예술 장르를 아우르며 유려한 언어와 시적인 문체로 그려냈다.

비너스에게 | 권하은 장편소설

청소년소설에서 금기시돼왔던 동성애를 정면으로 이야기하는 권하은 작가의 신작. 주인공 소년은 사랑과 미의 여신, 비너스에게 보내는 편지에서 자신과 친구들의 이야기를 털어놓으며 혼란스러운 내면을 치유하고 성장한다. 청소년뿐 아니라 성인까지 모두 공감할 만한 이야기이다.

나의 고독한 두리안나무 | 박영란 장편소설

엄마의 교육열로 무리하게 필리핀으로 유학 온 유니스는 엄마와 연락이 끊기면서 이른바 '버려진 신세'가 된다. 그럼에도 엄마를 이해하려 애쓰며 마을 가장 높은 곳에 있는 두리안나무숲을 찾아가서 위안을 얻는다. 엄마에게 버림받았지만 마냥 어둡지만은 않은 사춘기 소녀의 심리를 서정적으로 잘 풀어냈다.

날아봐, 슈퍼맨! 날아봐 | 안나 커즈 장편소설

사고로 아빠를 잃은 후 엄마와 함께 새로운 도시로 이사를 가게 된 상처투성이 제레미. 그런 제레미의 상처를 치유해준 것은 골칫덩이 아론이었다. 제레미가 조금은 특별한 친구 아론과 함께 애벌레를 관찰하며 벌어지는 가슴 따뜻한 감동과 유머, 드라마, 서스펜스가 녹아 있는 성장소설.

오늘의 할 일 작업실 | 김혜진 장편소설

김혜진 작가는 입시를 앞둔 중 · 고등학생들의 성장의 순간에 주목했다. 초우는 사촌오빠가 다녔던 화실을 찾아가 그림을 시작하면서 미술이 자기가 하고 싶어 했던 일이라는 것을 깨닫는다. 사춘기의 소녀의 불투명한 삶에 대한 고민과 괴로움을 작업실을 통해 드러내고 해결하고 있다.

고마워하지 않을래 | 클로딘 르 구이크프리토 장편소설

두 다리는 마비되고, 한 팔을 쓰지 못하는 테오는 12년 동안 당연하게 받아들인 타인의 도움을 이제는 그만 받기로 한다. 하루 종일 자신이 말하는 '고마워요'의 횟수를 통해 성공과 좌절을 맛보는 테오의 솔직담백한 내면이 섬세하게 그려졌다. 특히 장애 아동을 대하는 주변 사람들의 균형 잡힌 시각과 따스한 시선이 돋보인다.

하늘을 달린다

1판 1쇄 발행 | 2011년 7월 20일
1판 3쇄 발행 | 2018년 3월 26일

지은이 | 이상권
펴낸이 | 정은영
편　집 | 사태희 임선영
마케팅 | 이경훈 한승훈 윤혜은 황은진
제　작 | 이재욱 박규태

펴낸곳 | (주)자음과모음
출판등록 | 2001년 11월 28일 제2001-000259호
주　소 | 04047 서울시 마포구 양화로6길 49
전　화 | 편집부 02) 324-2347, 경영지원부 02) 325-6047
팩　스 | 편집부 02) 324-2348, 경영지원부 02) 2648-1311
이메일 | jamoteen@jamobook.com

ISBN 978-89-544-2694-7 (43810)